최약 테이머는 폐지 줍는 여행을 시작했습니다. 4

The Weakest Tamer Began a Journey to Pick Up Trash.

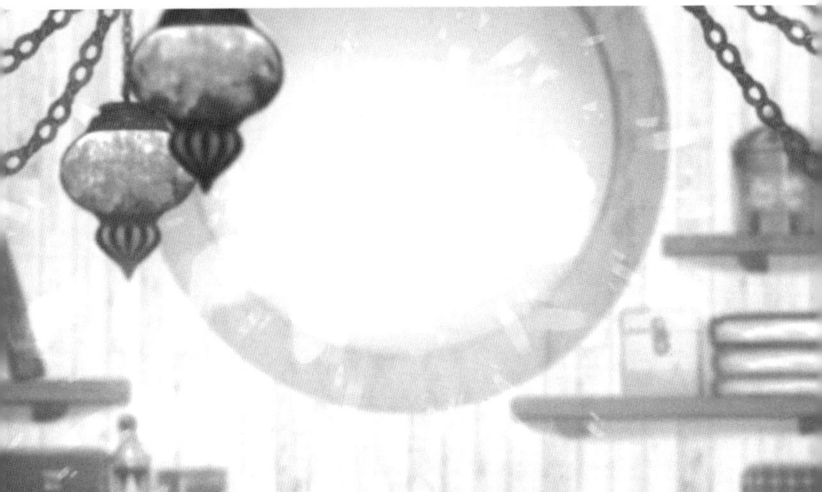

Honobonoru500

호노보노루500 지음

한신남 옮김

Illustration 나마

AK novel

여태까지의 아이비의 여로—.

모험가
드루이드 씨를 구조!
한 번 휴식

큰일이야!
마물의 습격을 받은 사람을
구해야 해…….

소라가 분열!?
한 칸 돌아간다

아, 아무튼……
네 이름은 프렘!

여행 동료 GET!

드루이드 씨
일가와 식사!
슬슬 여행 준비를
시작해야!

드루이드 씨가
동료가 되었다!
단숨에 두 칸 전진

다정하고 든든한,
아빠 같은 사람이야!

To be continued……

START!

오토르와 마을을 출발!

고마워요, 모두들.
꼭 또 만나요!

소라가 진화했다!? 두 칸 전진

검까지 먹었습니다!
……아프지 않나?

드루이드 씨의 형과 말싸움을……. 두 칸 되돌아간다.

못되게 대답했지만,
어쩔 수 없어.

목 차

제4장 오르 마을과 동료 후편

Character
드루이드
오른팔을 잃은 모험가 아저씨. 빈사인 상황에서 소라에게 치료받아 동료가 된다. 과보호로 치닫곤 한다.
아이비
스킬의 별이 없었기 때문에 부모에게 버림받고 서바이벌 여행에 나선다. 전생의 기억이 있다. 남자애로 보이곤 한다.
시엘
여행길에서 만난 아다다라(고양이 마물). 왜인지 아이비를 잘 따른다. 곧잘 얼굴을 비비곤 한다.
소라
아이비가 처음으로 테이밍한 슬라임. 흐물흐물 슬라임이라는 레어 종족. 최근 잡식을 하곤 한다.
프렘
소라가 분열하여 태어난 다른색의 분신(?). 왜인지 드루이드와 친하고, 자주 자곤 한다.

제4장 오르 마을과 동료 후편

The Weakest Tamer
Began a Journey to
Pick Up Trash.

172화 내가 대표?

"고맙구나, 아이비. 이거면 '쌀'에 대한 저항감도 줄어들겠지."

"아뇨, 도움이 되었다니 기뻐요."

모두에게 받아들여진다면 좋겠네. 왠지 가슴이 뛰기 시작했다.

"오늘 배합은 아이비를 대표로 나랑 드루이드까지 세 명 이름으로 등록해둘 테니까. 배당이 나오면 5대 2.5대 2.5면 되겠니?"

음? 무슨 이야기지? 등록? 배당?

"음, 그거면 되겠죠. 부탁할게요, 아버지."

"예?"

내가 이해 못하는 사이에 드루이드 씨가 대답하였는데, 무슨 소린지 모르겠다. 등록이라는 건 지금 만든 소스 이야기인가?

"드루이드 씨, 무슨 이야기인가요?"

"소스의 권리 이야기야. 아이비가 만든 소스를 누군가가 팔 경우, 권리료를 내고 팔아야만 하는 법이거든. 개량하더라도 원본 소스에 권리가 발생해."

헤에~, 대단하네. 어라라?

"저기, 제가 대표라는 게 무슨 말인가요? 이 경우는 가게의 주인으로 하는 게 좋지 않나요?"

나는 정말 말만 얹은 거고, 고생해서 만든 사람은 주인아저씨와 드루이드 씨다.

“아니, 소스를 만드는 계기를 마련한 건 아이비고, 맛도 아이비가 솔선해서 생각해준 거니까 대표가 되어야지.”

그런가? 드루이드 씨가 그렇게 말한다면 왠지 그런 것도 같은데. 정말로 괜찮나?

“아버지가 먼저 그렇게 말했으니까 괜찮아.”

“그런가요? 그럼 그렇게 할게요.”

뭐, 사람들에게 받아들여지지 않으면 권리고 뭐고 없겠지. 지금은 식량 부족의 해결이 선결이다.

“언제부터 퍼뜨릴 건가요?”

주인아저씨가 종이에 배합 등의 기록을 마친 모양이기에 말을 붙였다.

“그거 말인데, 좋은 방법 좀 없겠냐?”

방법?

“퍼뜨릴 방법 말인가요?”

“그래. 처음부터 ‘쌀’이라고 말하면 사람들이 관심도 안 줄 가능성이 크잖니.”

그렇게 쌀에 대한 저항감이 크구나. 방법……. 아, 아까 그랬듯이 냄새에 끌려서 모이지 않을까?

“가게 앞에서 구우면 냄새로 사람이 모여들지 않을까요?”

“아까처럼 말이야?”

구운 주먹밥을 먹으러 온 아주머니와 언니는 세 개씩 먹고 바로 가게를 보러 돌아갔다.

"네."

"그 두 사람을 보면 분명히 효과는 있겠군."

드루이드 씨의 말에 셋이서 서로의 얼굴을 보며 웃었다. 그렇긴 해도 파워풀한 사람들이었지. 살짝 탄 부분이 맛있다고 알자, 세 개째는 어떻게 맛있게 태울 수 있는지 연구하며 둘이서 주먹밥을 만들었다. 뭔가 훈훈한 느낌이라고 생각하다가 어느 틈에 나까지 셋이서 주먹밥이 구워지는 모습을 응시하고 있었다. 그런데 어느 정도 타는 게 제일 맛있냐를 두고 왜 그렇게 열변을 토하게 되었을까. 지금 생각해보니 창피하네.

"괜찮았어? 어머니도 형수님도 남을 끌어들여서 수다 떠는 걸 좋아해서."

"괜찮아요. 좀 놀라긴 했지만 즐거웠으니까요."

뭔가 나의 새로운 일면을 본 느낌이다. 탄 자국을 놓고 그렇게 뜨겁게 떠드는 일은 지금까지 없었으니까. 응, 재미있었어.

"미안하군. 아무래도 그 두 사람이 손을 잡으면 장난 아니라서."

주인아저씨의 절절한 말에 실감이 담겨있는 것 같다. 아주머니의 남편이니까, 이런 식으로 휘말린 적도 많겠지. 하지만 주인아저씨, 곤란하다기보다는 기쁜 기색이다. 분명 즐거운 시간이겠지.

"어디 보자, 일단은 이걸 길드에 가져가고, 내일은……."

주인아저씨가 앞으로의 예정을 생각하고 있으니, 이제 정리를 시작해도 될까? 사용한 냄비 등을 씻으러 갔다. 그러고 보면 쌀을 꽤 많이 썼구나. 설마 주인아저씨가 다섯 개나 먹을 줄은 몰랐다. 맞아, 오늘 소스에 양념을 더해서 굽는 것도 좋겠지. 주인아저씨에게 한 번 말해볼까.

"저기, 아저씨."

"응? 오오, 미안하군. 너희한테 설거지까지 시켜서."

"아뇨, 괜찮아요. 아주머니가 돌아가시기 전에 도와주셨으니까 얼마 안 남았고요."

"그랬나. 아, 그런데 왜 불렀지?"

"오늘 소스에 양념을 더해도 좋을까 싶어서요."

뭐가 어울릴까? 살짝 매운 맛을 추가하거나 식감을 추가해도 좋겠지.

"그렇군, 가게 앞에서 구울 때에 이것저것 해보자고."

다행이다, 내 의견을 받아들여줄 모양이다.

"아이비, 부탁이 있다."

"네, 말씀하세요."

주인아저씨의 진지한 목소리에 조금 놀랐다.

"구운 주먹밥을 만들 때에 좀 도와다오. 밥 짓는 법을 지도해줬으면 한다."

"예? 지도요?"

지금도 때때로 물 조절에 실패하는 나한테 그런 건 무리라고 생각하는데…….

"물론 일이니까 돈이라면 주지. 닷새 동안은 일단 상황을 볼 생각이야. 어떠냐?"

일? 돈? 드루이드 씨의 아버지니까 협력하는 건데 돈이라니…….

"아이비, 나도 도울 테니까 열심히 해보자. 돈을 모아야지."

"예. 물론 부탁드리겠습니다. ……어라?

지금 조건반사처럼 대답했는데…… 왜 찬성한 거지?

"풋."

드루이드 씨의 웃음소리가 조리장에 울렸다.

"드루이드 씨!"

"아니, 진지하게 생각하면서도 바로 대답이 돌아오길래."

나도 스스로에게 놀랐다. 그만큼 드루이드 씨를 믿고 있는 거겠지. 뭐, 여행을 함께 한다면 이런 느낌일까?

"어이! 드루이드. 아이비를 난처하게 하면 안 되지."

주인아저씨가 드루이드 씨를 야단쳤다. 거기에 어깨를 으쓱이며 대답하는 모습에 내 몸에서 힘이 빠졌다. 지도네 돈이네 하는 소리에 좀 혼란스러웠지만, 협력하는 건 싫지 않다.

"그렇게 복잡하게 생각할 것 없어. 그냥 일로서 의뢰하고 싶으니까 지도라고 말했을 뿐이야. 미안하구나."

"아뇨, 저기, 딱히 돈 같은 건 필요 없는데요."

"아니지, 상품을 만드는 이상 확실하게 돈을 지불해야 해. 그게 장사꾼으로서의 방침이라고 생각해다오."

장사꾼으로서의 방침이라니, 왠지 멋있네.

"그렇다면 그 의뢰, 받아들이겠습니다. 잘 부탁드립니다."

"그런가! 다행이구나. 드루이드도 일이니까 확실하게 부탁한다."

"알았어요."

"드루이드는 아이비 밑의 허드렛일로 고용하는 거니까 팍팍 부려먹어도 된다."

"아버지, 그건 좀 아니죠."

왠지 두 사람의 관계도 꽤나 자연스러워졌네.

"응? 왜 그렇게 기쁜 얼굴이야?"

두 사람을 보며 웃고 있었는지, 드루이드 씨가 물어왔다. 여기서 두 사람의 관계 같은 소리를 꺼내면, 둘 다 긴장하겠지. 모처럼 자연스러워졌으니까 그 소리는 안 하는 편이 좋겠어.

"재미있겠구나 싶어서요."

"재미?"

"네. 사람들이 받아들여줄지 걱정이지만, 재미있겠어요."

얼마나 일이 잘 풀릴지 걱정이지만, 어떤 반응이 돌아올지 기대된다.

"그렇지, 아버지. 식재료가 부족해졌다는 걸 마을사람들이 알아요? 왠지 다들 위기감이 없는 것처럼 보이던데."

"음, 알고 있지. 다만 전에도 비슷한 일은 있었지만, 그때는 어떻게든 벗어났으니까. 이번에도 괜찮을 거란 마음이 강한 거겠지."

그렇구나, 그러니까 다들 조급하지 않은 건가. 현황을 아는 주인아저씨는 고생이네. 식량 확보만이 아니라 마을사람들의 생각도 바꾸어야만 하니까.

"고생이시네요."

내 말에 주인아저씨가 쓴웃음을 지었다.

"지난번하고 이번은 사람의 숫자가 압도적으로 다르니까."

아, 그러고 보면 토키히 씨가 이웃마을에서 인구가 유입되었다고 그랬다. 깜빡하고 이유를 안 물었네.

"음? 벌써 해가 지기 시작했군. 얼른 길드에 가야겠어."

주인아저씨가 준비했던 서류를 챙겨서 가방에 넣더니, 나갈 준비를 시작했다.

"꽤나 서두르네요."

"소스 배합은 많은 이들이 생각하고 있으니까, 완성했거든 얼른 등록하는 게 좋아. 게다가 길드가 식량 문제에 대해 상담도 해왔고. 대량으로 있는 '쌀'의 활용법을 생각해냈다고 하면 조금은 마음을 놓겠지."

길드의 상담자라니 주인아저씨도 대단하네.

가게를 보고 있던 아주머니와 언니에게 인사를 하고 가게를 나서자, 인사도 대충하고 아저씨가 길드로 향했다.

"여전히 정신없는 사람이야."

드루이드 씨가 기쁜 듯이 그 뒷모습을 바라보았다. 그 모습에 왠지 모르게 얼굴이 풀어졌다.

"응? 왜?"

"아뇨. 드루이드 씨, 아저씨를 위해서라도 열심히 해요."

"그래, 무리가 안 되는 정도로 해보자."

아, 부끄러워한다. 그런 모습에 미소가 떠올랐다. 좋아, 다 함께 웃을 수 있도록 쌀도 소스도 성공할 수 있게 해보자!

173화 많은 일이 있구나

드루이드 씨와 함께 광장으로 돌아오면서 고개를 갸웃거렸다. 뭔가 질문할 게 있었던 느낌인데 뭐더라? 이런저런 일에 정신이 없어서 잊어버렸다.

"왜 그래?"

"뭔가 모르는 게 있어서 드루이드 씨에게 물어보려는 게 있었는데, 그게 뭐였는지 까먹었어요."

"그래? 대체 뭘까?"

드루이드 씨가 나를 따라서 고개를 갸웃거렸다.

"대체 뭘까요?"

"아니, 그걸 나한테 물어보면 안 되지."

"그렇긴 하죠. ……아, 이웃마을에서 인구가 유입되었다고 그랬는데, 무슨 일이 있었나요?"

"아, 그거 말인가. 마을의 권력다툼이야."

권력다툼? 마을에서 권력을 두고 다툴 일이 있나?

"촌장에게 자식이 여럿 있으면, 촌장이 죽은 순간부터 마을을 놓고 싸우는 일이 있어. 영주일 경우는 그 정도가 더 심해지기도 하지."

그렇구나. 마을사람들도 자기들이 미는 사람이 촌장이나 영주가 되면 좋은 일이 생길지도 모르니까.

"권력다툼에 진 마을사람들이 이 마을로 옮겨온 건가요?"

"아니, 그 싸움에 휘말리기 싫은 사람들이 살던 마을을 버리고 도망쳐왔어. 마을사람들 사이의 폭력사건도 많아서 심각했다는 모양이야."

우와아, 그런 마을이 있나. 그렇긴 해도 여행을 하고 있으면 마을의 여러 사건이나 문제를 자주 듣게 되네.

"마을은 저마다 문제들을 안고 있는 거네요."

"뭐, 사람이 모이면 그렇게 되곤 하지. 문제가 뚜렷하게 불거지는 때가 바로 영주와 촌장이 세대 교체될 때야. 누가 뒤를 잇느냐를 놓고 마을 전체를 끌어들여서 싸우니까."

"장남이나 장녀가 뒤를 잇는 거라고만 생각했어요."

"보통은 그래도 되는데, 아무래도 사람은 권력에 눈이 머는 법이겠지. 주위 인간이 부추기는 경우도 있고. 또 다른 경우라면 특산물이 생겨났을 때일까. 이건 권리에 따라붙는 돈 문제야."

권력다툼에 금전 문제. 전생의 내가 이 생각에 동조하고 있다. 어느 세계든 다름없다는 소리겠지.

"아, 길드마스터의 전언을 전했든가?"

"아뇨, 못 들었는데요."

"미안. 사흘 정도면 준비가 다 된대. 기다리게 해서 미안하다고."

"준비? 무슨 이야기인가요?"

길드마스터가 나를 기다리게 했다니, 무슨 이야기지?

"사례금 이야기, 잊어버린 건 아니지?"

아, 분명히 그런 게 있었지. 까맣게 잊고 있었다.

"기억났어요. 글루발 토벌 말이죠?"

"그래. 게다가 한 번도 아니라 두 번."

아하하, 그랬다. 시엘이 두 번이나 글루발을 사냥했지.

"멋있었죠. 움직임이 민첩하고 경쾌해서."

시엘이 사냥할 때의 모습을 떠올렸다. 군더더기 없이 가벼운 움직임이라서.

"분명히 그걸 보았을 때에는 감동했어."

둘이서 시엘의 멋진 모습을 이야기하면서 광장으로 돌아왔다. 텐트 앞에 도착…… 어라? 드루이드 씨랑 오늘 저녁식사 약속을 했던가? 뭐, 간단한 거라면 금방 만들 수 있으니까 문제없지만.

"아."

"왜 그러세요?"

드루이드 씨가 난처한 표정을 하였다. 무슨 일 있었나?

"아니, 무심코 아이비를 따라 와버렸구나 싶어서."

……그러고 보면 전에도 그랬던 적이 있었지.

"처음 만난 날 말이죠. 간단한 거라면 금방 만들 수 있으니까 저녁 드시고 가실래요?"

"아니, 오늘도 또 그러기에는 미안하니까."

"1인분이고 2인분이고 다를 것도 없어요."

으음 소리를 내면서 드루이드 씨가 생각에 잠겼다. 그렇게 어려운 문제도 아닐 텐데.

"그렇지! 아이비."

"네."

"오늘은 노점에 뭐 먹으러 안 갈래? 저녁식사도 겸해서, 그게 뭐냐, 내가 살게……. 사례로."

살짝 붉어진 얼굴로 부끄러워하는 드루이드 씨. 그 재미있는…… 아니, 처음 보는 표정에 조금 놀라면서 사례라는 말의 의미를 생각했다. 사례를 받을 만한 일을 한 기억은 없는데.

"아버지랑 어머니 문제 말이야."

아, 양친과의 관계 수복? 말인가. 하지만 서로 충돌했던 것도 아니니까, 시간이 지나면 자연스럽게 수복 가능했을 것도 같은데.

"오랜만에 부모님 앞에서 편하게 있을 수 있었어."

분명히 가게에 들어간 순간의 드루이드 씨의 태도…… 풋.

"아이비."

"아하하하, 죄송해요. 그렇지, 주인아저씨랑 드루이드 씨는 긴장한 모습이나 그걸 둘러대는 방법이 똑같아요."

"어, 똑같아?"

"그래요. 처음 보았을 때에는 놀랐다고요."

내 말에 놀라는 표정을 하는 드루이드 씨. 몰랐던 걸까?

"역시나 부자지간이라고 생각했어요."

존경한다고 했으니까, 어렸을 적부터 주인아저씨를 잘 지켜보면서 자연스럽게 행동이 비슷해졌겠지.

"그런가……. 그래, 부자란 말이지."

드루이드 씨가 입가를 가리지만, 눈꼬리가 완전히 처져 있다. 웃고 있는 그를 보며 나도 기뻐졌다. 도움이 되어서 기분 좋다.

"좋아, 맛있는 걸로 사줄게."

"후후후. 아, 노점에는 아직 식재료가 충분할까요?"

"그러고 보니 그렇군. 나도 큰일이야. 근거도 없이 마음 한구석으로는 괜찮을 거라고 생각하고 있었어."

뭐, 눈앞까지 문제가 들이닥치지 않으면 위기감은 생겨나지 않지만.

"그런 점을 염두에 두고 가게들을 돌아보죠."

"그래. 먹고 싶은 게 있거든 마음 편히 말해줘."

"네. 고맙습니다."

일단 텐트 안으로 돌아가서 소라와 프렘에게 말하였다. 노점에 같이 가줄 건지, 두 마리에게 확인하기 위해서였다.

"노점에 갈 건데, 같이 가줄래? 아니면 텐트에서 기다릴래? 으음, 같이 가줄 거면 몸을 부르르 흔들어. 기다릴 거면 가만히 있고."

두 마리가 나를 보면서 부르르 몸을 흔들었다. 아무래도 같이 행동해줄 모양이다.

"고마워. 소라도 프렘도 착하구나."

가만히 두 마리의 머리를 쓰다듬자, 기쁜 듯이 몸을 흔들기에 웃음이 절로 나왔다. 두 마리의 귀여운 모습을 만끽한 뒤에 가방에 넣고 어깨에 멘 뒤에 텐트를 나섰다. 노점이 줄을 이은 대로로 향하면서 음식 이야기로 꽃을 피웠다. 아무래도 드루이드 씨가 추천하는, 고기가 가득 들어간 수프가 있다는 모양이다.

"그럼 그 가게부터 갈까요."

"그럴까."

대로로 나가서 노점이 보일 즈음부터 위화감을 느꼈다. 활기가 없다.

"영향이 나오고 있군."

"그런가 보네요."

노점을 보고 다니자, 닫힌 가게가 눈에 들어왔다. 아무래도 식재료 가격이 올랐기 때문에 가게를 계속할 수 없었든가, 재료가 들어오지 않았든가.

"쌀을 퍼뜨린다고 해도 글루발 문제를 어떻게 안 하면 근본적인 해결까지는 안 되겠는데요?"

"그렇겠어."

드루이드 씨가 크게 한숨을 내쉬었다. 광장에서 들은 소문으로는 상위 모험가들이 돌아올 날짜가 이미 지났다고 했다. 무슨 일이 있는 거 아닌가 싶어서 모험가들 사이에서 불안한 이야기가 퍼지고 있었다. 분명히 상위 모험가 세 팀이 글루발을 조사하러 숲으로 향했다고 했지. 무사히 돌아왔으면 싶다.

"여어, 드루이드잖아."

그런 목소리가 들린 쪽으로 시선을 향하자, 꽤나 체격 좋은 노년의 남성이 있었다. 그 목소리에 옆에 있던 드루이드 씨의 몸이 순간 떨렸다. 이상하다 싶어서 옆을 보니, 왜인지 굉장히 뻣뻣한 미소를 지은 그의 모습이 있었다.

"오랜만에 스승을 만났는데 기쁘지도 않은 거냐?"

"아뇨, 건강해 보이셔서."

아하, 드루이드 씨의 스승님인가. 드루이드 씨의 표정을 본 스승의 얼굴에 히죽 하고 미소가 떠올랐다. 아~, 드루이드 씨, 잔뜩 겁먹었어. 왠지 모르게 고생하신다고 말하고 싶어지는 분위기야.

174화 스승님

"그러고 보면, 팔을 잡아먹혔다고 그랬던가? 너도 정말로 바보로군."

드루이드 씨의 스승은 말도 참 매섭네. 설마 재회하자마자 그 이야기를 꺼내다니.

"하아, 스승님은 정말로 변함없으시군요."

익숙한 건가.

"인간이란 건 이 나이가 되면 그리 쉬이 변하질 못하지. 오, 이쪽이 소문 자자한 아이비인가?"

응? 그러고 보면 내 소문이 퍼지고 있댔나. 흥미가 없으니까 잊어버리고 있었어.

"처음 뵙겠습니다, 아이비입니다. 드루이드 씨에게 신세지고 있습니다."

고개를 숙이며 인사하자, 조금 놀란 뒤에 씨익 하고 웃음이 돌아왔다. 으음, 이 미소, 뭔가 꾸미고 있는 것 같아서 왠지 등골이 오싹해지네.

"드루이드를 따라다니는 멍청한 애가 있다고는 들었는데, 아무래도 소문과 다른 모양이군."

따라다니는 멍청한 애? 그러고 보면 요즘에는 자주 같이 있었으니까. 주위에서 보면 그렇게 보이나?

"그런 이야기가 돌고 있습니까?"

드루이드 씨의 다소 초조한 목소리. 딱히 신경 쓸 것도 없을 텐데.

"아저씨."

"뭐냐, 할 말 있냐?"

"할 말? 아뇨, 없어요. 저는 멍청한 애면 충분해요."

""뭐?""

애는 다들 어딘가 멍청한 부분을 가지고 있다. 그게 뭐가 잘못인가.

"왠지 꽤나 특이한 애로군."

"스승님! 너무하시는 거 아닙니까."

“여전히 고지식하군.”

스승의 한심해하는 표정과 드루이드 씨의 지친 표정. 두 사람의 표정은 전혀 다른데, 왠지 잘 어울리는 것처럼 느껴지네. 그렇긴 해도 이 사람도 꽤나 개성이 강해.

“스승님은 여기서 뭘 하고 계십니까?”

“끼니 조달이다. 너희도 그러냐?”

“아뇨, 그 이야기가 아닙니다. 왜 이 동네에 계신 겁니까?”

“이웃 마을에 있었는데, 이 마을에서 원조 의뢰가 나왔다고 해서 말이지. 제자들이 어쩌고 지내나 걱정되어서 얼굴 좀 보러 왔다.”

“그러고 보면 길드마스터가 원조를 의뢰했다고 했던가.”

스승이 제자를 걱정하여 얼굴을 보러온 건가. 자상한 부분도 있네.

“힘들어하는 길드마스터와 저를 보고 웃어주러 오신 거 아닙니까?”

응? 설마 그건…….

“뭐, 그런 게지. 하지만 조금은 걱정했다고.”

……그렇구나. 뭐, 본심을 말하지 않을 뿐일 수도 있겠고.

“하지만 글루발 때문에 타격이 꽤 크군. 노점이 절반 정도 닫았어.”

“그 정도입니까?”

“그래, 한 바퀴 돌아봤으니까 틀림없어.”

이틀 전까지는 더 많이 영업하고 있었는데.

“그렇습니까. 어쩌지, 아이비? 노점이 이 상태면 식당도 안 할 것 같은데.”

“광장으로 돌아가지 않으실래요? 식재료라면 아직 있으니까 간단한 거라면 만들 수 있어요. 아저씨도 같이 어떠세요?”

“뭐?!”

“오? 괜찮겠냐? 드루이드, 미안하구만.”

드루이드 씨, 거기서는 꾹 참아야죠. 입 밖에 내니까 스승님에게 놀림 받는 거라고요.

“하아, 스승님. 아이비를 너무 귀찮게 하지는 말아주세요.”

“……정말로 소문하곤 다르군.”

어떤 소문이 나도는 걸까? 물어보기 무섭네. 이건 여태 그랬듯이 신경 쓰지 않기로 하자.

“아이비, 궁금하냐?”

아, 표적이 나로 바뀌었다.

“아뇨, 별로 신경 안 쓰니까요. 그보다도 못 드시는 것 있나요?”

“왠지 애답지 않은 애로군.”

내가 자기 이야기에 넘어오지 않는다고 삐지지 말아줬으면 싶은데……. 아니, 이것도 덫일까? 나를 곰곰이 뜯어보는 듯한 느낌이다. ……무시하자.

"가리시는 건 없는 모양이니 마음대로 만들게요."

"우와아~, 드루이드나 고토스가 어렸을 때랑 전혀 다르군. 정말로 여섯 살인가 일곱 살인가 그런 나이냐?"

이미 익숙해! 그런데 고토스라는 게 누구지? ……아, 길드마스터의 이름이 분명히 그랬던 것 같기도 하고…… 아닌 것 같기도 하고?

"아저씨, 저는 아홉 살이에요."

"……아홉 살? 그렇게 조그만데?"

큭, 조그맣다는 말이 제일 마음에 아프게 꽂히네.

"아무튼 광장으로 돌아갈까, 아이비. 도중에 뭐 살 만한 게 있을지 찾는 편이 좋을까?"

식재료는 산토끼랑 들쥐 고기가 아직 있고, 야채도 아직 남아있다. 만일의 경우에 쓸 쌀도 오늘 새로 확보했고. 조미료나 약초는 여행 도중에 꽤 넉넉히 확보해놨고.

"괜찮아요. 다만 드루이드 씨는 어제 같은 덮밥이 될지도 모르는데, 괜찮을까요?"

"물론. 도울 일이 있으면 뭐든지 말해."

"아뇨, 괜찮아요. 간단한 거니까요."

괜찮다고 할까, 도움을 받는 게 다소 거북하다. 도움을 받는 건 기쁘지만, 내 방식대로 요리를 할 수 없게 되니까. 그게 좀 싫다. 접시를 챙겨주는 정도라면 고맙게 생각하겠는데.

그러고 보면 라트루아 씨 일행과 함께일 때도 처음에는 같이 요리를 만들었지. 어느 틈에 접시를 꺼내거나 물이나 차 준비를 하는 정도가 되었지만. ……혹시 무의식중에 태도로 드러났나? 아, 한 번 그런 이야기가 있었다. '혼자 만드는 편이 편해?'라고. 그때는 생각도 안 했으니까, 왜 그런 질문을 하는지 의문이었지만. 내가 기분 좋게 요리할 수 있도록 배려해준 걸지도. 다음에 만나면 감사의 말을 하자.

"왜 그래?"

"아뇨, 이전 일이 좀 떠올라서."

"그래? 무슨 일 있거든 말해줘."

"네."

어제가 오야코돈 비슷한 것, 오늘은 고기를 듬뿍 넣은 덮밥? 산토끼나 들쥐 고기로 대용 가능할까? 뭐, 한번 만들어보자. 고기가 많이 들어가면 어느 정도 괜찮겠지. 아, 덮밥은 고기 맛이 꽤 강하니까, 산토끼도 들쥐도 약초로 냄새를 잘 잡아야지.

"'덮밥'이란 게 뭐냐? 들어본 적 없는데."

아, 드루이드 씨의 스승한테는 쌀 드실 수 있냐고 물어보지 않았네.

"직접 확인해보시죠."

드루이드 씨, 그래선 표정으로 뭔가 있다고 알 수 있거든요. 저기 봐요, 스승도.

“호오, 재미있겠군.”

……스승의 성격을 잘 이용한 건가? 왠지 이 두 사람 사이에 있으면 심장에 안 좋아.

광장으로 돌아와서 텐트에 들러 소라와 프렘을 가방에서 꺼냈다.

“포션, 여기 둘게. 천천히 먹어.”

두 마리가 각자의 속도로 부르르 몸을 떠는 것을 확인한 뒤에, 텐트를 나와 요리를 시작했다. 일단 밥을 짓고, 다음에 산토끼 고기의 잡내를 잡기 위해 약초로 문지르고, 다음에는 간장에 재운다. 그러고 보면 내 기억 속에서는 쌀을 물에 불린 뒤에 밥을 했는데, 여기의 쌀은 그랬다간 너무 부드러워진단 말이지. 역시 쌀의 성질이 조금 다른 거겠지.

“차 준비를 할게.”

“고맙습니다. 스승님을 안 챙겨드려도 되나요?”

“그래, 괜찮아. 그보다 난 좀 쉬고 싶어. 왜 저리 쌩쌩한 건지.”

아하하, 스승에게 계속 휘둘렸으니까.

“수고 많으십니다.”

드루이드 씨는 차 준비를 마친 뒤에 크게 한숨을 내쉬고 스승에게 돌아갔다. 그렇게 비장감을 띠고 있으면 또 놀림감이 될 것 같은데……. 아, 무슨 이야기가 나왔나 보다. 괜찮나?

밥은 대충 되어서 뜸만 들이면 되니까, 그동안에 덮밥 준비를 끝내야지. 육수에 산토끼 고기와 야채를 넣어서 끓여내고, 양념은 간장에 벌꿀. 오늘은 건조시킨 매콤한 약초를 넣는다. 그리고 달걀……이 아니라 육 열매를 얹어서 완성.

"다 됐다.

자, 그럼 가져가자. 응? 왜 드루이드 씨가 저렇게 주저앉아 있지? 스승은 엄청 즐거운 얼굴이네. 저기에 가려면 용기가 좀 필요한데. ……밥이 식을 테니, 얼른 가자.

175화 아직 젊어!

"…………어이, 드루이드. 이건 뭐냐?"

소고기가 아니라 산토끼 고기니까 산토끼 고기덮밥이라고 해야겠지. 그걸 내놨더니 스승이 얼굴을 찌푸리고 있다. 뭐 이상한가? 한 입 먹어보았지만, 잡내도 잘 잡혀서 맛있게 되었다. 밥하는 실력도 점점 늘고 있으니 문제없다. 살짝 아릿한 매운맛이 좋아.

"뭐냐니, '쌀'을 이용한 덮밥입니다. 으음, 이건 산토끼 고기로군."

우와~, 드루이드 씨의 환한 미소. 왠지 시꺼멓게 보이는 건 기분 탓일까?

"'쌀'…… 그건 동물 먹이지. 인간이 먹을 게 아냐~! '쌀'은 못 먹는다!"

스승은 스푼을 드루이드 씨에게 들이대며 잘라 말했다. 왠지 거부 반응이 세네. 그렇게나 문제인가? 맛있는데?

"그러니까 아이비는 요리를 시작하기 전에 못 먹는 게 없냐고 물은 거 아닙니까. 스승님, 거기에 토를 달지 않으셨지요. 그렇지, 아이비?"

여기서 내게 이야기를 돌리다니. 분명히 '못 드시는 건 없나요?'라고 묻기는 했다. 아무 말도 없었던 이상 못 먹는 것이 나왔다고 해도 얌전히 먹을 수밖에 없을 것이다. 하지만 설마 동물 먹이로 사용되는 쌀이 나올 거라곤 생각도 못했겠지.

"그러네요."

일단 결과만 보고 대답하자.

"그런 겁니다."

"드루이드, 속였군."

속였다기보다도 직접 함정에 빠지러 간 꼴인데.

"스승님도 신나서 받아들인 이야기 아닙니까. 자업자득입니다. 자, 어서 드시지요. 맛있으니까요."

"윽, 설마 이 나이에 동물 먹이나 먹게 되다니……."

그렇게까지 싫어하는 걸 보면 이유를 알고 싶어지네.

"왜 그렇게까지 거부하는 건가요?"

"나이 드신 분일수록 거부반응이 센 거겠지."

드루이드 씨의 말에 고개를 갸웃거렸다. 나이 드신 분일수록?

"어이, 나는 아직 젊다. 늙은이 취급 마라."

"그럼 드실 수 있겠군요? 아직 젊은 스승님이니까요."

아하하, 이건 분명히 아까의 앙갚음이야. 이렇게 시끄먼 드루이드 씨는 처음 보네. 슬쩍 시선을 두 사람에게서 떼어서 식사에 집중했다. 왠지 지켜보고 있으면 소화에 안 좋겠어. 아, 쌀을 싫어하는 이유를 안 물어봤다. ……나중으로 할까. 지금은 말을 걸기 좀 꺼려진다.

"으으, 제길……."

아, 먹었다. 시선을 돌리고 있었지만, 궁금하길래 가만히 엿보았다. 미간에 주름이 장난 아니네. 혹시 입에 안 맞았나?

"……맛있구만."

"아이비가 만든 요리는 맛있지요. '쌀'의 생김새는 어쩔 수 없지만……."

"독충의 알 같아 보이지."

"아하하, 그건 생각하지 않는 게 좋겠죠."

응? 독충의 알이랑 비슷해? 그건 몰랐네. 그 생김새 때문에 싫어하는 건가.

"그렇긴 해도 맛있군. 산토끼 고기 특유의 잡내가 없어. 이거 좋은데."

다행이다. 마음에 든 모양이다.

"하지만 '쌀'을 용케도 먹을 생각을 했군."

"으음."

뭐라고 대답할까.

"아이비는 여러 식재료로 요리하는 것에 도전하고 있으니까요."

드루이드 씨, 고맙습니다. 뭐라고 말해야 납득해줄지 아무 생각도 안 든 참이었기에 다행이다. 나중에 감사의 말을 하자.

"호오, 어린 나이에도 기특하군. 산토끼 잡내는 어떻게 처리한 거지? 그건 아무리 신선도가 좋아도 나기 마련인데."

"약초를 썼습니다."

"요리에 약초? 그런 걸 요리에 쓰나?"

"아저씨도 들어본 적 없나요?"

"그래, 요리에 흥미는 없지만 정보라면 나름 들어오지. 하지만 약초를 쓴 요리는 들어본 적 없군. 약초를 먹는 경우라면 떠올리기도 싫은 산비둘기 수프 정도겠지."

산비둘기 수프. 이 사람도 싫어하는구나.

"약초를 써서 맛있게 만드는 아이비는 대단하군!"

전생의 지식을 활용한 거니까 그런 말을 들으면 왠지 켕기는 기분이다. 시선을 이리저리 돌리고 있자, 머리 위에 손이 얹혔다. 바라보니 스승이 가만히 나를 바라보고 있었다.

"아저씨?"

"어린 나이에도 대단한데, 아이비는."

왠지 방금 전이랑은 반응이 조금 변한 것 같다. 방금 전에는 말에 가시까지는 아니더라도 뭔가 배제하는 듯한……. 조금 다른가. 우호적이긴 하지만, 관찰하는 듯한…… 으음, 표현하기 어렵네.

"그래, 대단해."

그 눈꼬리에 한순간 깊은 주름이 새겨졌다. 아, 미소가 다르다. 뭔가 꿍꿍이가 있는 미소가 아니라 한순간이지만 정말로 기쁜 기색이었다.

"잘 먹었다. 간만에 맛있는 걸 먹었군."

"잘 먹었어, 아이비, 고마워. 설거지는 내가 할게."

"잘 먹었습니다. 저도 할게요. 둘이서 하는 게 빠르니까요."

"미안하군. 아직 한손에 익숙지 않아서."

"어쩔 수 없어요. 제가 씻을 테니까 물로 헹궈주세요."

설거짓감을 모으고 있는데, 드루이드 씨가 냉큼 가져가주었다. 거기에 감사의 말을 하고, 둘이서 조리장소로 향하려는데.

"스승과 제자라고 생각했는데, 분위기가 왠지 부녀 같구만."

스승의 놀리는 목소리가 들렸다. 부녀라. 아버지의 모습에 좋은 이미지가 없다. 하지만 드루이드 씨가 아빠라.

"좋은 아빠라서 기쁘네요. 차 가져올게요."

"헤엑?"

옆에서 왠지 이상한 소리가 들려왔지만 개의치 않는다. 생각이야 내 자유니까.

"하하하, 똑 부러진 아이라서 다행이군. 부모로서 기쁘겠어, 드루이드."

"큰 소리로 괜한 소리 마시죠. 또 이상한 소문이 나겠습니다."

분명히 '따라다니는 멍청한 애가 사실은 친자식이었다!'라니. 가게 주인아저씨가 놀라겠어.

"미안해, 또 이래서."

"문제없어요."

"소문은 싫잖아? 괜한 소리를 떠들어대는 것 같아서."

일단 소문이 나면 무슨 수를 써도 없어지지 않는다. 그럼 신경 쓰지 않는 게 제일이다.

"소문은 없앨 수 없고, 반발하면 괜히 더 퍼지고요. 그럼 신경 쓰지 않는 게 제일이에요."

"그렇긴 하지만, 미안해. 내가 같이 있으니까."

"드루이드 씨는 잘못 없어요. 게다가 '따라다니는 멍청한 애'라는 건 재미있는 소문 같지 않나요?"

"그래? 화나지 않아?"

드루이드 씨를 보니, 얼굴에 불쾌한 빛이 있었다. 내 대신 화내주는 사람이 있다. 그건 행복한 일이다.

"신경 안 써요. 드루이드 씨가 있으니까요."

"뭐? 나?"

"예. 소문을 믿나요?"

"설마. 그런 걸 믿을 리 없잖아."

"제가 소중하다고 생각하는 사람이 소문을 믿지 않고 저 자신을 봐준다. 그거면 충분하니까 소문 같은 건 신경 안 써요. 아무래도 좋아요."

"……그래."

부끄러운 듯한 드루이드 씨의 목소리. 그 목소리에 나도 조금 부끄러워졌다.

"네."

둘이서 설거지를 마치고, 식기와 새로 끓인 차를 가지고 텐트 앞으로 돌아왔다. 이웃 텐트를 보니, 오늘은 없는 모양이다. 그러니까 거기 있던 테이블과 의자를 멋대로 빌렸다. 다음에 뭐라도 만들어서 답례를 하자.

"스승님, 여쭙고 싶은 게 좀 있습니다만."

"오, 뭐냐. 이 차, 맛있구만."

"그건 아이비가 숲에서 찾은 찻잎입니다. 글루발이 사나워진 원인을 모르십니까?"

"숲에서라, 그거 대단하군. 글루발 말이지, 조금 조사해봤는데 원인은 알 수 없었다. 하지만 글루발은 아니지만 이전에 다른 마물이 쓰레기 이외의 이유로 갑자기 난폭해진 적이 있었다나 본데."

글루발 이야기와 차 이야기가 섞여서…… 정신이 없네.

"이전에 말입니까? 쓰레기가 아니라면 그때의 원인은 뭐였습니까?"

"그게 말이지, 알 수가 없어. 문헌에서는 '수명으로 죽은 마물을 먹었기 때문에 흉포해졌다'라고 적혀있었는데. 마물의 고기를 먹어도 난폭해지지 않는다는 건 알려진 사실이니까."

"그렇죠? 그런데 문헌에 적혀있다? 어떻게 된 거지?"

수명으로 죽은 마물? 드루이드 씨가 의아한 표정으로 스승을 바라본다. 하지만 스승도 그 이상은 모른다는 듯이 어깨를 으쓱일 뿐. 아쉽지만 해결의 실마리는 없는 모양이다.

176화 이상한 기록?

"그러고 보면 글루발 문제를 조사하러 간 상위 모험가가 전멸했댔나?"

뭐? 분명히 귀환이 늦다는 소문은 퍼졌는데, 전멸한 거였어?

"바보 같은 소리는 마시죠. 연락은 있었던 모양이니까 괜찮습니다. 뭐, 별로 좋은 상황이 아니긴 한 모양입니다만."

그건 괜찮은 게 아닌 듯한데…….

"좋은 상황이 아니라는 건 안 좋단 소리겠지. 이거 연락이 끊기면 각오할 필요가 있겠어."

"뭐, 그렇습니다만."

"하지만 어떻게 좀 안 되나. 지금으로선 마을로 다가올 뿐이라지만, 조만간 마을에 들어오려고 할 가능성이 크니까."

"아, 그거 말이죠. 음, 아직 당분간은 괜찮을 거라 생각합니다."

응? 드루이드 씨의 이상한 대답에 스승이 의아한 표정을 보였다. 나도 순간 고개를 갸웃거릴 뻔했지만, 시엘을 떠올렸다. 아마도 시엘이 있는 동안 괜찮다고 생각하는 거겠지. 하지만 숫자를 불려서 덤벼온다면 아무리 강한 시엘이라도 당할 가능성이 있다. 그러니 너무 무리는 하지 않았으면 싶다.

"무슨 수 없겠습니까? 글루발을 원래대로 되돌릴 방법 같은 게."

"어렵겠지~."

스승의 그런 말에 드루이드 씨가 한숨을 내쉬었다.

"그렇습니까."

그러고 보면 이전에도 갑자기 난폭해진 마물이 있었다고 했는데, 그때는 어떻게 했을까?

"저기, 질문 드리고 싶은 게 있는데요."

"왜 그래? 궁금한 거라도?"

"네, 이전에도 비슷한 일이 있었다고 그러셨는데, 그때는 어떻게 해결했나요?"

"아, 그건 궁금하군요. 스승님, 그때는 어쨌습니까?"

스승을 보니, 미간에 잔뜩 주름을 만들고 있었다. 게다가 눈매가 날카로워져서 무섭다. 물어보면 안 되는 거였나?

"아~, 그게 말이지. 아까 말한 문헌에는 '수명으로 죽은 마물을 불태웠다'고 적혀 있었다."

불태워? 왠지 이상하네. 아까 스승이 말한 내용은 '수명으로 죽은 마물을 먹어서 흉포해졌다'였다. 먹었을 텐데 왜 불태울 사체가 있었지? 수명으로 죽은 마물이 많이 있다는 소리?

"저기, 그건 믿을 만한 정보입니까?"

아, 거짓 정보일 가능성도 있나.

"마을이 남긴 문헌이고, 제대로 서명도 남은 거였으니까 진짜 정보다."

서명이 남은 문헌인가. 그것은 검열을 받아서 진짜 정보가 틀림없다고 증명받았다는 소리다. 즉 진짜로 수명으로 죽은 마물 때문에 흉포해진 마물이 있었다는 소리다. 그러고 보면 왜 일부러 이런 방식으로 정보를 남겼지?

"왜 그러니, 아이비?"

내가 고개를 갸웃거리는 것을 보았는지 드루이드 씨가 물어왔다.

"저기, 왜 일부러 '수명으로 죽었다'고 적었을까요?"

"음? 그야 사실이 그렇기 때문이겠지?"

“그렇지만, 쓸 필요가 없을 것 같아서요. 그보다도 죽은 마물의 이름 같은 건 없었나요?”

수명으로 죽었다는 정보보다 이 마물이 무엇인지가 더 궁금하다. 그 마물이 뭔지 알면 조심할 수 있으니까.

“분명히 그렇군.”

“그래, 분명히 맞는 말이야.”

“스승님, 마물의 종류가 뭐라는 말은 없었습니까?”

“없었다. 문헌에는 ‘수명으로 죽은 마물을 먹은 마물들, 흉포해져서 마을을 덮치다’와 ‘수명으로 죽은 마물, 불태우니 흉포해진 마물이 진정. 이것으로 해결’이라고만 적혀 있었다.”

어라?

“흉포해진 마물의 이름이 전혀 나오지 않나요?”

“그래, 없었다. 그렇게 꽤나 날림인 문헌이야. 용케 이런 기록을 남겼군.”

“그런가요. 혹시 마물의 이름을 몰랐을 경우에는 특징을 자세히 적어두었을 텐데.”

문헌을 읽어본 적이 없어서 단정할 수는 없지만, 역시 좀 이상한 기록인가. 하지만 검열을 통과한 걸 보면 그 당시를 아는 누군가는 이거면 된다고 판단하고 서명한 거지. 그 말인즉슨.

“마물의 종류보다도 수명이 더 중요하다는 소리일까요?”

“““뭐?”””

응? 왜 거기서 둘이서 나란히 고개를 갸웃거리는 걸까.

"저기, 서명이 들어간 문헌이라는 것은 거기에 중요한 내용이 있다는 소리지요?"

"그래, 문헌에는 과거의 경험 중 미래에 도움이 될 거라고 판단되는 내용이 많이 실리지. 마물의 특징이나 토벌 방식. 상위 마물을 함부로 건드리면 이렇게 된다는 경험담도 거기에 들어간다."

"목숨을 잇는 소중한 정보원이지."

그렇게까지 중요한 것인지. 그건 몰랐네.

"그러면 더더욱 마물의 종류가 아니라 '수명'이 중요하다고 생각해요. 혹시 마물의 이름이 없었던 것은 몰라서가 아니라 다른 마물이라도 같은 일이 일어날 가능성이 있었기 때문일지도 모릅니다."

"다른 마물?"

"네. 으음, 기록에서 수명으로 죽은 게 글루발이라고 되어 있으면, 글루발만 조심하게 되지요. 하지만 수명으로 죽은 게 글루발 이외의 마물이라도 같은 현상이 일어난다면 글루발만 조심하는 건 위험합니다."

"그렇군, 마물의 이름을 적지 않는 것으로 모든 마물을 대상으로 삼았단 소린가."

드루이드 씨의 말에 고개를 끄덕이자, 스승이 내 머리를 가볍게 쓰다듬었다.

"대단하군, 아이비. 드루이드, 이 녀석은 머리가 좋구만. 아니면 조금 특이한 건가. 어느 쪽이야?"

"스승님, 이 녀석이란 말은 아이비에게 실례입니다. 그리고 특이하다는 건 뭡니까!"

"'이 녀석'이라는 말은 그런가, 미안하군. 하지만 특이하잖아?"

이 분은 말이 좀 거칠긴 하지만, 딱히 그걸 신경 쓰지 않는다. 아무래도 분위기가 비슷하기 때문이겠지.

"그래서 어쩔 거냐?"

"예? 뭘 말인가요?"

드루이드 씨와 함께 고개를 갸웃거렸다. 이 아저씨, 말이 좀 부족해.

"뭐냐니, 모처럼 아이비가 정보를 제공해 주었잖냐. 고토스에게 말하지 않을 거냐?"

"아, 그거 말이군요. 길드마스터에게 말해두겠습니다."

"그냥 저 혼자 생각일 뿐인데, 괜찮은가요?"

길드마스터라면 잘 판단해주겠지만. 바쁠 때에 괜한 정보를 주는 건 미안하다.

"문제없어. 모든 정보를 모아서 판단하는 게 녀석의 일이다. 게다가 아이비의 정보는 필요할 것 같군."

"그래, 아이비. 하지만 이 정보, 사실은 스승님이 알아차리셨어야 했을 것 같습니다만."

"무슨 소리냐. 나는 정보를 가져왔잖냐. 그거면 충분해."

응? 뭐가 충분하단 거지?

"스승님, 변명이 좀 그렇지 않습니까?"

"뭐가 좀 그렇다는 거냐?"

변명이라는 점에 대해서는 토를 달지 않는 걸 보면 인정하는 거네? 웃음이 나오려는 것을 간신히 참았다. 휘말리면 일이 복잡해질 것 같으니까. 마음을 진정시키기 위해 두 사람에게서 시선을 돌렸다.

"어라? 길드마스터?"

바로 그 시선 앞에는 꽤나 서두르는 길드마스터의 모습이 있었다. 아, 광장에 들어왔다. 드루이드 씨를 찾는 걸까?

"지금 하신 말씀 전부 다입니다."

"호오. 꽤 말재주가 늘었구만. 예전에는 징징 울면서 숲속을 돌아다녔던 녀석이."

"징징 울지 않았습니다. 말씀도 참."

"저기, 길드마스터가 왔는데요. 드루이드 씨를 찾는 걸까요?"

내 말에 두 사람의 시선이 이쪽으로 다가오는 길드마스터를 향했다.

"켁, 역시나!"

길드마스터의 엄청 거북한 듯한 목소리와 표정. 아, 이거 방금 전의 드루이드 씨와 똑같은 반응이다.

"여어, 잘 살고 있었냐?"

사냥감을 노리는 눈이라고 표현해야 할까. 분명히 이 눈매 앞에 놓이면 나는 바로 도망치겠네.

"왜 여기에? 스승님을 보았다는 헛소리를 하는 녀석이 있었으니까, 드루이드에게 진상을 확인할까 하고 왔더니만……."

길드마스터의 시선이 드루이드 씨를 향하지만, 그는 슬쩍 시선을 피했다. 드루이드 씨는 이미 경험했으니까 도와줄 마음이 없는 거겠지. 응? 저기, 길드마스터, 저를 향해 매달리는 눈을 해봤자 헛수고니까요.

"길드마스터, 힘내요!"

"아이비에게 버림받았군."

아니, 하지만 저 아저씨하고 맞서는 건 너한테 무리라고 생각하니까요.

"너무들 하는군, 오랜만에 만난 스승에게 그런 태도라니. 안 그러냐, 고토스?"

길드마스터, 힘내요!

177화 어? 먹어?

길드마스터와 스승이 재회를 이루고 5분 정도 되었을까. 왜인지 길드마스터가 조금 나이 먹은 느낌이다. 기분 탓이야, 분명. 그렇긴 해도 길드마스터도 스승에게는 정중한 말을 쓰네. 드루이드 씨도 기본적으로 정중하지만, 때때로 본색이 튀어나오니까.

"스승님, 그 정도로 하시죠. 길드마스터가 쓰러지겠습니다."

"뭐냐, 한심하게. 이 정도도 받아치지 못하면 어쩌려고?"

아니, 글루발에 대한 대응이 안 되는 걸로 공격하는 것도 아니다 싶은데. 고생하고 있으니까 조금은 응원해줘도 좋지 않을까. 아니면 이게 스승 나름대로의 응원이려나? 힐끗 그 얼굴을 보았는데, 엄청 재미있어 하는 기색이다.

"그래서 상위 모험가들은 전멸이냐?"

"……하아, 솔직히 모르겠습니다. 소식이 두절된 지 사흘입니다."

사흘인가. 내 생각 이상으로 문제가 커졌네. 상위 모험가가 돌아오거든 무슨 해결책이 보일 거라고만 믿고 있었다. 설마 돌아오지 않을 거라곤 생각도 하지 않았다.

"그럼 다음 수를 생각하고 있겠지?"

"……."

길드마스터가 험악한 표정으로 침묵했다. 다음 수가 없다는 걸까? 아니면 꽤나 어려운 걸까?

“길드마스터, 말해두겠는데 끌어들이진 마.”

드루이드 씨가 처음 듣는 목소리로 말을 내뱉었다. 평소와 너무 다르기 때문에 순간 누구 목소리인지 몰랐을 정도다.

“그래, 알고 있어. 쓰레기가 되고 싶진 않으니까.”

끌어들여? 쓰레기? 잘은 모르겠지만, 꽤나 어려운 일인 모양이다. 으음, 뭔가 도와줄 수 있으면 좋겠는데…… 나 자신은 약하니까. 뭘 한다면 시엘에게 부탁하게 된다. 그것도 처음부터 끝까지. 그런 건 안 돼. 나 자신이 스스로 할 수 있는 일로 도와야지.

“뭐냐? 이런 상황에선 안 되고 뭐고 없을 텐데.”

“스승님, 이것만큼은 양보 못 합니다.”

드루이드 씨의 험악한 시선이 스승을 바라보았다. 그 시선에 스승은 조금 놀란 기색이다. 살짝 숨을 삼키더니, 이유는 모르겠지만 ‘알겠다’라며 고개를 끄덕였다.

……내가 존경하는 사람은 멋집니다. 한 번 그렇게 말해주고 싶었지만, 지금은 참도록 하자. 나중에 소라와 프렘에게 들려줘야지.

“아, 그렇지. 아이비가 재미있는 사실을 알아차렸다.”

아니, 재미있는 사실이라니……. 그리고 나 말고도 알아차린 사람이 있을 거라고 생각하는데요.

"뭡니까?"

"마물의 흉포해진 사례에 대해서 조사했겠지?"

"예, 물론. 꽤 오래된 문헌이었지만, 비슷한 상황이라고 판단할 만한 것이 있었지만 써먹을 수 없었습니다."

"수명이란 단어 말이지?"

길드마스터가 의문을 떠올린 표정으로 스승을 보았다.

"그렇습니다. 그 어중간한 문헌 말이죠. 마물의 이름, 혹은 자세한 내용이 있었으면 이번 일에 도움이 되었을지도 모르는데. 왜 그런 문헌이 존재하는지 믿기지 않습니다."

역시 그런 식으로 해석되나.

"거봐라, 드루이드, 이런 생각이 보통이야. 아이비가 좀 이상한 거라고."

아저씨, 지금은 그걸 증명할 때가 아닌 것 같은데요. 아니면 머리가 좋지만 좀 이상한 애로 확정된다고요. 뭐, 전생이 있는 시점에서 특이한 애지만.

"결국 특이한 애라는 소리 아닙니까, 스승님."

드루이드 씨가 기막히단 표정으로 한숨을 내쉬었다.

"대체 뭡니까, 아까부터! 그래서 아이비가 뭘 알았다는 겁니까?"

"그 문헌을 다르게 해석했지."

스승이 뭔가 말하기 전에 드루이드 씨가 끼어들었다. 분명 스승이라면 괜한 소리를 섞을 테니까.

"다르게 해석? ……모르겠군. 무슨 의미지?"

"마물을 특정하는 듯한 정보는 한 줄도 없었지?"

"그래, 그러니까 못 써먹을 문헌이라고 생각했는데, 그게 아니라고?"

"아이비는 수명이라는 점이 중요한 게 아닐까 생각했어."

"수명?"

길드마스터가 나를 바라보았기에 고개를 끄덕여 동의를 표했다.

"그래. 수명으로 죽은 마물이라면 어떤 마물이라도 같은 현상을 일으키는 게 아니냐고. 그러니까 일부러 마물을 특정할 만한 정보를 전혀 적지 않은 거야. 그리고 흉포해진 마물에 대해서도 특정되지 않도록 적은 거지."

"즉 어느 마물이든 영향을 받을 가능성이 있다. 그러니까 마물의 정보가 없다."

조금 놀란 표정을 하는 길드마스터.

"그렇군. 그거라면 그 문헌의 기록에도 의미가 있다……. 그런가."

길드마스터가 생각에 잠겼다. 이래 놓고서 내 해석이 틀렸다면 역시나 미안하네.

"그렇다면 해결 방법은 무슨 의미지?"

그게, 그게 문제야. 수명으로 죽은 마물을 먹고 흉포해졌다. 즉 그렇게 마물의 시체는 없어질 터. 그런데 해결 방법에는 수명으로 죽은 마물을 불태운다고 한다. 전혀 의미를 모르겠다.

“그렇단 말이지~. 그걸 모르겠어.”

이 문헌을 쓴 사람은 오해를 부르지 않도록 중요한 부분만 기록한 것 같다. 즉 해결 방법도 성공한 방법을 간결하게 적었을 터.

“먹었는데 아직 있다? 먹었다…… 실은 먹지 않았다?”

“아이비, 무슨 소리지?”

응? 머릿속의 말이 입밖으로 튀어나왔나?

“먹어도 없어지지 않는 게 뭘까요?”

“……으음? 수수께끼냐?”

“아니에요! 그러니까 말이죠…….”

질문이 안 좋았나. 뭐라고 물으면 좋을까…….

“먹었는데도 태웠다고 하니까, 먹었는데도 없어지지 않았다는 소리지요? 아, 실은 먹은 것이 사체가 아니라 죽은 마물의 무언가란 소리 아닐까요?”

그래, 이거라면 맥락이 통할까? 하지만 그 뭔가를 문헌에 적지 않은 이유가 떠오르지 않는데.

“그래, 그런 식으로 생각할 수 있나. 이 녀…… 아이비의 발상은 재미있군.”

또 이 녀석이라고 말하려던 스승의 조금 허둥대는 표정이 재미있네. 나는 호칭에 신경 쓰지 않는데.

"무섭군. 그렇게 노려보지 말란 말이다, 드루이드."

응? 스승이 뭐라고 하는데, 목소리가 너무 작아서 안 들린다.

"아저씨?"

"아니, 아무것도 아냐. 그보다도 그 뭔가가 안 떠오르는 거지, 너희들?"

길드마스터와 드루이드 씨가 진지하게 고민하고 있다. 잠시 동안 생각한 뒤에 나란히 고개를 내저었다. 스승도 생각하긴 하지만, 크게 한숨을 내쉬었다. 마물을 흉포하게 만드는 것…… 어렵네.

"저기, 마물이 수명으로 죽는 일은 좀처럼 없나요?"

조금 궁금해졌어. 수명으로 죽은 마물 때문에 흉포해진다면, 사례가 더 많이 있었을 터. 하지만 문헌은 꽤 오래 전의 하나뿐이라고 했다. 즉 마물이 수명으로 죽기란 어렵다는 소리……려나?

"그런 쪽으로는 확실히 몰라. 하지만 약육강식의 세계니까 조금이라도 약해지면 어떤 상위 마물이라도 잡아먹힐 수 있겠지."

그렇구나, 아무리 강한 마물이라도 늙으면 약해진다. 약해지면 사냥의 대상이 되나. 빡빡한 세계구나.

"마물의 수명은 어느 정도인가요?"

"수명이라, 문헌에 따르면 200년 이상이다."

200년! 그거 대단하네. 200년 동안 살아남나. 수명을 맞은 마물은 꽤나 상하겠지. 나이 먹고 약해졌다고 해도 쉽사리 사냥당하지 않을 정도로.

"강한 마물은 마력을 가지고 있나요?"

"그야 그렇지, 마물이니까."

"그렇죠. 저기, 수명으로 죽을 정도로 강한 마물의 마력은 죽으면 어떻게 되나요?"

"응?"

스승이 고개를 갸웃거렸다.

"200년 이상 살아남고, 나이 먹어도 사냥당하지 않을 만큼 강한 마물의 마력. 상당한 힘을 가진 마력이겠지요."

사체에서 마력이 흘러나오는 일은 없을까? 혹시 그렇다면.

"마력을 먹을 수 있다든가."

"""""뭐?"""""

"죽으면 몸에서 마력이 흘러나오고, 그걸 먹은 다른 마물이 사나워진다……라는 건 바보 같은 생각이겠죠? 아, 하지만 이렇게 생각하면 사체가 남았으니 불태운다는 해결 방법은 성립돼요."

좀 지나친 생각일까.

"아이비!"

"네!"

놀랐다. 느닷없이 드루이드 씨가 소리치니까. 뭐지? 무슨 문제라도 생겼나?

"대단하잖아, 아이비는. 하하하, 그래, 마력인가."

스승이 뭔가 크게 감탄한 시선을 보내온다. 뭐야, 무서워.

"고맙다, 아이비. 그래, 마력인가."

저기, 길드마스터. 뭐가 고맙다는 건가요? 무슨 소린지 모르겠는데요.

"그러고 보면 보고 중에 마력에 대한 말이 있었지. 그때는 이번 일과 무관계하다고 처리했는데."

마력? 아, 먹은 뭔가가 마력이라고 생각한 건가. 뭐? 마력은 먹을 수도 있는 거야?

178화 마물의 세계는 힘드네

"미안하지만, 나는 돌아가서 문헌과 보고서를 재확인해야겠어."

길드마스터가 다급히 자리를 떴다.

"나도 가지."

스승은 길드마스터를 도와주려는 모양이다. ……길드마스터가 싫어하는 분위기를 띠는 걸 보면.

"어이, 무슨 문제라도 있냐? 이 마음 착한 스승이 도와주겠다는데 말이지."

거봐, 분명히 물고 늘어진다니까.

"하하하, 예이~, 감사합니다."

길드마스터의 체념한 표정과 스승의 활짝 핀 미소. 드루이드 씨 때도 그랬지만, 좋은 관계로 보이니까 신기하다.

"그럼 나중에 또 보자."

"네, 힘내주세요."

이제부터 길드로 돌아가서 문헌을 다시 확인하는 건가. 길드마스터도 고생이네. 아, 드루이드 씨에게 질문하고 싶은 게 있었다.

"드루이드 씨, 마물은 마력을 먹기도 하나요?"

아까 느낀 의문을 드루이드 씨에게 물어본다.

"응? 혹시 아이비는 몰라?"

"예?

무슨 소리지?

"미안, 알고 있을 거라고만 생각했네. 대부분의 마물은 마력을 먹는다고 알려졌어."

"그런가요?"

먹는구나. 아니, 드루이드 씨의 말을 들어보니 이건 아는 게 당연한 사실인가 보다. ……우와, 창피해라.

"마물 중에는 깊숙한 숲속에 자생하는 마혼이라는 나무의 마력을 머금은 열매밖에 먹지 않는 마물도 있다고 그래."

"그런 마물이……. 마물 중에 초식동물?"

"응? 뭐라고?"

"아뇨, 아무것도 아닙니다."

또 전생의 지식이! 하아, 드루이드 씨 앞이면 긴장감이 흐려져서 툭하면 입 밖으로 흘러나온다. 다른 사람 앞에서도 저지를 것만 같으니 조심하자.

"마물이 수명 이외의 이유로 죽는 경우로는 뭐가 있을까요?"

다른 원인으로 죽은 경우도 마력은 흘러나올까? 아니, 혹시 그렇다면 흉포해지는 마물의 정보가 더 많겠지. 그런 걸 생각하면 다른 원인으로 죽은 경우의 마력은…… 사라진다?

"수명 이외의 이유로 죽는 거라면 싸우다 죽는 게 많겠지. 그 경우는 싸움으로 상당한 마력을 썼으니까 죽어도 그리 마력이 남지 않을 거야."

아, 그런가. 싸울 때에 마력을 쓰는 걸 까맣게 잊고 있었다. 목숨을 걸고 싸우는 거니까 마력을 아끼지 않겠지. 그렇다면 진 쪽의 마력은 꽤나 줄었겠지. 남은 마력 정도는 먹어도 흉포해지지 않는다는 소리일까? 으음, 다른 이유라면 병이려나? 하지만 병이라고 해도 약해지면 표적이 되기 쉽겠지. 수명을 맞은 마물은 꽤나 드물지도 모른다. 그러니까 문헌도 별로 안 남은 걸지 모르겠네.

"하지만 왜 문헌에는 마력에 대해 적지 않았을까요?"

마물이 마력을 먹는 게 당연하다면 문헌에 그렇게 기록했겠지.

왜 안 적었을까?

"혹시 몰랐을지도 모르겠군."

"예? 하지만 당연한 거라면서요?"

드루이드 씨가 말했는데…….

"마물이 마력을 먹는다고 알기 이전의 문헌에는 검은 안개라는 식으로 적혀 있기도 해."

그러고 보면 스승은 오래된 문헌을 읽었다고 그랬지. 즉 마력을 먹는다는 사실이 아직 알려지지 않은 시대의 문헌일 가능성이 있나.

"다시금 살펴본다고 그랬으니까 뭔가 알아내면 좋겠는데."

"그러네요."

"자, 슬슬 돌아갈까. 찻잔은……."

"아, 제가 할게요. 물 끓이는 동안에 씻을 테니까요."

"괜찮겠어?"

"네, 물 끓기를 기다릴 동안은 한가하니까, 할 일이 있는 편이 좋아요."

물이 끓는 것을 그저 기다리고만 있으면 왠지 시간이 길게 느껴지지. 설거지라도 하면 금방 지나가는데.

"그런가, 고마워. 산토끼 고기덮밥 맛있었어. 내일 또 보자."

"내일 또 봐요. 돌아가는 길 조심하세요."

"하하하, 고마워."

드루이드 씨가 광장에서 나가는 모습을 지켜보았다.

"오늘은 왠지 정신없는 하루였네."

물이 끓을 때까지 컵을 씻고 텐트로 돌아갔다.

"미안, 기다렸……. 아니, 이미 잠들었네."

소라도 프렘도 이미 꿈나라였다. 몸을 닦고 새로운 옷을 입었다. 슬슬 빨랫감이 쌓였네. 숲속의 강을 찾든가, 마을의 빨래터를 찾을까. 시엘과 함께 있을 수 있는 시간이 길어지니까 강 쪽이 역시 낫겠어.

"좋아, 내일은 강을 찾자."

잠자리를 정리하고 누웠다.

"소라, 프렘, 잘 자."

내일은 강에 가서 빨래를 하고, 드루이드 씨의 아버지네 가게에 가서 소스에 대해 이야기를 듣자, 후와아~…… 잘 자.

사람들이 오가는 기척에 의식이 깨어났다.

"으응, 안녕. 소라, 프렘."

말을 걸었지만, 두 마리 다 아직 자고 있다. 그 모습을 보면 더 자고 싶지만, 텐트 밖이 꽤 시끌시끌하다. 무슨 일 있었나? 혹시 내가 늦잠이라도…… 아니, 그건 아니야. 텐트 입구에서 들어오는 빛의 각도를 보면 아직 아침이다. 그런데 텐트 밖에서는 사람들이 부산스럽게 오가고 있다.

"……확인하는 게 좋겠네."

몸을 일으키고 기지개를 켰다. 기분 좋아~. 그 동안에도 텐트 밖은 한층 더 시끄러워졌다. 서둘러 확인해야겠네. 왠지 불안해졌어. 옷을 갈아입고 텐트 밖으로 나갔다.

"좋은 아침."

그런 소리에 뒤를 돌아보니 이웃 텐트의 마슈라 씨였다.

"안녕하세요. 무슨 일 있었나요?"

"글루발 문제를 조사하러 숲속에 들어갔던 상위 모험가들이 몇 명 돌아왔다나 봐."

"어, 진짜로요?"

다행이다, 무사했구나. ……어라? 하지만 지금 몇 명이라고…….

"전원 다 온 게 아닌가요?"

"아직 확실한 정보는 아니지만, 세 명밖에 안 된다나 봐. 그리고 그 세 명도 상당히 크게 다쳤다고 들었어."

겨우 세 명! 분명히 상위 모험가 팀 셋이 글루발 문제로 숲속에 들어갔다고 했다. 드루이드 씨는 세 팀이 합쳐서…… 열세 명이라고 했다. 그런데 겨우 세 명 돌아오다니. 어제 정보가 도움이 되면 좋겠는데. 마슈라 씨에게 고맙다고 말하고 텐트 안으로 돌아갔다. 지금 당장 드루이드 씨에게 달려가서 정보를 물어보고 싶지만, 조금 더 기다리자. 내가 가도 아무런 도움도 안 되고.

"소라, 프렘, 일어나. 밥 먹자."

번쩍 눈을 뜬 소라는 하품을 하더니 나를 보았다.

"소라, 안녕."

내 말에 기쁜 듯이 몸을 부르르 흔드는 소라는 매직백에서 아침 식사용 포션을 꺼내는 내 주위를 기쁜 듯이 뛰어다녔다.

"소라는 아침부터 힘이 넘치네."

소라의 머리를 쓰다듬고 있자, 프렘이 눈을 뜨고 느긋하게 쭉쭉이 운동을 시작했다.

"프렘도 안녕."

프렘은 한 차례 부르르 몸을 떨더니 눈앞에 놓인 포션을 응시했다. 배가 고픈 걸까.

"자, 천천히 먹어."

소라와 프렘이 앞에 놓은 포션을 먹는 모습을 지켜보았다. 텐트 밖은 아까랑 다름없이 계속 시끄럽다. 뭔가 새로운 정보라도 있었나?

"역시 궁금해! 드루이드 씨를 찾으러 갈까? 하지만 방해가 되면……."

내 혼잣말에 소라와 프렘이 각각 몸을 떨었다. 마치 나를 응원하는 듯하다. ……아닐지도 모르지만. 좋았어.

"찾아보고 없으면 포기해야지. 찾아보고 바쁠 것 같으면 돌아와야지. 그렇게 하자."

응, 절대로 방해하지 않도록 조심해서…….,

"아이비, 일어나 있어?"

"우왓!"

"어, 아이비? 미안."

"아뇨, 괜찮아요. 잠깐만 기다려주세요."

드루이드 씨 생각을 하는데 드루이드 씨의 목소리가 갑자기 들려와서 놀랐다. 아니, 생각에 너무 몰두하는 바람에 주위 기척을 완전히 잊고 있었다. 조금 마음을 진정시키자. 그렇긴 해도 아직 이른 시간인데. 이런 시간부터 드루이드 씨가 어쩐 일이지?

179화 시엘은 은인

"좋은 아침."

텐트 밖으로 나가자 난처한 표정의 드루이드 씨가 있었다. 그 사실에 고개를 갸웃거렸다.

"안녕하세요. 무슨 일 있었나요?"

"아침 일찍부터 미안해. 잠깐 좀 따라와 줄 수 있을까?"

정말로 무슨 일이 있었나 보다.

"알겠어요. 잠깐만 기다려주실 수 있을까요? 금방 준비할 테니까요."

"천천히 해. 갑자기 와서 미안해."

다급한 용건은 아닌가? 텐트로 돌아가서 소라와 프렘에게 드루이드 씨가 불렀다고 전하였다.

"같이 좀 와줄래?"

내 질문에 두 마리가 각자의 속도로 부르르 몸을 흔들었다. 이건 '좋다'라는 소리다. 최근 두 마리는 거부할 때면 몸을 흔들지 않고 시선을 피한다고 배웠다. 처음 그런 반응이었을 때는 놀랐다. 아직 의미를 파악하지 못해서 꽤나 당황했다.

"오래 기다리셨죠."

"미안해, 이렇게 아침 일찍부터."

"저도 끼니를 챙겨먹고 드루이드 씨를 찾으러 갈까 하고 있었어요."

"그렇군. 으음, 이야기는 들었어?"

"자세하게는 못 들었어요. 다만 세 분이 크게 다친 채로 돌아왔다고…… 괜찮은가요?"

"그래, 하지만 제대로 치료를 받았으니까 괜찮아."

괜찮다니 다행이지만, 역시 세 명뿐이었나.

"이 근처면 되려나."

"예?"

드루이드 씨를 따라가고 있었기에 장소를 확인하지 않았다. 주위를 보니 대로에서 조금 떨어져서 근처에 사람이 없는 장소.

"길드마스터가 자세한 내용을 아직 발표하지 않은 지금은 전원이 바짝 귀를 세우고 있으니까. 매직아이템을 갖고 있지 않는 이상 누가 엿들을 가능성이 있어. 미안, 아이비. 이 근처에 인기척은 있을까? 나는 기척을 알 수 없으니까."

누구 귀에 들어가지 않았으면 하는 내용인가. 인기척은…….

"기척이 없으니까 우리 주위에는 사람이 없는 모양이에요."

"고마워. 저기, 목숨을 건진 세 명 말인데, 길드마스터에게 듣기로는 아무래도 시엘이 구해줬다고 해."

"……예?!"

시엘 이야기니까 사람이 없는 장소를 찾아온 건가. 아니, 시엘이 구했다고?

"그런가요?"

"그래. 크게 다치긴 했지만, 의식도 또렷하다는 모양이야. 이야기를 들은 길드마스터가 가르쳐줬는데, 의뢰를 받은 모험가들은 마물이 흉포해진 원인을 찾기 위해 숲속으로 들어갔다고 해. 하지만 거기서 글루발 떼의 습격을 받아서 대부분이 그 자리에서 죽었다나 봐. 간신히 세 명만 마을 근처까지 돌아왔는데, 어느 틈에 글루발과 치지카에게 포위되어서 도주로가 없어졌대."

"치지카?"

"커다란 이빨을 가지고 있고 성격이 얌전한 마물인데, 흉포해진 모양이야."

"그런가요."

"이제 틀렸다 싶을 때에 아단다라와 흡사한 마물이 갑자기 나타나서, 거기에 있던 글루발과 치지카를 해치웠다는 이야기야."

해치웠다? 정말로 시엘이라면 꽤나 고생했겠네.

"공격해온 글루발과 치지카가 쓰러지고, 다음은 우리 차례구나 했는데 다리를 다친 이를 등에 태우고 마을까지 데려다주었다나 봐."

시엘이라면 참 착한 일을 했구나. 칭찬해줘야지.

"지금 숲속에 길드마스터와 스승님, 그리고 모험가 몇 명이 글루발과 치지카의 사체 확인을 위해 나가있어."

"저기, 숲에 갈 수 있을까요? 정말로 시엘인지 확인하고 싶은데."

"길드마스터에게서는 허락을 얻었어. 어디에 있는지는 알아? 길드마스터 일행 쪽으로 갈 가능성도 있을지 모르지만."

"글쎄요. 숲속에서 시엘이 어떻게 지내는지는 잘 모르고요. 시엘은 다치지 않았을까요?"

"으음, 미안. 내가 모험가에게 직접 이야기를 들은 게 아니니까, 거기에 대해서는 몰라."

"그런가요."

흉포해진 두 종류의 마물을 상대하고서 괜찮을까? 치료약은…

… 소라가 있으니까 괜찮으려나.

“숲에 갈까?”

“네.”

대로에서는 마을사람들이 모여서 이야기를 나누고 있는데, 꽤나 비장감이 떠돌았다. 어제까지는 아직 어딘가 여유가 있었는데.

“이미 동네에 소문이 퍼졌군.”

“그러네요. 광장도 아침부터 꽤나 시끌시끌했어요.”

“상위 모험가가 당한 건 큰 타격이니까. 누가 마을을 지키냐며 소동이 나기까지 시간이 얼마 없겠지.”

“길드마스터는 괜찮나요?”

“스승님은 감이 좋아.”

“그 분이요?”

왜 여기서 스승 이야기가?

“그 사람은 이름이 알려진 상위 모험가였어. 아마도 예전 동료들에게 이야기를 해놓았겠지.”

그 사람은 대단한 모험가였나. 예전 동료라면 한 팀에 있었던 사람들일까?

“마을사람들이 대놓고 폭동 같은 행동에 나서기 전에 잘 억눌러 줄 거야. 자기들 이름을 최대한 써서 말이지. 그렇게 마을사람들을 상대해준다면 길드마스터는 움직이기 쉬워지지.”

그런 만일의 일을 생각해서 마을에 와준 건가. 왠지 대단하네.

"하아~, 이래가지곤 평생 고개를 못 들겠어."

"멋진 스승님이네요."

"……놀리는 짓만 하지 않으면 최고인데 말이야."

그런가? 성격이 그러니까 스승이라는 느낌도 드는데.

"수고 많아."

"드루이드 씨, 정말로 숲에? 아이비까지 데리고."

"확인해야 할 게 있어서. 부탁할게."

문지기가 다소 고민하고 있다. 아마도 이런 상황에서 숲에 아이를 데려가는 건 말도 안 되는 짓이겠지. 하지만 필요하니까 부탁할게요.

"하아, 정말로, 정말로 조심하세요."

"그래, 무슨 일 있거든 잘 지킬 테니까 괜찮아."

"……조심하고."

문지기는 체념한 건지 문을 열고 밖에 보내주었다. 어느 틈에 완전히 친해졌다.

"고맙습니다. 다녀올게요."

인사를 하고 숲으로 향했다. 자, 시엘은 어디에 있을까? 일단…… 쓰레기장일까.

"어디로 갈까?"

"쓰레기장으로 가지요."

둘이서 쓰레기장으로 향했다. 도중에 주위를 확인하고 소라를 가방에서 꺼냈다.

"소라, 글루발과 치지카라는 마물이 흉포해져서 날뛴다니까 멀리는 가지 마."

"뿟뿌뿌뿌~."

프렘은…… 아직 자고 있네.

"프렘, 슬슬 깨어있는 시간을 늘리지 않을래? 몸도 형태를 갖춰가고 있으니까."

"떼류류~…… 류~……."

좀 일어나라고 말하는데, 울다가 잠드는 건가. 으음, 흉포화 문제가 정리되면 한 번 제대로 이야기를 나누자. 아니, 깨어있는 시간을 늘리도록 부탁해보자. 응.

"오래 기다리……셨습니다."

어느 틈에 소라는 언제나의 그 위치로. 정말로 드루이드 씨의 머리 위가 마음에 든 모양이다.

"왜 그래?"

드루이드 씨도 머리 위에 소라가 있는 것에 아무런 의문을 품지 않게 되었고. 대체 왜일까?

"아뇨, 어서 가죠. 아, 시엘이 이쪽으로 오네요."

가볍게 바람을 타고 시엘의 기척이 느껴졌다. 그대로 기다리고 있자, 나무 위에서 시엘이 훌쩍 내려왔다. 얼른 온몸을 살펴보았

는데, 다친 데는 없었고 피도 묻어있지 않았다.

"시엘, 마을의 모험가들을 지켜줬어?"

"냐웅."

살짝 의기양양한 얼굴의 시엘. 아무래도 시엘이 맞나 보다.

"역시 시엘이었구나~, 고마워."

드루이드 씨가 시엘의 머리를 가볍게 쓰다듬었다.

"시엘, 잘했어. 대단해~. 하지만 다치지 않았나 걱정했어. 괜찮았어?"

온몸을 훑어보고 문제없다고 생각했지만, 안 보이는 장소를 다쳤을지도.

"냐웅."

괜찮다는 소리일까? 다행이다. 그렇긴 해도.

"고생 많았지? 글루발과 치지카가 많았다던데, 대단해."

"냐웅."

아, 엄청 기분 좋다는 건 알겠지만. 으음, 이런 말은 하고 싶지 않은데……. 하지만 아무래도.

"시엘, 있잖아, 꼬리는 좀 가만히 있자."

우뚝 멈추는 꼬리. 그리고 귀를 살짝 접는 시엘. 아~, 그러니까 말하고 싶지 않았어. 분명히 시엘이 기죽으니까.

"화내는 거 아니고, 문제도 아냐. 다만 흙먼지가 좀……."

나는 무슨 말을 하는 거람. 시엘이 더 기죽잖아.

"시엘, 마을사람들을 구해줘서 고마워. 그 사람들이 생명의 은인이라고 그랬어."

드루이드 씨, 거들어줘서 고마워요. 시엘의 꼬리가 가볍게 흔들렸다. 다행이다, 이번에는 적당히 힘을 조절하고 있다.

"멋지네, 시엘."

내 말에 꼬리가 크게 두 번 흔들렸지만, 곧 느긋한 움직임으로 변했다. 시엘도 귀엽지만, 꼬리도 귀엽네.

180화 진화? 성장?

시엘이 구해준 것은 좋은 일이지만, 문제가 되지 않을까?

"저기, 시엘에 대해선 길드마스터가 뭐라고 말했나요?"

"걱정 안 해도 돼. 길드마스터보다도 스승님이 말이지, 아단다라는 머리가 좋으니까 그런 짓도 한다고 단언했다나 봐."

"그런가요?"

"아니, 들어본 적 없어. 아마도 길드마스터의 태도를 보고 뭔가 있다고 판단한 스승님이 자리를 수습하기 위해 적당히 말한 거겠지."

나중에 스승에게 사정을 설명하자. 그게 좋을 것 같다.

"그리고 아이비, 시엘 문제 말인데, 스승님에게 말해도 괜찮을까? 그 사람이라면 나와 길드마스터가 보증해. 절대로 남에게 퍼뜨릴 사람이 아니니까."

"문제없어요. 저도 그 분에게 알려드리는 게 좋겠다고 생각하니까요."

"고마워. 스승님이 우리 편이 되면 무슨 일이 있어도 아이비와 시엘을 꼭 지킬 수 있으니까."

엄청나게 신뢰하네. 그 사람은 그렇게 여겨질 만한 일을 계속 해온 거겠지. 다음에 천천히 과거 이야기를 들어보고 싶다. ……드루이드 씨와 길드마스터의 과거 이야기라니 재미있겠어.

"뿌~?"

소라의 목소리에 드루이드 씨의 머리 위로 시선을 주자, 소라가 내가 있는 곳과 반대 방향의 숲을 향해 울고 있다. 뭐가 있나 싶어서 기척을 조사했지만, 딱히 아무것도 없었다.

"소라?"

왜 그러지? 아무런 기척도 없는데…….

"뿌~, 뿟뿌뿌~."

아, 원래대로 돌아왔다. 대체 뭐였을까?

"괜찮아?"

"뿟뿌~."

괜찮은 모양이다. 마음에 걸리긴 하지만, 기척도 안 느껴지고. 소라의 말을 이해하면 좋을 텐데……. 아무래도 무리겠지.

"괜찮겠어?"

"네. 괜찮은가 봐요. 왜 그랬을까요?"

"나야 모르겠다만, 그래도 울음소리가 평소랑 달랐지."

분명히 뭔가 의문을 품은 듯한, 말꼬리가 조금 올라가는 울음소리였다. 말꼬리가 올라가는 울음소리 같은 건 처음 들었다. 그래서 살짝 긴장했는데 문제없는 모양이다. 소라는 이미 기분 좋은 듯이 드루이드 씨의 머리 위에서 쭉쭉이 운동을 시작했다. 완전히 익숙해진 모습이다.

"어디, 시엘에게는 미안하지만 슬슬 돌아가자. 숲에 오래 있으면 문지기가 찾으러 오겠어."

설마요, 그건 아니겠지요. 뭐, 걱정하는 건 이해하니까.

"미안, 시엘. 이번에 마을사람을 구해줘서 고마워. 하지만 무리는 하지 마. 다칠 만한 일은 안 돼!"

"냐웅."

이해한 걸까? 걱정이야.

시엘과 헤어져서 마을로 돌아가는 길을 걸었다. 소라는 드루이드 씨의 머리에서 내려와서 주위를 뿅뿅 뛰어다니고 있다. 아무래도 기분이 좋은가 보다.

“소라, 슬슬 가방으로 돌아올래?”

“뿌뿟뿌뿌~.”

크게 뿅 하고 뛰더니 그대로 내 품 안으로. 어라? 혹시 거리를 잘 재서 뛰어들었나? 여태까지는 내가 조정해서 붙잡았는데. 이번에는 자연스럽게 품 안으로 뛰어들었다.

“소라…… 우연?”

“부~.”

지금 ‘부’라고 물었지?

“오, 새로운 울음소리야? 분명히 그 편이 불평하는 것처럼 들리는군.”

나란히 걷던 드루이드 씨의 감탄한 목소리가 귀에 닿았다. 내가 잘못 들은 게 아닌가 보다.

“미안해. 화내지 마. 그렇긴 해도 거리를 잘 잴 수 있게 되었구나.”

“뿌~.”

진화일까? 성장일까? 어느 쪽이든 여태까지보다는 마음을 조금 더 알기 쉬워졌다.

“고마워, 소라.”

“뿟뿌~?”

아, 말꼬리가 올라갔다. 귀여워. 소라를 마음껏 쓰다듬어준 뒤에 가방에 넣었다. 프렘은 소라가 들어오자, 크게 하품을 하더니 또 잠들었다.

"프렘도 참."

어쩔 수 없나. 프렘에게는 프렘의 성장이…… 아, 프렘의 하품을 처음 본 걸지도. 소라의 하품은 자주 보지만. 하품, 이것도 진화나 성장인 걸까. 모르겠다.

천천히 마을로 돌아오는데, 멀리서 이쪽으로 다가오는 기척이 느껴졌다. 잠시 뒤에 문지기 세 명이 중장비를 하고 이쪽으로 향하는 모습이 눈에 들어왔다.

"역시나."

드루이드 씨의 기막히다는 목소리. 설마 진짜로 오다니. 게다가 아직 수십 분밖에 안 지났다고 생각하는데.

"걱정되어서 보러 왔어. 할 일은 다 끝냈어?"

"네. 고맙습니다."

"그럼 우리가 경호할 테니까 같이 돌아갈까."

경호라니, 조금만 걸어가면 마을 문인데.

"너희들, 괜찮다고 했잖냐."

"혹시나의 경우가 있지. 미래 있는 아이가 죽게 할 수는 없어."

제일 연장자로 보이는 문지기가 그렇게 딱 잘라 말했다. 왠지 엄청 뜨거운 느낌이다. 기분 탓일까?

"알겠다, 알겠어. 길드마스터랑은 어쩌고 있어?"

"얼마 전에 돌아왔어. 글루발과 치지카 고기를 확보해서."

“그런가. 아이비, 길드에 얼굴 좀 내밀 건데, 넌 어떻게 할래?”

“같이 갈게요. 드루이드 씨의 스승님께 인사도 드리고 싶고.”

거기서 이야기를 나누어보자.

“그런가. 수고했어.”

“고마웠습니다.”

무사히 마을 안으로 들어와서 문지기들에게 감사의 말을 했다. 세 사람 다 만족한 모양이다.

“대단하네요. 정말로 찾으러 와줄 거라곤 생각도 안 했어요.”

“하하하, 그보다 스승님에게는 내가 말할까?”

“아뇨. 제 일이니까 제가 할게요. 고맙습니다.”

드루이드 씨의 스승은 슬라임이나 아단다라에 대해 밝은가? 소중한 동료의 지식이 더 필요한데……. 길드로 다가가자, 그 주변에 사람들이 많이 모여 있었다.

“무슨 일일까요?”

“아마도 상황을 알고 싶은 마을사람들이지. 또 글루발과 치지카가 어떤 마물인지 확인하러 왔겠고.”

잘 보니 길드 앞에 두 종류의 마물이 몇 마리씩 놓여있었다. 시엘이 쓰러뜨린 마물인가?

“치지카도 크네요.”

글루발보다 크고, 이빨도 아주 굵직하다. 다리는 글루발보다 길고 굵다. 체격도 더 탄탄해 보인다.

"숲속을 영역으로 삼고, 건드리지 않는 이상 온후한 성격이었는데."

글루발도 치지카도 흉포해져서 행동범위가 넓어졌다. 왜 그렇게 되었을까.

"계속 갈까. 이쪽이야."

"네."

드루이드 씨의 뒤를 따라서, 사람들 사이를 누비듯이 지나 길드에 들어갔다. 인파 사이를 걷는 건 첫 경험이었기에, 빠져나왔을 때에는 안도하게 되었다.

"하아~."

"괜찮아? 상상 이상으로 사람이 많았으니까."

"네, 괜찮아요."

키가 작으니까 몇 번이나 사람들 사이에 끼어버렸다. 그때마다 드루이드 씨가 도와줬는데…… 두 번 다시 경험하기 싫어!

길드 안에는 바깥만큼 사람이 많지 않았지만, 그래도 평소보다는 많은 사람이 모여 있었다. 다들 험악한 표정이었다.

"오~, 이쪽이다."

계단 위에서 아는 목소리가 들려서 쳐다보니, 드루이드 씨의 스승이 우리를 보며 손을 흔들고 있었다. 계단을 올라가자, 그와 비슷한 나이대의 남자가 두 명. 누구일까?

"역시 왔나. 저 두 사람은 스승님의 예전 동료야. 저렇게 셋이서 팀을 짜고 다녔지."

드루이드 씨가 말했듯이, 동료에게 말을 해놓았던 건가.

"안녕하십니까. 오랜만에 뵙습니다."

드루이드 씨의 말에 두 사람이 인사를 해왔다. 스승과는 달리 성실한 느낌이다.

"아이비도 같이 왔나. 밤에는 잘 잤냐. 어디 보자, 소개를 해야겠군, 마르알과 탠버스다."

두 사람이 손을 흔들어주었기에 머리를 숙였다.

"안녕하세요, 아이비입니다."

"잘 부탁해, 마르알이다."

"안녕하세요, 탠버스입니다."

"아까 말한 건 여기 있는 아이비가 발견한 사실이야. 똑똑하지 않나?"

"호오, 대단하군."

발견? 무슨 말이지?

"우리는 아래에서 마물을 조사해보고 오지. 뭔가 알아내거든 보고할 테니까. 마르알, 가자."

탠버스 씨가 마르알 씨에게 말하더니 계단을 내려갔다. 바깥의 마물을 조사하러 가는 모양이다. 거기서 해체라도 하나? 아, 그보다도 드루이드 씨의 스승에게 할 말이 있었지.

"아저씨, 물어보고 싶은 게 있는데요."

"음? 지금 바쁘니까 나중에 하면 안 되냐?"

"스승님, 먼저 이야기를 좀 들어주시죠."

드루이드 씨의 진지한 표정에 스승이 가까운 방을 가리켰다.

"고맙습니다."

셋이서 방에 들어가자, 스승이 뭔가를 꺼냈다. 살펴보니 보롤다 씨가 가지고 있던, 이야기 소리가 밖으로 새어나가지 않도록 하는 매직아이템과 같은 것. 역시 상위로 올라간 모험가는 다들 가지고 있나 보다. 비밀이 많은 나도 저런 것 좀 있으면 좋겠네. 얼마나 할까? 살 수 있는 가격일까?

181화 전투광?!

"그래서 할 말이란 게 뭐냐? 고토스가 숨기고 있던 아단다라에 대한 건가?"

길드마스터는 아무 말도 안 한 걸까. 스승의 추궁을 피하기는 힘들었을 텐데.

"네. 그렇습니다."

"그런가. ……그럼 이야기를 듣기 전에, 아이비, 약속을 하자."

약속?

"고토스가 그렇게 숨긴 걸 보면, 이제부터 할 이야기는 남에게 말하기 싫은 중요한 내용이겠지. 그러니까."

이 분, 대체 길드마스터에게 뭐라고 물었던 걸까. 길드마스터는 괜찮을까?

"무슨 소릴 듣든 남에게 그 이야기를 흘리지 않으마. 또 그걸 이용하지도 않겠다. 구두약속일 뿐이라서 걱정되겠지만, 부디 믿어 다오."

평소와 다르게 진지한 말에 진지한 표정. 이게 드루이드 씨나 길드마스터가 신뢰하는 스승이라고 납득하게 된다.

"고맙습니다. 다 이야기할게요."

한 차례 고개를 숙인 뒤에 셋이서 의자에 앉아 이야기를 시작했다. 일단 내가 별 없는 테이머라는 사실, 그리고 아단다라를 테이밍했다는 사실. 테이밍한 방법이 불명이란 사실, 그리고 흐물흐물 슬라임도 두 마리 테이밍했다는 사실 등등. 솔직히 어디까지 말해야 할지 고민되었다. 하지만 진지한 얼굴로 약속해준 이 분을 믿기로 했다. 드루이드 씨도 보증해준 사람이다. 분명 괜찮아. 게다가 소라도 반응하지 않았다.

"……………………………."

저기, 다 말했는데 아무런 반응도 없이 오랫동안 침묵만 이어졌다. 어째야 좋을지 몰라서 드루이드 씨를 보았다.

"아마 예상 이상의 이야기라서 머릿속으로 정리가 안 되는 거야. 좀 기다리면 진정될 테니까 괜찮아."

예상 이상인가.

"소라도 시엘도 프렘도 대단한 존재니까요."

유기물, 무기물을 동시에 처리 가능한 슬라임, 상위 마물이라서 존재 그 자체가 희귀한 아단다라. 같이 있을 때에는 느끼지 않지만, 남에게 말하고 보니 상대의 반응에서 참 희귀한 존재라는 게 강하게 느껴지네.

"그렇게 대단한 존재 안에 아이비 자신도 넣었으면 해. 그 애들을 테이밍한 아이비도 대단해."

"예?"

나도? 그건 아니라고 생각하는데.

"하아~."

스승이 갑자기 크게 한숨을 내쉬었다. 저기, 무슨 문제라도 있었나?

"하하하, 어쩐지 고토스가 죽어라고 입을 열지 않더라니."

"아, 길드마스터에게는 소라와 프렘에 대해서 말하지 않았어요."

"그러냐? 뭐, 아단다라만 해도 충분하지. 하지만 아단다라를 테이밍하다니……. 으음~, 죽기 전에 그런 이야기를 다 듣게 되는군."

그렇게 충격을 받을 일인가? 나 자신의 일이라서 잘 모르겠다.

"아이비, 잘 들어라. 이 이야기는 함부로 하지 마라. 말하기 전에 확실하게 음미한 뒤에 해라."

아, 또다. 소라와 아이들을 소개하면 다들 똑같은 주의를 준다.

"네. 알고 있어요."

"그럼 됐다만. 하지만 아단다라를 걱정할 필요가 없다는 걸 알고 안심했어."

무슨 말이지?

"아단다라는 전투광이라고 불릴 만큼 전투 행위를 좋아하는 마물이니까."

응? 전투광?

"사실 아단다라도 적이었으면, 위험하더라도 마을을 버리고 다른 마을로 피난을 떠날 수밖에 없었을 테니까."

그건…….

"저기, 전투광이라니…… 아단다라라는 마물은."

어라? 무슨 말을 하고 싶었더라? 충격이 너무 강해서 말이 안 나온다.

"스승님, 아단다라는 전투 행위를 좋아하는 마물입니까? 들어본 적 없는 이야기입니다만."

"잘 안 알려져 있지만, 틀림없어. 내가 젊었을 적에 아단다라를 테이밍하겠다고 기합 넣은 팀이 몇몇 있었는데, 지금 나도는 정보는 거의 그 녀석들이 가져온 정보다. 그중에 전투 행위를 좋아하는 성격이란 게 있었지.”

아단다라에 대해 알고 싶었지만, 생각했던 거랑 다르네. 게다가 시엘은 딱히 전투를 좋아하는 것 같지는……. 그러고 보면 글루발을 사냥할 때는 즐거워보였지.

“테이밍한 모험가는 있었나요?”

“아니, 아단다라는 너무 세서 말이다. 이름이 알려진 모험가가 열 명 정도 테이밍에 실패해서 죽은 뒤로는 테이밍하려는 모험가가 없어졌다. 목숨은 아까우니까.”

“예?! 열 명 정도?”

이름이 알려졌다면 꽤나 강한 힘을 가진 모험가일 텐데, 그런 사람이 약 열 명이나…… 당했다고? 상상 이상으로 시엘은 강하구나.

“뭐, 이전부터 ‘류우, 스하바, 아단다라를 건드는 녀석은 멍청한 놈’이라는 말이 있을 정도로 위험한 마물이다. 테이밍하려고 한 놈이 잘못한 거지. 그러니까 아이비가 테이밍한 사실에 놀랐다. 어떻게 테이밍한 건지는 전혀 떠오르지 않고?”

“네. 표식…… 어어, 테이밍하면 몸의 일부에 나타나는 표식을 시엘은 소라를 흉내 내어 스스로 만들었어요. 그것뿐이었는데, 언제부턴가 그 표식에서 제 마력이 느껴지게 되어서.”

“표식을 흉내 낸다고? 그런 건 불가능할 텐데……. 아니, 아이비가 거짓말을 해도……. 사실인가."

이 분을 또 곤혹스럽게 만든 모양이다.

"좋아, 이해했다. 그러고 보면 흐물흐물 슬라임도 있다고 그랬지?"

"소라와 프렘은 여기에 있어요."

어깨에 메고 있던 가방을 가리켰다. 스승이 흥미 깊게 가방을 바라보았다.

"보시겠어요?"

"어, 그래도 되냐? 흐물흐물 슬라임을 본 적은 있지만, 금방 없어지니까."

가방 뚜껑을 열었다.

"소라, 프렘, 길드 안에 있으니까 조용히 있어. 그리고 이 분이 만나고 싶대. 괜찮아?"

내 말에 소라도 프렘도 몸을 흔들어 허가의 뜻을 보여주었다.

"고마워. 자, 보세요."

"음. 어라, 이게?"

드루이드 씨의 스승은 가방을 들여다보더니 움직임을 멈추고 미간에 주름을 만들었다. 그리고 고개를 갸웃거렸다.

"스승님?"

드루이드 씨가 말을 걸자, 가방에서 시선을 들고.

"흐물흐물 슬라임이라고? 몸이 흐물흐물하지 않은 것 같은데."

아, 책 같은 데에 소개된 흐물흐물 슬라임과 꽤 다르겠지. 이 분은 실제로 본 적이 있는 모양이고.

"처음에는 금방 사라질 것처럼 약했어요."

"그러냐?"

"네. 하지만 조금씩 몸이 갖추어지기 시작해서 지금의 모습이 되었어요."

"호오, 흐물흐물 슬라임은 성장하나. 다른 슬라임과는 다르군."

슬라임은 보통 성장하지 않아?

"그렇긴 해도 색깔이 예쁘군. 반투명한 슬라임이라. 그러고 보면 이 두 마리와는 어디서 만났지?"

"어어, 처음에 만난 건 소라예요. 예쁜 꽃이 핀 호수 근처에서 만났어요."

처음 테이밍한 것이기에 기억에 강하게 남아있다.

"그리고 프렘은 소라가 낳았어요."

"뭐? 낳아?"

아, 조금 다른가.

"죄송합니다. 정확하게는 소라가 둘로 분열해서 프렘이 태어났어요."

이쪽이 정확한 표현이겠지.

"……슬라임이 슬라임을 낳는다고?"

"네."

역시 이것도 신기한 사례인가?

“저기, 아저씨?”

“역시 신기한 일인가.”

드루이드 씨가 가방을 들여다보자, 소라가 기쁜 듯이 몸을 부르르 흔들었다.

“분열하는 현장에는 나도 있었지만, 내 상태 확인보다도 눈앞의 사실이 믿어지지 않았으니까.”

그렇구나. 나는 정신이 없었던 상태였으니까, 드루이드 씨의 반응도 기억하지 못한다. 자기 팔을 잃는 것보다도 소라의 분열이 더 인상이 강렬한가.

“미안하다만 아이비. 아직 말하지 않은 게 있거든 지금 다 말해라. 마음의 준비가 필요하니까.”

마음의 준비라니, 그 정도야?

“어어, 말하지 않은 거요?”

이제 괜찮을 거라 생각하지만 뭐가 더 있었나?

182화 최강의 마물

드루이드 씨에게 뭘 말하면 좋을지 물었더니, 그가 대신 말하는 흐름이 되었다. 옆에서 듣고 있으니, 말하지 않은 사실이 제법 많다는 걸 알 수 있었다. 드루이드 씨를 구한 소라의 힘이나 먹는 것에 대해서는 나도 기억하긴 하지만 아무래도 중요도가 낮았다. 그러고 보면 진검을 먹은 것도 까먹고 있었네.

"희로애락이 확실해서, 아이비에게 울음소리로 의사를 전달해 왔습니다."

그것은 다른 슬라임도 마찬가지 아닌가? 드루이드 씨의 스승을 보니 아연한 표정. ……아무래도 그게 아닌 모양이다. 하지만 테이밍한 마물이나 동물이랑은 의사소통이 되잖아? 마물도 동물도 희로애락은 있겠고…… 전달 수단은 울음소리 정도라고 생각하는데.

"프렘의 능력은 현재로선 불명입니다. 확실하진 않습니다만, 아이비의 이야기를 들어보면, 소라는 아이비를 통해 선인인지 악인인지 판단하는 게 아닌가 싶은 점이 있습니다."

나를 통해 선인인지 악인인지? ……아, 조직 사람을 판단한 걸 말하나? 어, 그건 내가 기준이라고 드루이드 씨는 생각한 거야?

"스승님, 괜찮으십니까?"

생각에 잠겨 있는데 드루이드 씨의 목소리가 귀에 닿았다. 그쪽을 보니 스승 아저씨가 머리를 싸쥐고 있다. 어, 무슨 일 있었나?

"드루이드 씨, 괜찮은 건가요? 이게 무슨 ——"

"아이비!"

"네."

아저씨의 낮은 목소리가 내 말을 잘랐다. 왠지 모르지만 화났어!

"안 돼!"

"네?"

"잘 들어라, 이런 중요한 이야기를 아직 만난 지 며칠밖에 안 된 내게 하는 건 안 돼! 사람이란 건 더 의심하며 대하고, 이야기를 해가면서 괜찮은지 아닌지 판단하는 거야! 좋은 사람으로 보이지만 그렇지 않은 녀석은 썩을 만큼 있다. 그런 녀석들에게 돈이 되는 이런 이야기를 했다간 아이비가 큰일 난다고. 알겠냐, 사람을 겉모습으로 판단하지 마라. 며칠 전에 처음 만난 사람을 신용하지 마라. 알았지?"

저기, 말이 너무 빨라서 중간부터는 무슨 말인지 다 못 알아들었지만. 아마도 사람을 잘 보고 판단하란 소리지.

"알겠습니다. 하지만 괜찮아요."

"괜찮지 않아! 나와 만난 지 며칠 안 되었는데 이런 중요한 이야기를 하고 말이지. 내가 이 정보를 돈으로 바꾸려 들면 어쩔 거지?

아이비에게서 소라나 프렘을 빼앗을 수도 있단 말이다."

아마 그런 짓을 하는 사람은 자기를 신용하지 말라고 하지 않을 거야.

"저기, 드루이드 씨가 보증해주었고요, 소라도 괜찮다고 판단했으니까요."

아저씨의 이야기를 했을 때 소라도 프렘도 즐거운 듯이 뛰어다니고 있었다. 정확하게는 프렘은 굴러다니고 있을 뿐이지만. 가방에서 나왔을 때, 문제 있을 경우는 멈춰서서 가만히 나를 바라본다. 즐겁게 뭔가를 할 때는 문제없을 때다.

"소라? 아, 그런 건가. 아니, 그럴지도 모르지만……. 하아, 아무튼 바로 남을 신용하지 마라. 알겠지?"

"네, 알겠습니다."

"드루이드도 몇 년 못 만난 사람을 바로 신용하지 마라. 내가 변했으면 어쩔 생각이지? 아이비가 피해를 입는다고. 드루이드를 이용해서 무슨 짓을 저지를 수도 있단 말이다. 인간은 딱 1년 만에 변할 수도 있다. 그런데 몇 년의 공백이 있었단 말이다. 다시금 확실하게 지켜본 뒤에 판단해라."

"네. 하지만 스승님은 변함없이 예전 그대로입니다만."

아저씨의 분노는 드루이드 씨를 향한 모양이다. 그렇긴 해도 '나를 신용하지 마라'라고 말하다니. 역시나 드루이드 씨가 신용할 만한 스승이다.

"하아, 하지만 아이비는 대단한 아이였군."

조금 분노가 수그러든 모양이다.

"저 말인가요?"

"그래. 이 정도의 존재를 동료로 삼는 힘을 가졌으니까."

동료로 삼는 힘?

"제게 힘은 없는데요? 별 없음이고요."

그러고 보면 아저씨는 별 없음에 대한 반응이 약했다. 예전에 별 없음에 대해서 들은 적이 있는 걸까.

"그러고 보면 그랬지. 너무 놀라운 이야기를 많이 들어서 충격이 흐려졌는데, 그것도 대단한 사실이었어."

잊고 있었을 뿐인가. 아쉽네.

"그래서 힘은 없어요."

"아니, 그런 힘이 아니고 말이다. 뭐라고 하면 좋을까, 사람이나 마물을 끌어들이는 힘이라고 할까, 끌려온 이들을 잇는 힘이 있다고 할까."

무슨 의미지?

"미안, 제대로 설명할 수가 없군."

"아뇨."

"아이비의 인품에 끌려드는 거지요."

드루이드 씨의 말에 놀랐다. 내 인품? 음……? 어디에?

"그것도 있군."

아저씨까지! 으음~, 모르겠다. 고개를 갸웃거리고 있자, 가방 안에서 소라와 프렘도 몸을 옆으로 기울였다. 아무래도 같이 고개를 갸웃거리는 모양이다……. 고개는 없지만.

"그러고 보면 스승님. 모험가들의 이야기에 마물의 사체나 마력에 대해 뭔가 있었습니까?"

아, 그렇다. 수명으로 죽은 마물이나 마력 덩어리의 정보가 있으면 해결할 가능성이 있었지.

"그래, 류우의 사체가 있었다나 보다."

류우, 분명히 마물 중에서 최강이라 일컬어질 만큼 강한 마물이지. 깊숙한 숲속까지 들어가지 않으면 만날 일 없으니까, 완전히 낯선 느낌이야.

"류우입니까, 분명히 수명을 맞을 가능성이 큰 마물이군요."

"그래, 사체를 보았을 때는 꽤나 놀란 모양이야. 게다가 아이비가 상상했던 대로 마력이 흘러나오고 있었다고 한다."

"사실입니까?"

문헌을 잘못 해석한 거면 어쩌나 불안했다.

"그래. 고토스가 돌아온 세 명에게 몇 번이나 확인했으니까 틀림없다."

예상이 들어맞았다. 다행이다. 그래서 그 류우를 불태우면 마물의 흉포화 문제도 해결될지도 몰라.

"숲의 어디쯤인지는 말했습니까?"

드루이드 씨의 질문에 왠인지 아저씨는 웃음을 지었다.

"장소는 숲속에 있는, 제일 큰 절벽 밑이라고 하더군. 좋은 장소지?"

"거기입니까? 분명히 좋은 장소군요."

"그래, 거기라면 불이 번질 걱정도 없으니 마음껏 불태울 수 있어."

류우의 사체는 불태우기에 좋은 장소에 있다는 모양이다. 숲속 깊은 곳으로 들어가는 건 걱정이지만, 어떻게든 해결되려나? 드루이드 씨와 스승이 앞으로의 행동에 대해 이야기를 나누고 있다. 솔직히 무슨 말인 건지 조금 불명이다. 다만 숲에 가는 건 위험도가 높다는 소리랑 어느 정도 시간이 걸린다는 소리는 알아들었다. 드루이드 씨도 가나? 외팔이라도 역시 모험가인 만큼 지식은 풍부하고 기지도 넘친다. 으음~, 어떻게 되려나?

"자, 아이비. 슬슬 가게에 갈까? 분명 아버지가 기다리고 있을 거야."

아, 이야기 끝났나?

"네. 아저씨, 이야기 들어주셔서 고마웠습니다."

"아니, 이야기해줘서 고맙다. 으음~……. 아이비, 부탁이 있는데."

"뭔가요?"

꽤나 입이 안 떨어지는 모양인데 뭘까? 어라? 드루이드 씨가 웃음을 참고 있다. 아저씨가 무슨 말을 할지 예상하고 있나?

"아단다라, 어어, 시엘이라고 했나? 부탁이니 만나게 해다오. 이렇게 부탁한다."

그렇게 말하며 아저씨가 의자에서 일어서서 깊이 고개를 숙였다.

"우와!"

드루이드 씨가 스승의 태도에 놀라움의 말을 하였다.

"아저씨, 고개를 들어주세요. 시엘이라면 만날 수 있으니까요."

"정말로? 이전부터 한 번이라도 좋으니까 만나보고 싶었거든. 정말로 괜찮은 거지?"

"네."

"고맙다, 아이비. 으음~ 살아있길 잘했어."

그 정도로! 때때로 시엘이 먼 존재로 느껴져. 숲에서 같이 있으면 그런 인상이 없는데. ……아단다라랑은 다른 종류인 건 아닐까?

"저기, 아단다라랑 비슷한 마물이 혹시 있나요?"

""뭐?""

아니, 그렇게 신기한 것을 보았다는 눈으로 보지 말아주세요.

"아이비, 시엘은 틀림없이 아단다라야."

드루이드 씨가 내 생각을 읽었는지 쓴웃음을 지었다. 하지만 모두가 이야기하는 아단다라와 시엘이 전혀 일치하지 않아!

183화 분노한 여성은 최강

가게에 도착하자, 왠인지 시끄러웠다. 무슨 일인가 하고 드루이드 씨와 시선을 주고받았다.

"어쩔까요? 안에 들어갈까요?"

"그 전에 일단 상황을 확인할까."

문의 창문으로 함께 안을 들여다보았다. 우왓!

"켁."

나는 간신히 소리를 참았지만, 드루이드 씨에게는 무리였던 모양이다. 힐끗 옆으로 시선을 보내자, 미간에 주름이 엄청나. 그 모습에 살짝 웃음이 일었다. 이전까지는 감정을 억누르는 기색이 있었지만, 요즘은 감정이 새어나온다. 드루이드 씨의 안에서 뭔가 변했을지도 모르겠어.

다시금 가게 안을 들여다보았다. 드루이드 씨에게 덤벼들던 그의 형 드루…… 어라? 왠지 그 사람 이름은 기억이 나지가 않네. 무의식의 거부반응일까.

"왜 녀석을 여기에 들여놓은 거야!"

가게 안에서는 문제아가 주인아저씨에게 소리 지르고 있다. 옆에 있는 아주머니는 황당해하는 얼굴이다. 그 옆에서는 언니가…… 으음, 비웃는 듯한 눈으로 보는 거 같은데…… 기분 탓일까?

"어쩔까요?"

"대체 왜일까."

응? 무슨 의미지?"

"이전까지는 켕기는 마음이 강했는데……."

지금은 다른가? 그건 과거라는 짐을 벗어던졌다는 이야기로 이해하면 될까?

"앞으로 나아갔다는 소리네요."

"어? 그런가……. 앞으로."

아닌가? 아니, 하지만 과거에 얽매였으니까 계속 켕기는 마음이 있었던 거지. 그게 없어졌다는 소리는 앞으로 나아갔다는 말이 되지 않아? 뭐, 아니라고 해도 괜찮아. 드루이드 씨, 왠지 기쁜 모양이고.

"그래서 드루이드 씨, 어떻게 할까요? 가게에 들어가서 웃으면서 인사해볼까요?"

"……아이비는 때때로 시꺼먼 것이 드러나."

"무슨 말씀이에요. 인사는 중요하거든요?"

"아니, 지금 들어가서 '활짝 웃으며' 인사하면 완전히 비아냥거리는 거거든?"

"에이~, 괜찮을 거라 생각했는데."

웃으면서 인사하는 건 기본입니다. 그러니까 비아냥이 아니겠지……. 분명 그래.

"대체 뭐냐고, 이 인간이고 저 인간이고. 나는 피해자야! 왜 녀석을."

문제아의 목소리가 더 커진다. 밖에까지 소리가 울리는 건 안 되잖아. 드루이드 씨도 그렇게 느꼈는지 가만히 가게 문을 열었다.

"하아, 그만 좀 해주지 않겠어? 바보야? 아니면 인간쓰레기야?"

어? 문을 연 순간, 들려온 언니의 목소리. 그 말에 드루이드 씨와 함께 굳어버렸다. 가만히 언니를 보았다. 외모는 청초하고 어른스러운 인상이다. 분명 남자 눈으로 보면 지켜주고 싶어지겠지. 그런 사람의 입에서…… 기분 탓이었으면 싶다.

"아까부터 듣고 있자니 그것밖에 모르는 것처럼 피해자, 피해자 소리나 하고."

"아니, 사실이 ——"

"언제까지 피해자 행세만 하는 건데. 대여섯 살짜리 애도 아니고."

"뭐?!"

언니는 결코 화난 게 아니다. 시원스런 인상의 조용한 목소리인데, 듣고 있으니 왠지 등골이 오싹해졌다. 지금 계절은 여름이라서 덥습니다만.

"하아~, 정말로 가엾을 정도로 머리가 나쁘네. 그 일이 없었으면 이 가게에서 일찌감치 쫓겨났을걸. 아버님은 마음이 좋으니까 인간으로서 성장하길 바라니까, 앞날이 깜깜해도 그냥 가게에 놔두고 있었을 뿐. 나라면 그냥 쫓아냈어. 슬슬 자기 입장을 인식해 보면 어때? 드루가스를 편드는 사람이 아무도 없어. 해봤자 헛수고니까."

아, 드루가스 씨다. 이제 좀 기억을 해야 할 텐데. 그렇긴 해도 이야기 안에 엄청난 말이 사이사이에 섞여 있었던 것 같은데……. 설마 그렇게 가련한 인상의 사람이 그런 말을 하다니 좀 놀랍다.

"우, 웃기지 마. 애초에 이 가게에서 쫓아내다니 너한테 무슨 권한이 있다고."

"아, 말 안 했나 보네? 미안해. 이 가게는 내가 잇게 되었으니까. 그렇게 되었으니까 계속 그런 식이면 쫓아낼 거야. 이 가게에 필요 없어. 아니, 얼굴도 보고 싶지 않아."

무섭습니다. 아니, 언니 눈이 진심이다. 당장이라도 쫓아낼 것만 같다. 옆에 있는 아주머니가 박수치며 언니를 응원하고 있다. 주인아저씨는 쓴웃음. 이 혼돈 같은 공간은 대체 뭘까.

"나중에 다시 오자."

드루이드 씨의 작은 목소리가 들렸다. 나도 동감입니다. 하지만 문을 닫으면 분명 소리가 난다. 열었을 때는 언니 목소리가 울리던 타이밍이었으니까 안 들렸지만. 어쩔까 싶어서 드루이드 씨와 시선을 교환했다. 분명 우리 둘 다 도망치고 싶다는 표정이겠지.

"어머, 드루이드. 그리고 아이비도 왔구나."

아주머니, 지금은 부르지 않았으면 했거든요.

"어머, 어서 와. 아이비, 오늘도 잘 부탁해."

"저기, 안녕하세요. 뭘 잘 부탁하신다는 건가요?"

언니가 평범하게 말을 걸어왔다. 나도 평범하게 답했지만, 언니를 보면 옆에 있는 드루가스 씨가 시야에 들어온다. 엄청나게 무서운 표정의 드루가스 씨. 거기에 가까이 가고 싶지 않으니까 가게에는 들어갔지만 문 앞에서 이동하진 않았다.

"어머? 아직 못 들었어?"

무슨 소리지? 드루이드 씨를 보았지만, 그도 고개만 갸웃거리고 있다.

"미안. 전언을 보냈는데 이미 어디 나간 모양이라고 해서."

오늘은 아침 일찍부터 숲에 갔으니까.

"미안합니다. 조금 일이 있었거든요. 그래서 무슨 일인가요?"

드루가스 씨를 무시하고 대화를 이어나가고 있자, 그의 얼굴이 점점 시뻘겋게 물들었다. 꽤나 화난 모양이다. 무서우니까 시야에 들어오지 않도록 슬쩍 시선을 옮겼다.

"아이비? 왜 그래?"

언니가 내 이상한 행동을 이상하게 느꼈는지 옆을 보았다. 아, 폭소를 터뜨렸다. 우와~, 드루가스 씨의 표정이 더 무서워졌어.

아주머니도 웃지 마세요!

"왜, 왜 웃는 거야!"

""아하하하하.""

'여성은 강하다'라는 말이 머릿속에서 빙글빙글 돌았다. 지금의 나로서는 체감이 없는 말이니, 전생의 내 지식이겠지만. 분명히 강하다. 저렇게 화내는 사람을 보고 폭소를 터뜨릴 수 있다니. 언니도 아주머니도 최강일지 모르겠다.

"제길, 비켜!"

입구에 서 있는 드루이드 씨와 나를 향해 성큼성큼 걸어온 드루가스 씨는 드루이드 씨를 힘껏 노려본 뒤에 나갔다.

"미안해~. 정말이니 저 나이를 먹고도 여전히 머릿속이 한심하다니까."

아주머니의 말에 주인아저씨가 체념한 듯이 웃음을 띠었다.

"무슨 일 있었어요? 대응이 여태까지랑 다르던데."

그런데?

"여태까지는 체면을 세워주고 있었으니까. 하지만 가게를 물려줄 사람이 정해졌으면 더는 참을 필요 없겠지?"

"아니, 어머니는 참고 있었던 거예요?"

"당연하잖니. 드루가스도 귀여운 내 자식이지만, 드루이드도 내 소중한 자식이야. 그런데 위의 둘이 입을 모아서 동생을 괴롭히다니. 멍청한 놈들이나 하는 짓이지. 몇 번 주의를 줘도 '나는 피해자다' 소리밖에 안 하고. 성격도 나쁘고 머리도 나쁘니 몇 번을 말해도 헛일이었어."

아주머니의 말에 드루이드 씨의 표정에 붉은 빛이 돌았다.

"미안하구나, 드루이드. 여태까지 계속 참게 해서."

"아니, 나 때문에 몇 번이나 싸우게 해서 죄송해요."

"그런 생각은 안 해도 돼. 난 그 둘의 어머니니까. 싸우면 안 된다고 제대로 훈육하지 못했구나. 하지만 타이르듯이 말해봤자 안 되고, 싸워도 안 되고. 솔직히 왜 말이 안 통하는지 고민했단다."

한순간이지만 아주머니의 표정에 피로가 엿보였다.

"어머니."

"뭐, 지금은 좀 후련했어. 이미 포기했으니까. 그러니까 앞으로는 시리라를 방해하지 않도록 해야지. 머리 나쁜 드루우카의 아내로 이런 애가 와주다니, 잘 아껴줘야지."

"어머님, 고맙습니다."

아, 아까의 무서운 분위기가 거짓말처럼 사라져서 예쁜 미소. 목소리에서도 냉기가 느껴지지 않는다. 이쪽이 평소의 언니다. ……분명 그래.

"미안해, 아이비. 우리 집의 소동에 끌어들여서."

아주머니가 나를 보고 한 차례 고개를 숙였다.

"괜찮아요! 마음 두지 않으니까요!"

"드루이드 일로도 고맙다고 하고 싶었어. 이 아이를 구해줘서 고맙구나."

"아뇨, 저는 하나 같이……."

뭔가를 한 기억은 없다.

"제가 잔뜩 신세만 지고 있어서, 반대로 드루이드 씨에게는 폐만 끼치고 있습니다."

아, 허둥대다가 말이 이상하게 나왔을지도. 머리 위에 가볍게 손이 얹혔다. 올려다보니 다정한 미소의 드루이드 씨.

"나한테는 아이비가 구세주야."

구세주! 아니, 그건 아니니까요!

184화 준비중

살짝 충격적인 말이 지나고 간신히 진정이 되었기에 주인아저씨에게 용건을 들었다. 설마 구세주라는 말까지 나오다니, 말도 안 됩니다. 드루이드 씨에게 구세주는 차라리 소라겠지.

"그게 말이지, 부자들이 보리를 사들이기 시작한 모양이라 식량이 생각 이상으로 빨리 없어지고 있다. 제한을 건 모양이지만, 한발 늦은 것 같다."

"뭐 그런 놈들이 다 있어. 이럴 때에는 서로 도와야 하잖아!"

언니가 거칠게 말했다. 분명히 이럴 때의 행동은 오래 영향이 남는데.

"그래서 말이다, 길드에서 '쌀'을 얼른 보급시키고 싶다는 의뢰가 왔다."

"그런가요. 그럼 언제부터 시작할까요?"

"지금부터 해도 될까?"

지금부터? 준비는…… 필요 없나. 쌀도 있고, 소스도 최대한 많이 수확할 수 있는 걸로 골랐으니까 당장 대량으로 만들 수 있다.

"괜찮아요. 저기, 가게 앞에서 만들까요?"

"그래. 그 냄새라면 어떤 말보다도 사람을 끌어들일 수 있겠지. '쌀'이라는 저항감을 없앨 수 있을 정도로."

분명히 향긋하고 식욕을 돋우는 냄새였다. 아~, 생각만 해도 배가 고파왔다.

"아이비, 괜찮으면 '쌀'로 밥하는 법을 가르쳐줄 수 있겠니?"

"알겠어요. 그렇긴 해도 저도 아직 시행착오를 거듭하는 단계인데요."

"후후후, 고마워."

정말로 언니는 예쁘구나. 둥실둥실이라고 할까, 푹신푹신이라고 할까, 근처에 있으면 부드러운 바람이 불어오는 느낌이다.

"저기, 필요한 것은. '쌀'과 냄비지?"

조리장소로 이동하면서 필요한 것을 확인하였다.

“네. 그리고 바나 나무로 만든 나무상자요.”

일을 둘이서 나누어 준비에 들어갔다. 냄비에 쌀을 넣고 물 조절을 한다. 오늘은 조금 습도가 높은 느낌이 든다. 그러니까 수분을 조금 줄인다.

“잘 되면 좋겠는데요.”

“괜찮아. 실패해도 뒤쪽 창고에 ‘쌀’이 대량으로 쌓여있으니까.”

“그런가요?”

“네. 다른 가게에서는 별로 사들이지 않으니까 아버님이 대부분을 매입하셨어. 그러니까 ‘쌀’은 언제든지 많아. 매년 버려지는 쌀 문제로 남편이랑 싸우긴 했지만, 나는 아버님 방식을 좋아해. 계속 이어나가고 싶어.”

버려지는 쌀? 무슨 말인지 몰라서 고개를 갸웃거렸다. 수요가 없으면 키우는 양을 줄이면 될 텐데, 왜 안 그러는 걸까? 내 모습을 본 언니가 살짝 슬픈 듯이 미소 지었다.

“마을 외벽 근처의 농업부 말인데, 왜인지 ‘쌀’ 말고는 다른 게 자라질 않아.”

뭐? 쌀 말고는 자라지 않아? 그럴 수도 있나?

“인구가 늘어난 탓에 농업부를 만들고 새롭게 시작해봤는데, ‘쌀’밖에 자라지 않아서 큰 낭패야. 하지만 그 땅을 구입한 사람들은 도망칠 곳이 없으니까 거기에 ‘쌀’을 키우고 있지만, ‘쌀’ 수요는 동물 먹이뿐이잖아? 돈이 별로 안 돼. 다른 가게에서는 헐값밖에 안 쳐주는 가운데 아버님이 어떻게든 사주고 있지만, 매년 대량으로 '쌀'이 남아있어."

남는다고 알면서 사들이는 주인아저씨는 대단하네. 그렇긴 해도 '쌀'밖에 안 나는 땅이 있다니.

"저기, 그 장소에서 생활하는 사람들은 토질 개선 같은 걸 안 하나요?"

비료를 주거나 흙을 바꿔보거나…… 뭐라고 해야 할까, 개척? 아니, 좀 다른 것 같은데.

"그게 말이지, 왠지 그 땅은 무슨 짓을 해도 개선되지 않는 것 같아. 흙을 바꿔보기도 한 것 같은데 헛수고였나 봐."

흙을 바꿔도 헛수고? 정말로 '쌀'밖에 안 나는 건가.

"쌀을 퍼뜨려서 사주는 사람이 늘어나면 그 농업부 사람들이 다른 토지로 이주할 수 있을 만큼 돈이 벌릴지도 모르겠네요."

"뭐? 아이비, '쌀'이 보급되어 괜찮은 가격으로 팔 수 있게 되면 이동할 필요는 없지 않을까?"

응? 아, 그런가. 쌀은 황량한 땅에서도 잘 자란다고 그랬다. 아니, 쌀밖에 안 나는 장소에 있는 거였지. 전생의 지식이 방해를 해서 좋은 땅이 필요하다고만 생각했나 보다. 전생의 지식과 지금의 지식이 충돌을 일으키고 있어.

"그랬지요. 거기 사는 사람들을 위해서라도 열심히 해요!"

“그래. 헛일일랑 그만두라고 말했던 남편이 얼굴 붉히게 해줘야지. 머리라곤 장식품인 녀석!”

……종종 언니의 시꺼먼 마음이 드러나네. 예쁜 장미에는 가시가 있다? 응? 또 전생의 지식이 갑자기 떠올라서 입 밖으로 나올 뻔하니까 조심해야지.

밥이 지어지는 냄새가 조리장에 퍼진다. 왠지 이 냄새에는 마음이 놓이네. 냄비 뚜껑을 잡고서 살짝 기도. 태도로 보이면 주위가 거리를 두는 모양이니까 살짝만. 밥이 잘 되었기를. 뚜껑을 열어보니…….

“다행이다. 잘 되었네요.”

“정말이네, 맛있겠어. 대충 물의 양은 알았는데, 항상 이 분량이면 돼?”

“아뇨, 오늘은 습도가 높았으니까 조금 줄였습니다.”

“그렇구나. 나중에 몇 번 해서 기억할 수밖에 없겠네.”

하나씩 기억하는 언니는 귀엽구나. 이렇게 예쁜 여성이 되고 싶어.

“그러면 이걸~.”

“아, 나무상자에 옮겨서 조금 식힌 뒤에 쥐지요. 지금 상태로는 너무 뜨거워요.”

갓 된 밥으로 한 번 쥐어보았는데, 나중에 후회했다. 주먹밥 모양이 못 봐줄 정도로 망가지고, 아무튼 뜨거워! 너무 뜨거워!

"그 동안에 소스를 만들어요."

"아, 아버님에게서 배합 정도를 적은 종이를 받아왔어."

언니에게서 받은 종이를 보았다. 주먹밥에 바를 소스 배율이 자세히 적혀 있다. 대단하네, 나라면 대충 만들 것 같은데. 아니, 다들 맛있다고 생각할 수 있어야 할 테니까, 제대로 만들어야 해. 좋았어! 제대로 계량하면서 소스를 만들자. 이런 식으로 만드는 건 처음이구나.

"소스, 다 되었습니다."

제대로 계량하면서 만들면 생각 이상으로 번거롭구나.

"좋아, 그럼 만들어볼까! 어제 하나 만들어봤는데 맛있었어. 다만 삼각형이 안 되었는데, 오늘이야말로 예쁜 형태의 주먹밥을 만들어야지!"

언니가 불끈 주먹을 쥐었다.

"너무 세게 쥐면 안 돼요."

분명히 어제 언니는 잔뜩 힘을 넣어서 만들다가 실패했지. 재빨리 주의를 주어야지.

"괜찮아, 오늘은 어제 같은 실수 안 해. ……아마도."

둘이서 주먹밥을 만들고 있자, 주인아저씨와 드루이드 씨와 아주머니가 조리장에 얼굴을 내밀었다.

"구울 준비는 다 되었는데, 뭣 좀 도울까?"

드루이드 씨가 내 옆에 와서 주먹밥을 보았다.

"언니, 조금 더 살살 하세요."

"우우~, 알고는 있지만 무심코 힘이 들어가서."

몇 번 주의를 줘도 금방 힘을 줘서 하는 모양이다. 외모와 달리 완력이 세다. 팔도 가느다란데도. 언니는 왠지 신기한 존재다.

"다 되었습니다."

노력했다. 아, 이제 곧 다음 밥이 다 된다. 계속해서 힘내야지.

"아이비. 물의 분량 말인데, 이거면 되겠냐?"

주인아저씨가 가져온 종이를 확인했다. 밥을 할 때의 쌀과 물의 분량이 적혀 있었다.

"네, 괜찮아요."

드루이드 씨가 재주도 좋게 바나 나무상자를 세 개 쌓아올려서 굽는 장소까지 이동해주었다.

"고맙습니다."

"됐어. 자, 그럼 힘내서 구워볼까."

"음~, 내가 소스를 바를게."

"시리라, 그러면서 주워 먹으면 안 돼."

아주머니가 소스를 바르기 위한 붓을 가지고 와주었다. 주워 먹다니, 그런 짓을 할 것 같지 않은데.

"괜찮아요. 주워먹는 게 아니라 제대로 먹을 예정이니까요."

정말로 겉모습만 보고 판단하면 안 되는구나.

"그게 안 된다니까."

"아, 제일 아래 상자에는 언니가 드실 만한 게."

"응? ……아, 너무 힘을 줘었던 그거 말이구나."

그래, 처음에 쥔 몇 개는 역시나 힘이 너무 들어가서 꽤나 모양이 망가졌다. 아무래도 그걸 내놓을 수는 없겠다고 이야기되었기에 그건 언니 몫.

"구운 주먹밥, 구운 주먹밥!"

주먹밥에 소스를 바르고 있자, 옆에서는 꽤나 기분 좋은 언니의 노랫소리가. 시선을 돌려보니, 기쁜 듯이 주먹밥에 소스를 바르고 벌써 굽기 시작했다. 풍겨오는 좋은 향기. 아~, 나도 먹고 싶어지네.

185화 말도 안 되게 바쁘다

"밥, 다 되었습니다!"

이상하네. 왜 이렇게 바쁘지? 다들 쌀에 대한 거부반응은 어디 갔어? 너무 바빠서 혼란에 빠지기 시작하는 머리로 잡생각을 하면서 매장에서 안쪽 조리장으로 뛰어갔다. 조리장에 돌아가서 새로

밥할 준비를 했다. 그 옆에서는 냄비 네 개에서 한창 밥이 만들어지는 도중이다. 그중 두 개는 조금만 더 있으면 완성이다.

"미안, 소스가 슬슬 바닥날 것 같은데. 재료가 어디 있지?"

드루이드 씨가 조금 정신없는 눈치로 조리장에 돌아왔다.

"재료는 다 여기에 있어요. 재료를 적은 종이도 거기에…… 그렇게 많이 만들게요?"

드루이드 씨가 가져온, 다 만든 소스를 담는 항아리 크기를 보고 조금 놀랐다. 아무리 봐도 처음에 썼던 항아리보다 세 배는 되게 크니까.

"재료와 종이는 이건가. 역시 이 항아리는 너무 크지? 하지만 이 정도는 필요할 거라면서 받았어. 나도 만들 수 있을 정도인가?"

꽤 대량으로 만들 생각인가 보네. 남을 것 같은데.

"괜찮아요. 잘 섞기만 하면 되니까요."

"그럼 외팔이라도 되겠군."

재료량을 잴 준비를 시작하는 드루이드 씨를 보면서 다 된 밥을 나무상자에 담았다. 아무리 급하더라도 갓 지은 밥으로 하면 안 된다. 아주머니가 급하게 주먹밥을 쥐려다가 그 열기에 놀랐다. 부채를 빌려왔기에 부채질로 열기를 뺐다.

"대단하네요. 이렇게 사람이 모일 줄은 몰랐어요."

"나도 그래. 첫 손님이 '동물이 먹는 이런 걸 팔다니'라고 화냈으니까 역시 어려울까 싶었는데. 아이들은 거부감이 없으니까 잘만 먹었지만."

"예. 냄새 좋다고 몰려들고, 쌀이라고 알아도 아무런 주저도 없이 가격을 보고 싸다고 사주었으니까요."

"그래, 그래. 그 뒤에 가게 앞에서 맛있다고 대성황. 난 아버지가 부탁해서 그런 건줄 알았다니까."

아이들의 입에는 잘 맞았는지, 아이들이 다른 아이들을 불러와서 잠시 동안 가게 앞에는 아이들이 꽤 많이 모여 있었다. 계속해서 주문하니까 굽기도 힘들었고. 가게를 보던 아주머니까지 부르러 갔었지. 주인아저씨도 가게 앞에서 손님에게 대응해주었고. 아이들이 부모에게도 말했는지, 처음에는 쌀이란 것에 저항감을 보였지만 한 번 먹어보니 괜찮게 본 모양이고. 그랬더니 차례차례 쌀이 팔렸으니까, 이번에는 가게를 볼 사람이 부족해져서 드루이드의 큰형까지 참가하게 되었다. 소개를 받았지만, 긴장했다.

열기가 대충 빠진 모양이니까 다음은 이동. 좀 무거운데 괜찮을까?

"내가 돕지."

"어?"

뒤에서 들려온 소리에 시선을 주자, 아까 소개받은 드루이드 씨의 큰형 드루우카 씨.

"이걸 가져가면 되는 거냐?"

"네. 고맙습니다."

"아니. ……드루이드, 소스 다 되거든 얼른 가져오라고 아버지가 그랬다."

"아, 응, 알았어."

드루이드 씨, 너무 긴장했어!

"드루이드 씨, 다 됐나요?"

"으음, 다음은, 어어, 다음은 휘젓기만 하면 되겠어."

"잘 저어주세요. 소금과 설탕이 녹지 않으면 맛이 변하니까요."

"알았어. 으음, 이거 역시 너무 많았나?"

"그렇지요?"

대충 10리터 정도 들어가는 크기의 항아리다. 만든 양을 보고 둘이서 고개를 갸웃거렸다. 아무리 그래도 너무 많다. 뭘 할 생각일까?

"'쌀'을 구입한 녀석…… 손님이 구운 주먹밥의 소스도 사겠다고 그랬어. 아마 그것 때문 아닐까?"

"파는 건가요?"

어라? 아직 길드에서 소스 평가가 나오지 않았으니까 팔 수 없을 텐데. 어디에 비슷한 분량의 소스가 없는지 길드에서 엄격하게 조사하는 것이다. 그리고 문제가 없으면 팔아도 된다는 허가가 나온다. 그때까지는 분명히 판매가 금지될 텐데.

"파는 게 아니라 '쌀'의 부속품으로 그냥 주는 걸지도 모르지."

드루이드 씨의 말에 고개를 갸웃거렸다. 부속품. 그러고 보면 파는 물건에 서비스를 붙여주는 경우도 있다. 그런 건가?

"서비스인가요?"

""서비스?""

아, 실수했다. 마음을 놓으면 바로 입 밖으로 나온다니까. 어라? 하지만 점술사는 분명히 그런 말도…….

"선물을 말해요."

"아, 그거 말인가. 잘 안 쓰는 말이라서 잊고 있었어."

어라, 아는 모양이다.

"우리는 선물이라고 표현하는 일이 많으니까, 왠지 모르게 위화감을 느끼지."

"그렇지."

그렇구나. 아, 드루이드 씨가 형하고도 자연스럽게 말하게 되었다. 다행이다.

"기다리고 있을 테니 얼른 돌아가지요."

그보다 서비스란 말이 있구나. 전생의 말 중에서 뭐가 되고 뭐가 안 되는지 전혀 모르겠다.

"그래, 얼른 안 가면 슬슬 고함소리가 튀어나오겠어."

아니, 그런 사람은 아닐 텐데요. 언니가 잔소리는 하겠지만, 지금은 바쁠 거고.

"오래 기다리셨습니다!"

"미안, 얼른 쥐어줄래? 여유가 없어서 미안해."

언니의 말에 가게 앞의 손님들을 확인하니 꽤나 줄을 서 있었다. 게다가 아까까지는 안 보이던 나이든 사람들의 모습도 있다. 아무래도 동물 먹이라는 저항감보다도 흥미가 앞선 모양이다. 이거면 쌀도 금방 보급될지 모르겠어. 한 번 먹어보면 또 먹을 거야.

“시작할게요.”

나무상자 안을 확인했지만, 남은 주먹밥은 얼마 안 된다. 안 늦으면 좋겠는데. 계속 만들면서 경험이 쌓인 건지 주먹밥의 형태가 꽤 괜찮아졌다. 쥘 때의 힘 조절도 완벽하다. 다만…… 만들어야 하는 양이 많아!

“수고했어~. 아이비, 힘들지?”

“네. 아무래도 지쳤어요.”

“휴식실이 있으니까 거기서 좀 쉬어. 미안해, 쉴 시간도 못 줘서.”

“고맙습니다.”

아무래도 ‘신기하고 맛있다’라는 소문이 마을에 퍼졌는지, 계속해서 손님이 밀려들었다. 그래서 점심부터 저녁까지 손님의 발길이 끊이지 않았고, 제대로 쉴 틈도 없었다.

“자, 수분 보급.”

드루이드 씨가 음료를 가져다주었다. 주인아저씨와 아주머니는 뒷정리를 하고 있다. 돕고 싶지만 몸이 움직이지 않는다. 정말로 지쳤나 보다.

"괜찮아? 마지막에는 막 비틀거리던데."

"괜찮아요."

몇 번이나 쉬어도 된다고 그랬지만, 역시나 손님이 너무 많아서 참았다. 하지만 다들 대단하네. 그렇게 바빴는데도 아직 여유가 있는 모습이다.

"하아~, 힘들었다."

옆에 앉은 드루이드 씨를 보았다. 꽤나 지친 표정이다.

"팔을 잃은 뒤로 단련을 안 했으니까 몸이 둔해진 모양이야. 여행에 나서기 전에 다시 단련해야지."

아무래도 드루이드 씨는 내 쪽에 가까운가 보다. 조금 기쁘다.

"지친 사람 일동이네요."

"지친 사람 일동? 아, 저쪽은 아직 더 할 수 있는 사람 일동이고?"

드루이드 씨는 재미있다는 표정을 하며 말했다.

"네. 아직 여유롭게 보이니까요. 저는 아쉽게도 한계예요."

"도중에 쉴 수도 없었으니까 어쩔 수 없지."

그렇게나 바쁘면 휴식은 무리. 걱정이 되어서 쉴 수가 없다.

"그렇긴 해도 아침에 생각한 예정은 아무런 의미도 없었군."

옆에서 들려오는 말에 웃음이 나왔다. 아침에 가게를 열기 전에 주인아저씨와 드루이드 씨가 예정을 세웠다. 쌀이 받아들여지지 않았을 경우의 대처방법을. 아무튼 한 입 먹게 하는 게 중요하다는 생각에, 어느 정도는 무료로 나눌 예정까지 세웠다. 그걸 들은 아주머니와 언니는 '괜찮아. 문제없어.' 라며 웃었지만. 그 자신감은 어디서 나온 건가 싶어서 주인아저씨가 고개를 갸우뚱거렸다. 최종적인 결론으로는 손님들의 숫자를 보고 만들기로 했는데, 안 만들길 잘했다.

"아주머니와 언니의 말대로 되었네요?"

"그건 그래. 아, 맞다. 어제 즈음부터 먹을 게 부족해진다는 소문이 돌았으니까, 그 영향도 관계있을지도."

가게에서 상품이 없어지면 느끼는 게 있겠지. 하지만 쌀은 대량으로 있다고 했으니까 그런 불안도 조금은 완화될 것이다.

"수고했어~! 으음, 정말 최고야!"

매장과 조리장 사이에 있는 휴식실에 언니가 기운차게 들어왔다. 무슨 좋은 일이라도 있었던 것 같다. 아까까지 엿보이던 피로가 지금은 전혀 보이지 않는다.

"무슨 일 있었나요, 언니?"

"내 말 좀 들어봐~, 식량을 마구 사들이던 그 쓰레기 같은 집안 인간이 쌀을 사러 왔어. 그 꼬락서니가 아주 보기 좋더라."

지쳐서 시꺼먼 느낌이 더 늘어났나. 응, 분명 그래.

"형수님의 저 시꺼먼 느낌에 익숙해지는 내가 좀 싫어지네."

드루이드 씨의 작은 목소리에 무심코 고개를 끄덕이게 된다. 익숙해진다는 건 무서워.

186화 퍼졌다!

"저녁, 정말로 안 먹어도 돼?"

"네, 죄송합니다. 반찬, 고맙습니다."

저녁을 같이 먹자는 제안을 받았지만, 소라와 프렘 걱정도 있어서 거절했다. 아침부터 여태까지 계속 가방 안에 들어있으니까. 위에서 들여다보았을 때에는 두 마리 다 아무 문제도 없었지만 그래도 얼른 밖에 꺼내주고 싶다. 게다가 배도 고플 테고.

"반찬, 그거면 될까?"

언니의 말에 내가 든 나무상자를 보았다. 꽤 묵직한 그 느낌을 보면 다 못 먹을 양의 반찬이 들어있겠지.

"괜찮아요. 이만큼 있으면 충분해요."

"정말로? 아직 더 있는데."

"아뇨, 정말로 괜찮으니까요."

반찬 그릇 외에도 주먹밥 상자까지 있다. 그건 드루이드 씨가 들어주었다. 대체 얼마나 들어있는 건지 좀 무겁게 들고 있는 모습을 보면 안을 확인하는 게 무섭다.

“오늘은 미안했어. 그렇게 바빠질 줄은 몰랐거든. 오늘 급료는 내일 주면 될까?”

“네.”

오늘은 예상 밖으로 바빠서 다들 지친 표정이다. 내일 해도 문제없는 일은 내일 하면 된다.

“드루이드 씨, 괜찮나요?”

“그래, 아이비랑 같이 광장으로 돌아갈게.”

드루이드 씨도 저녁 같이 먹자는 말을 들었지만, 나와 함께 광장으로 돌아가기로 한 모양이다. 관계는 개선된 모양이니까 같이 먹고 가도 괜찮을 텐데. ……짐을 좀 부탁할지도 모르지만.

“두 사람 다 조심해서 돌아가고 내일 또 보자.”

집안일로 형 내외는 없다. 그러니 주인아저씨와 아주머니의 전송을 받으면서 광장으로 돌아왔다.

“소라랑 프렘은 괜찮았어?”

드루이드 씨가 두 마리가 들어있는 가방을 보았다.

“예. 위에서 들여다본 바로는 문제없어 보였어요.”

“그런가. 다행이네.”

계속 방치해놨으니까 걱정한 모양이다. 드루이드 씨는 혹시 꽤 걱정이 많은 편일지도 모르겠어.

“오, 드루이드인가. 맛있었다.”

"아, 고맙습니다."

광장으로 돌아오는데 나이 많은 남성이 말을 걸어왔다. 남성은 자기 할 말만 하고 바로 어딘가로 가버렸다.

"무슨 이야기인가요?"

"아마도 구운 주먹밥의 감상일걸."

아, 그렇구나. 일부러 말을 거는 일도 드문데……라고 생각했지만, 말을 걸어오는 사람은 꽤 많았다. 드루이드 씨가 그때마다 인사와 답례를 하였다.

"괜찮나요?"

"그래, 괜찮아. 하지만 오늘 하루 만에 정말 많이도 퍼졌네. 그게 대단해."

분명히 말을 걸어오는 사람들의 나잇대는 다양하였다. 세대에 관계 없이 받아들여진 모양이다.

"내일도 많이들 올까요?"

"그래, 며칠 동안 계속될 가능성이 있어. 다만 그렇게 오래 가지는 않겠지. 목적은 '쌀'을 퍼뜨리는 거니까."

분명히 쌀의 저항감을 줄이기 위해서 생각한 게 구운 주먹밥이다. 그 목적이 거의 달성되었다고 해도 과언이 아닐 만큼 마을사람들은 저항 없이 구운 주먹밥을 먹었다. 안 좋게 보는 사람도 있었지만, 맛있다는 사실 앞에서는 아무래도 좋은 모양이다. 쌀도 잘 팔렸고.

"아이비는 상인으로 성공할 거라 생각해."

"예? 무슨 말인가요?"

"사람을 끌어들이는 것을 생각해내는 재주가 있으니까."

그런가? 전생의 내 지식을 구사했을 뿐이니까 조금 비겁한 것 같기도 하지만.

광장으로 돌아오자, 밥하는 냄새가 여기저기서 풍겨왔다. 그 사실에 둘이서 웃었다. 벌써부터 밥을 해먹는 모양이다.

텐트에 돌아와서 소라와 프렘을 가방에서 꺼냈다.

"미안해. 오늘은 방치해둬서."

두 사람이 부르르 몸을 떨었다. 다행이다, 화나진 않은 모양이다. 이쪽이 무슨 일을 한 건지 이해했는지도 모르겠어.

"포션, 여기 둘게."

평소보다 좀 많이 꺼내놓고서 먹기 시작한 두 마리를 잠시 동안 지켜보았다. 먹는 모습도 평소와 똑같은 게 정말로 괜찮은 모양이다.

"밥 먹고 올게."

그렇게 말한 뒤에 텐트를 나섰다.

"고맙습니다."

"그냥 상만 차렸을 뿐인데 뭘."

텐트에서 나오자, 이웃 텐트에서 또 테이블을 빌려와선 받아온 저녁식사를 차리는 드루이드 씨의 모습. 좀 나눠주려고 이웃 텐트를 보았지만, 아무래도 없는 모양이다. 몇 번이나 무단으로 테이블을 빌렸으니까 제대로 사례를 하고 싶은데.

"먹을까."

"아, 차 준비할게요."

조리장소에서 물을 끓여서 차를 준비한다. 근처에서는 밥이 다 된 듯한 냄새가 났다. 그 사실에 얼굴이 풀어졌다. 설마 고작 하루 만에 이렇게까지 효과가 나오다니. 왠지 재미있네.

"오래 기다리셨죠."

"고마워. 그렇긴 해도 어머니는 대체 몇 인분을 싸준 거지?"

역시 나무상자에는 반찬도 주먹밥도 대량으로 가득가득 담겨있다. 아무리 봐도 2인분이 아니다.

"여어, 성공한 모양이군."

"아, 아저씨, 잘 오셨어요. 같이 드실래요?"

지친 표정으로 드루이드 씨의 스승이 이쪽으로 다가왔다. 내가 가리키는 방향을 보더니 환한 표정을 하였다.

"맛있겠구만. 괜찮겠냐? 내가 먹어도 안 모자라나?"

셋이서 나무상자를 보았지만, 아무리 봐도 셋이서 먹어도 충분하고 남을 양이다. 아니, 같이 먹어줬으면 싶다. 아무래도 양이 너무 많아.

"스승님, 여기 앉으시죠."

드루이드 씨가 의자를 권했다. 물론 이웃 텐트에서 빌려온 의자다. 역시 한 번 제대로 감사의 뜻을 표하지 않으면 안 되겠어.

"꽤나 지친 모습이네요. 괜찮으세요?"

"그래, 모험가가 모인 건 좋지만, 이번 흉포화를 억누를 방법이 확실히 검증된 정보가 아니니까. 그래서 그쪽으로 일이 좀 있었지."

분명히 정확한 정보는 아니다. 과거의 문헌을 읽고 도출해낸 답이다. 잘못되었을 가능성도 있다. 모험가들이 시끄러워지는 이유도 알 것 같아.

"그러고 보면 상업 길드 녀석들이 좋아하더군. 식량 문제에 길이 보였다면서."

그러고 보면 주인아저씨가 상업 길드에게 부탁을 받았다고 했지. 성공해서 다행이다.

"조금 더 저항이 있을 거라 생각했는데, 의외로 없었습니다."

드루이드 씨가 주먹밥을 먹었다. 그 주먹밥에는 맛이 잘 배어있다. 쌀 본래의 맛으로는 진한 맛에 익숙한 사람에게는 아무래도 부족한 감이 있다. 그래서 밥을 할 때에 맛을 더하는 것이다. 좋은 향기가 강해져서 드루이드 씨의 가족에게 호평이었다. 주먹밥 안에 다른 재료를 더한 것도 좋은 모양이다.

"이거 괜찮구만."

드루이드 씨의 스승도 마음에 들어 하는 모양이다. 그러고 보면 이 사람도 쌀에 대한 거부반응이 줄어들었다. 익숙해진 걸까?

"쌀, 괜찮은가요?"

"그래, 스스로도 의외지만 괜찮군."

역시 한 번 먹고 맛있다고 느끼면 저항감은 없어지는 모양이다.

"왜 그렇게 거부했던 걸까요?"

계속 의문이었다. 분명히 동물 먹이로 간주되던 것이라서 당혹스러울 거라곤 생각했지만, 완전한 거부였다.

"교회 때문이지. 이전에 '쌀'은 인간이 먹을 게 아니라고 선언한 적이 있었어."

교회? 교회가 그런 소리를? 꽤나 이상한 짓을 하네.

"교회라……. 귀찮은 짓을 종종 하는군요."

드루이드 씨의 말에 놀랐다. 왠지 평소보다 낮고 딱딱한 말이었다. 어쩌면 거북한 일이 있었던 걸까? 나는…… 뭐, 좋은 추억은 없네.

187화 위에 서는 소질

대량으로 있던 주먹밥과 반찬은 꽤 줄어들었지만, 그래도 역시나 남아버렸다. 아주머니는 2인분이라고 했는데……. 셋이서 꽤 많이 먹는다고 먹었지만, 그래도 여유롭게 1인분 정도는 남았다. 아무튼 주먹밥과 반찬을 한 곳에 모아 담고 시간정지 효과가 있는 매직백에 넣었다. 이걸로 내일도 안심하고 먹을 수 있다.

"하아~, 아침부터 아무것도 못 먹은 판이었는데, 덕분에 살았다."

스승이 배를 쓸면서 차를 마신다. 왠지 엄청 풀어진 모습이네.

"숲에 가는 일정은 정해졌습니까?"

드루이드 씨의 질문에 한 차례 고개를 끄덕이는 스승.

"뭐, 대충은 됐다. 길드에 나랑 비슷한 때에 활약하던 모험가들이 모였으니까 재미있을걸."

비슷한 때? 그러고 보면 드루이드 씨가 '스승님은 예전 동료들을 불러모으겠지'라고 예측하였다. 정말로 모아주었나 보다. 대단하네.

"이 마을에 무사히 도착했나요? 꽤 강한 사람들이 모였겠네요."

글루발이 날뛰는 숲을 통과해서 왔으니까 대단하네.

"녀석들은 나보다 아래야. 그렇다곤 해도 글루발이 흉포해진 정도라면 팀워크만 제대로 있으면 돌파할 수 있지. 쓰러뜨리는 거라면 어렵겠지만."

그렇구나. 이 마을의 상위 모험가가 쓰러졌으니까, 아무도 이 마을에 올 수 없다고 생각하고 있었다. 이 사람처럼 강한 사람이 아니면.

"마을 모험가들이 죽은 건 자업자득인 면이 강하지."

"예? 자업자득입니까?"

드루이드 씨도 고개를 갸웃거리는 것을 보면 모르는 모양이다.

"무슨 일 있었습니까?"

드루이드 씨의 말에 스승이 크게 어깨를 으쓱였다.

"그 바보들, 이번 일을 너무 얕봤어. 도중에 주도권 싸움이나 벌였다는 모양이다. 참나, 무슨 생각을 하는 건지."

"'……'"

그건 분명히 자업자득인 면이 있을지도.

"자기 할 일을 똑바로 했으면 도망칠 수도 있었겠지. 바보 같은 생각이나 하면서 공을 세우려고 서로 설치지만 않았으면."

"여태까지 앞서나가던 상위 모험가가 인신매매 조직에게 가담했던 것이 발각되어 갑자기 없어졌으니까, 욕심이 생겨났겠지요."

욕심이 생기는 것 자체야 좋은 일이고 향상심으로도 이어진다. 하지만 그것은 때와 장소에 달렸겠지. 세상을 뜬 분들에게 할 말은 아닐지 모르지만, 그들의 실패로 피해가 커질 가능성이 있다. 일단은 뭘 우선해야 할지 생각해야 한다.

"모인 모험가들 중에도 위에 서고 싶다고 생각하는 녀석들이 섞여있어서 말이지. 자칫 폭주했다간 큰일이야. 어떻게 해야 한다."

숲속으로 들어가려면 팀워크가 중요하겠지. 그걸 망가뜨리면 위험도가 급증한다.

"거슬리는 이가 있으면 빼면 안 됩니까?"

"아무래도 머릿수가 부족해지지. 온갖 곳에 사람이 필요하니까."

위에 서고 싶다고 생각하는 이가 있다. 그것도 여러 명. 어떻게든 진정시킬 수 없을까? 순서대로 위에 서게 해서 경험을 시키며 얼마나 힘든지 직접 실감을 시켜? 일을 잘하는 사람이 있으면 그대로 위에 세워도 좋겠고……. 어라? 위에 서는 사람은 뭘 하는 거지? 보롤다 씨처럼 토벌대를 짰을 때의 리더?

"저기, 위에 서는 사람이란 건 토벌대의 리더 말인가요?"

"그것도 포함되지만, 그걸로 끝은 아니야. 길드마스터의 오른팔 소리를 들으며 모험가들을 가까이서 보고 판단하는 역할도 있지. 그와 함께 어느 정도의 권한도 주어져."

그렇게 중요한 입장이 되는 건가. 가볍게 정할 수 있는 일이 아니겠네. 어떤 사람이 위에 서면 모두가 납득할까?

"저기, 위에 서는 사람의 최소조건이란 건 뭘까요?"

그걸로 어느 정도 걸러낼 수 있을까?

"조건이라……. 꼭 필요한 것은 강함이군. 그리고 사람들을 이끄는 힘도 필요해지지. 지도력은 필요하지만, 주위를 안 보는 독재자는 안 돼. 그리고 지금 뭐가 필요하고 불필요한지를 판단하는 머리도 필요해. 해야 할 일을 그르쳤다간 동료의 목숨도 왔다 갔다 하니까."

드루이드 씨의 말을 듣기론 역시나 강함이 중요. 그리고 사람들을 이끄는 힘…… 이건 어렵겠네. 게다가 그 입장이 된 뒤에 힘을 얻는 이도 있다. 그리고 지도력. 하지만 독재자는 안 된다. 그리고 필요한 것을 판단하는 머리. ……왠지 이게 제일 중요할지도. 목숨과도 관계있고.

"아이비, 뭐 좋은 방법 있겠냐? 아무튼 해보고 싶은 녀석 전원에게 교대로 시켜보자는 이야기가 나왔지만, 아무래도 이번에는 너무 위험하니까 기각했다."

아, 나랑 똑같은 생각이었다! 하지만 안 되는구나, 아쉽네. 조건 중에서 알기 쉽게 걸러낼 수 있는 건 강함일까. 강함, 강함이라~. 아, 강함이라면…….

"서로 대결시켜서 제일 강한 사람을 정하면 어떨까요."

이거라면 알기 쉬워!

"……설마 싫은 방법이 나왔군."

스승이 놀란 표정으로 나를 보았다. 어라?

"아이비, 아무래도 그건 안 돼."

드루이드 씨가 놀란 표정을 하고 있다. 어라? 안 돼?

"으음, 강함이 필요하다고 했으니까요. 시간도 없고, 그럼 제일 간단하게 대결로 어느 정도 사람을 걸러낼 수 있지 않을까 싶어서. 그럼 무모한 짓을 하는 사람이 줄지도 모르고……. 안 되나요?"

말이 점점 기어들어간다. 우우~, 역시 너무 과격했나.

"부상자가 나오면 머릿수가 부족해질 가능성이 있으니까. 대충 하지도 않겠고."

드루이드 씨의 말이 맞다. 사람이 부족할 때에 부상자가 나오면 큰일이다.

"죄송합니다, 부상 생각을 안 했네요. 분명히 지금은 안 되겠네요."

"아이비, 지금이라기보다도……."

응? 아, 그런가. 시간이 있을 때라면 또 다른 방법을 찾겠구나. 일부러 싸움을 붙이지 않겠지.

"하하하, 죄송합니다. 방금 이야기는 없던 걸로."

"아이비는 재미있구만~."

아저씨를 기쁘게 해버렸다.

"하지만 대결이라. 간단하게 강함만 본다면 좋을지도 모르겠군."

"스승님, 그건 안 되겠지요."

"알고 있어. 지금 그런 짓을 하려는 녀석이 있으면 정말로 위에 설 소질이 없는 게지."

우우~, 실행하려고 했던 나는 위에 설 소질이 없는 모양이다. 뭐, 고생만 할 것 같으니까 그럴 생각도 없지만.

""아!""

응? 왠지 스승과 드루이드 씨가 탄성을 동시에 올렸다. 뭔가 좋은 생각이라도 떠올렸나?

"아이비, 그거다. 그거!"

"정말로 아이비는 재미있네!"

……그게 뭔데? 왜 재미있다는 거야? 눈만 둥그렇게 뜨고 있는 나에겐 관심도 주지 않고, 뭔가 중요한 이야기라도 하듯이 목소리의 톤을 낮추고 이야기하는 두 사람.

"대결, 채용하는 거군요."

뭐? 하지만 부상자가 나올 가능성이 있으니까 안 된다며?

"그래, 참가 희망자를 모으지. 그리고 참가를 표명한 녀석은 전원 자격 없는 걸로."

무슨 소리? 참가 희망자를 모으는데, 참가 희망을 내면 자격 없음? 저기, 대결로 부상자가 나올 가능성이 있다……. 참가자는 부상을 입을지도 모른다……. 아, 지금 필요한 것과 불필요한 것을 판단할 수 있는지 조사하는 건가. 부상을 입을 가능성이 있는 대결에 참가하는 것은, 머릿수가 부족한 지금으로선 특히나 문제다. 그런데 자기 욕심을 채우기 위해 참가하려고 한다. 분명히 이런 사람에게는 목숨을 맡길 수 없어.

"이 방법이라면 잘못에 간단히 손을 내미는 이를 구별할 수 있겠군요. 그리고 길드마스터나 단장이 잘못된 일을 하려고 하면 거기에 대해 의견을 낼 수 있는지도 살필 수 있고요."

왠지 장점이 더 있는 모양이다.

"아이비, 고맙다. 대결이란 그 방법을 써 봐도 되겠냐?"

"물론이에요. 힘내주세요."

두 사람을 따라서 작은 목소리로 말했다. 아니, 사실 이 문제에서 내게 허가를 받을 필요는 없지만.

"내일은 재미있어지겠군."

"……스승님, 너무 나가시면 안 됩니다."

드루이드 씨의 말에 스승을 보니, 엄청나게 환한 얼굴. 이거 분명히 뭔가 있을 것 같다.

"괜찮아. 뭐, 요란스런 놈들 입을 좀 틀어막을 예정이지만."

뭐라고 표현하기 어려운 미소를 보여주는 스승. 드루이드 씨가 크게 한숨을 내쉬었다. 아무래도 체념한 모양이다. 분명히 지금 이 아저씨를 막을 방법은 없겠네.

188화 드루이드 씨의 발표

"안녕하세요."

가게 문을 열고 인사했다. 자, 오늘도 힘내보자.

"안녕, 아이비."

드루이드 씨가 웃는 얼굴로 맞아주었다. ……어?

"스승을 도우러 가시는 거 아니었어요?"

"뭐? 아니, 안 가. 아침에 길드마스터한테 스승님이 뭘 하려 하는지 전달했지만."

그런가. 오늘은 드루이드 씨가 없으니까 어제보다 바빠질 거라고 생각하고 각오했는데, 남아줘서 다행이다. 각오는 했지만, 솔직히 불안했고.

"다행이네요. 어제처럼 바쁘면 어쩔까 불안했으니까요."

"아무리 그래도 어제 상황을 아는데 도중에 내던질 수는 없지."

드루이드 씨의 성격이면 그렇겠지. 할 일을 착실히 하는 사람이다.

"아."

낯선 목소리에 시선을 주니, 문제아인 드루가스 씨가 안쪽에서 나왔다. 해냈어! 처음으로 드루가스 씨의 이름을 단방에 떠올렸어. 나는 진심으로 기뻐하고 있지만, 내 주위의 분위기가 무겁습니다. 아침의 상쾌한 공기는 어디로 간 걸까.

"어머, 어서 와라."

아주머니가 안쪽에서 커다란 꾸러미를 들고 가게에 얼굴을 내밀었다.

"안녕하세요."

"드루이드, 오늘도 미안하구나. 드루가스, 안 도울 거면 집안에

틀어박혀 있든가 나가든가 해라. 방해되니까."

……뭐라 표현할 수 없는 무거운 분위기를 아랑곳 하지 않고 웃으며 방해라고 표현하는 아주머니, 인정사정없다. 언니만 그러는 게 아니었구나.

"어머니!"

"어제도 말했지? 네 말도 안 되는 소리에 맞춰주는 사람은 이제 없다고. 슬슬 철 좀 들어야지."

저기, 잠깐 다른 데 좀 다녀오는 게 좋을까? 하지만 저 두 사람이 서 있는 장소는 안쪽으로 들어가는 통로의 입구. 가게 밖으로 나갈까? 드루이드 씨를 보았다. 아, 난처하다는 얼굴이야. 열심히 태연한 척하고 있지만, 얼굴이 경련을 일으키고 있어.

"……대체 뭐야."

드루가스 씨가 힘없이 고개를 떨구었다.

"다들 힘든 경험들을 하면서 성장하는 거야. 별이 없어진 것이 드루가스에게 괴로운 일이라는 건 안단다. 하지만 튼튼한 몸이 있고, 도와주는 가족이 있지. 이게 얼마나 축복받은 건지 잘 생각해 보라고 몇 번이고 말했지? 이번에야말로 생각해보렴."

드루가스 씨는 분노를 보이는 일도 없이 안으로 돌아갔다. 아마도 집으로 돌아가는 거겠지.

"미안하구나. 안 좋은 모습이나 보여서."

"아뇨."

내가 아는 드루가스 씨와 지금 마지막에 본 그는 달랐다. 좋은 방향으로 흘러가면 좋겠는데.

"드루이드도 힘들어했잖니?"

힘들어했다는 말에 고개를 갸웃거렸다. 방금 전에 본 드루이드 씨의 표정은 이동할 수 없는 것에 대한 난처함뿐이었다.

"괜찮아요, 어머니. 나도 성장하고 있으니까."

"어, 그래? 그렇구나. 후후후, 아이비 덕분일까?"

어? 나? 아니, 저는 아무것도 안 했는데요.

"그래, 아이비 덕분. 그렇지, 어머니에게는 먼저 말할게요."

"무슨 소리니?"

"아이비랑 여행을 할까 해요. 아니, 좀 다른가. 아이비의 여행에 동행하려고 해요. 아이비와 함께 넓은 세계를 보고 싶어서."

어라? 내가 여행에 함께 해 달라고 부탁했지? 드루이드 씨의 말은 조금 다른 것 같은데?

"어머, 그래? 아이비, 괜찮니? 외팔이인데 방해되진 않겠어?"

그러니까 아주머니, 말이 너무 인정사정이 없어요.

"문제없어요. 그보다 제가 같이 가달라고 부탁했으니까요."

"그래? 뭐, 드루이드로 좋다면 잘 부려먹으렴."

"아니, 그건 좀……."

아니, 부려먹기 위해 함께 가자고 말한 게 아닌데. 아주머니는 기분 좋게 일을 마치고 안쪽으로 돌아갔다.

"아이비한테는 정말로 감사하고 있어."

"예?"

놀라서 드루이드 씨를 보니, 진지한 표정으로 나를 똑바로 보고 있다는 것을 알았다. 평소랑 다른 분위기에 긴장감이 일었다.

"아이비가 행향을 발견해준 덕분에, 이번 일의 모든 원인이 의뢰주란 게 확실해졌어. 그러니까 의뢰 실패의 빚도, 노예 신세도 피할 수 있었어. 고마워."

그랬던 건가. 다행이다.

"그리고 보면 제대로 대답을 안 했네. 여행 동료로 택해줘서 고마워. 잘 부탁해."

대답이 아직이었나? 저번에 '여행에 가기 전에 체력을 길러야'라고 말했으니까 같이 가주는 거라고 생각하고 있었다.

"이쪽이야말로 잘 부탁드립니다."

고개를 숙이자, 드루이드 씨도 가볍게 고개를 숙여주었다. 왠지 예의 차린 인사를 하니 얼굴이 붉어지네.

"'쌀' 문제와 글루발 문제가 정리되면 같이 여행에 필요한 물품을 준비할까?"

"네. 기대되네요."

"그걸 위해서라도 오늘 힘내보자."

그랬다. 여행 동료는 드루이드 씨로 결정되었지만, 아무튼 오늘을 열심히 넘겨봐야지!

"수고했어."

어제와 마찬가지로 휴식실에 퍼져 있는데 드루이드 씨가 마실 것을 가지고 와주었다.

"수고하셨어요. 대단했지요."

어제는 그랬다지만 오늘은 사람들이 얼마나 올지 조금 불안했다. 어제 온 사람들은 더 안 올 거라 생각했기 때문이다. 하지만 가게를 열자 제일 먼저 달려온 것은 어제 가게 앞에서 맛있다고 말하던 아이들. 게다가 다른 애들도 데려와주었는지, 어제 이상으로 분주했다. 아이들이 좀 줄어들자 부모들이 모여들어서, 방금 전까지 손님이 전혀 끊이질 않았다.

"그래, 예상 이상이었지."

"네."

연일 바쁘다 보니 몸이 슬슬 한계를 호소하고 있다. 다리가 후들거린다. ……무사히 광장에 돌아갈 수 있을까?

"오, 여기 있었군. 이거 어제와 오늘의 급료다. 정말로 고마워. 설마 이렇게 바빠질 줄은 몰랐으니까. 정말로 아이비와 드루이드가 있어줘서 다행이었군. 고마워."

그렇게 말하며 나와 드루이드 씨에게 각각 종이를 내밀었다. 뭘까 싶은 마음으로 보고 있자, 옆에서 드루이드 씨가 종이를 받아들었다. 그러니 나도 다급히 받았다. 종이에는 주인아저씨의 가게와 이름, 그리고 금액이 적혀 있었다. 혹시 급료? 주인아저씨는 바쁜지, 종이를 주자마자 가게 안쪽으로 돌아갔다.

"저기, 드루이드 씨, 이게 급료인가요?"

"처음이야?"

급료라는 형태로 받는 건 처음이다.

"네, 처음이에요."

"그런가, 이걸 길드에 가져가면 돈으로 바꿔줘."

"그런가요, 대단하네요."

"계좌에 직접 넣어달라는 희망도 들어주니까."

아, 그건 기쁘네. 그렇긴 해도 종이에는 5기다르라고 적혀 있었다.

"드루이드 씨, 많지 않은가요?"

"아니, 가게의 상황에서 생각하면 이 정도겠지. 더 필요한 경우에는 교섭해도 좋아."

"아뇨, 아뇨!"

드루이드 씨의 말에 다급히 부정했다.

"하하하."

아무래도 날 놀리는 거였나 보다. 너무해.

"아, 여기 있었네. 오늘은 저녁 같이 먹을 수 있을까?"

언니가 휴식실에 얼굴을 내밀었다.

"죄송합니다. 좀 진정이 되면 광장으로 돌아갈게요."

소라와 프렘을 가방에서 꺼내주고 싶다.

"에엣, 그래? 아쉽네. 좋아, 어제처럼 나무상자에 저녁밥을 담아 줄게."

"아! 좀 적게 부탁드릴게요. 어제 반찬도 아직 남아서."

아침에 남은 것을 먹었는데도 아직 남아있다.

"아이비, 너는 잘 먹어야 하는 나이야."

아무리 잘 먹는다고 해도 2인분은 무리니까요!

189화 아무도 안 남았다?

"드루이드 씨."

"응?"

"전 좀 적게 달라고 부탁한 기억이 있는데요……."

"하하하."

내가 들고 있는 나무상자와 드루이드 씨가 든 나무상자. 그것뿐이라면 어제와 마찬가지지만, 그가 든 나무상자는 아무리 봐도 어제보다 조금 큰 것 같다. 광장에 돌아올 때에 건네받은 상자를 보고 놀라고 있자, 아주머니에게서 '사양 안 해도 돼. 체력을 기르지 않으면 여행이 고달플걸.'이라는 말을 들었다.

"아, 형수님은 아마 말했을 거야. 다만 어머니는 그걸 사양하는 거라고 받아들인 거겠지만."

그렇구나, 그렇게 해서 어제보다 큰 상자가 되었나.

맛있으니까 많이 받는 건 기쁘지만, '이래도 되나?' 싶어서 조금 불안해진다. 그렇긴 해도 정규판 매직백이 있어서 다행이다. 무더운 계절인 지금, 음식에는 최대한 주의가 필요하다. 매직백을 주신 분들에게는 정말로 감사할 따름이다.

광장으로 돌아와서 텐트 안에서 소라와 프렘을 꺼냈다.

"오늘도 미안. 하지만 오늘로 끝이니까. 내일은 같이 숲에 가자."

두 마리는 기쁜 듯이 몸을 부르르 흔들어주었다.

쌀이 생각보다 빨리 침투되었기에 이 이상은 필요 없다고 오늘 낮에 주인아저씨가 결정을 내렸다. 그 뒤에 '오늘로 끝'이라는 간판을 내놨더니, 소문이 퍼졌는지 사람들이 밀려들어서 대혼잡. 쌀을 팔던 가게 쪽에도 쌀이 없어진다고 착각한 사람들이 몰려와서 대혼란. 주인아저씨가 다급하니 "'쌀'은 언제든지 구입할 수 있습니다." 라고 새롭게 간판을 내놔서 어떻게든 진정이 된 모양이다. 소문이란 무섭네~ 라고 느끼는 하루였다.

"포션은 여기 둘 테니 먹어. 우우~, 팔이 아파."

주먹밥을 너무 많이 쥐어서 움직이면 팔이 뻐근하니……. 가방에서 꺼내서 늘어놓은 포션을 먹는 소라와 프렘. 그걸 잠시 지켜보았지만 두 마리 다 문제없다. 졸려~. 두 마리의 식사를 가만히 보고 있자니, 꽤나 지쳤는지 눈꺼풀이 무거워졌다.

꾸르르~…….

"아……."

배에서 꽤 큰 소리가 텐트에 울렸다. 소라와 프렘밖에 없지만, 조금 창피하다.

"으음, 밥 먹고 올게. 다녀오겠습니다."

이렇게 큰 소리가 나던가. 텐트 안이라서 다행이다.

"오래 기다리셨습니다……. 아, 아저씨, 길드마스터."

텐트 밖으로 나오자, 본 적 없는 테이블과 의자가 준비되어 있었다. 테이블 위에는 우리가 가져온 나무상자가 열린 상태로 놓여 있다. 역시 양이 꽤 되는 모양이다. 두 사람이 와줘서 다행이다.

다른 이들을 보니 다들 웃고 있지만, 그중에서도 조금 지친 표정의 스승과 황당하다는 표정의 드루이드 씨. 그리고 괜찮은지 걱정이 될 정도로 지친 기색인 길드마스터. 무슨 일 있었나?

"오래 기다리셨죠. 저기, 이 테이블과 의자는……."

일단 간단히 들을 수 있는 것부터 시작할까.

"남았던 걸 가져왔다. 주마. 이건 꽤 괜찮은 물건이야, 매직아이템이라서 작게 줄일 수 있거든."

응? 잘못 들었나? 매직아이템 테이블과 의자인데 '준다'라고 들렸다. 기분 탓이지? 꽤 비싸 보이는데.

"아이비, 잘됐네. 스승님이 가지고 있던 물건이니까 아주 괜찮은 거야."

드루이드 씨가 웃고 있어서 간신히 실감되었다. 아무리 봐도 꽤 비쌀 듯한 매직아이템을 준다는 모양이다.

"아니, 아저씨. 아무리 그래도 이건 너무 비싸요."

"됐다, 됐어. 같은 게 두 개나 더 있으니까 신경 쓰지 마라. 오늘 일의 사례다."

오늘 일의 사례라는 건 '대결 작전' 이야기인가? 어떻게 되었을지 궁금하기도 하지만, 길드마스터의 모습을 보니 묻기 좀 그렇다. 그렇긴 해도 괜찮나? 꽤 비싼 매직아이템일 것 같은데.

"이걸 봐라. 이 테이블의 대단한 점이지."

아저씨가 가리키는 방향을 보니, 어디서 본 적 있는 매직아이템이 테이블에 박혀있었다. 이거 주위에 소리가 새어나가지 않게 하는 매직아이템이다. 어라? 이거 혹시나 레어한 물건?

"아저씨!"

"계속 여행을 하려면 아이비에게는 이게 꼭 필요하겠지. 앞으로 사람이 많은 장소에 가게 되겠지?"

아, 그러니까 이 분은 이걸 골랐나. 하지만 이거 비쌀 거 같은데.

"아이비, 받아도 돼. 나도 제자일 때 종종 받았고."

드루이드 씨는 제자였으니까……. 하지만 나를 생각해서 골라 준 거겠지.

"저기, 고맙습니다."

"됐다, 됐어. 신경 쓰지 마라."

우와아~, 대단한 걸 받았다. 분명히 소리가 새어나가지 않게 하는 매직아이템은 필요하긴 했다. 그러니 꽤나 기쁘다.

"자, 그럼 먹을까."

"네. 잘 먹겠습니다."

넷이서 먹기 시작했는데, 이상하게도 조용하다. 드루이드 씨도 길드마스터도 말할 기운이 없는 느낌. 뭐, 분명히 많이 바빴으니까. 길드마스터도 바빴나? 아니면 무슨 일 있었나? ……궁금하네. 이럴 때는 그나마 제일 쌩쌩한…….

"저기, 오늘 무슨 일 있었나요?"

"응? 아니, 문제없이 사람들을 걸러냈다. 조금 예상 밖의 일은 있었지만."

조금 예상 밖의 일?

"모인 모험가들이 좀 머리 나쁜 놈들이었어. 설마 전원이 등록하러 올 줄은 몰랐다."

어이쿠~, 설마 전원이…….

"하아, 말도 안 되지?"

"그러네요. 아무리 그래도 전원은."

길드마스터의 지친 표정은 스승이 아니라 모험가들이 원인인가.

"드루이드에게서 이야기를 듣고 이거 좋은 인재를 발굴할 기회라고 생각했어. 설마 한 놈도 남지 않을 줄은 몰랐으니까."

길드마스터에게는 모험가들을 키운다는 중요한 임무가 있다고 들었다. 다음 세대의 상위 모험가든가, 다음 길드마스터 후보라든가. 고생이네.

"저기, 고생하십니다."

이것 말고는 드릴 말씀이 없습니다.

"하아, 고맙다."

"저기, 이거 맛있으니까 좀 드세요. 이것도."

일단 배가 부르면 조금은 괜찮아질까? 무리인가?

"그런데 고토스, 어쩔 거냐?"

뭘 말이지?

"아, 그렇군요. 상위 모험가가 없는 건 마을로서는 타격이죠. 지금 있는 놈들을 어떻게든 육성할 수밖에 없는데……."

그런가, 글루발에게 당했으니까 지금 이 마을에는 상위 모험가가 없구나. 그건 꽤나 안 좋은 상황이겠지. 상위 모험가는 마을 사람들을 안심시키는 요소이기도 하다. 없다는 것만으로도 불안을 느끼는 사람들도 있을 정도다.

"여행하는 상위 모험가를 권유하여 이 마을 전속으로 있어달라는 방법도 있지만, 어렵겠죠."

이유가 있어서 여행을 계속하는 모험가도 많다고 들었다. 그러니 그리 쉽게 전속이 되어주지 않겠지.

"어디서 좀 솟아나면 안 되나."

길드마스터, 그건 너무 무섭잖아요. 땅 속에서 사람이 쭉쭉 솟아나서……. 아, 이거 안 돼. 나온 사람이 죽었을 것 같아. 아니, 무진장 무서운 상상을 해버렸다. 이건 전생의 내 기억이 섞인 걸까? 아니, 전생의 내 세계에서는 죽은 사람이 부활하는 일도 있었어? 너무 무섭잖아.

"왜 그래, 아이비? 안색이 안 좋은데."

"아뇨, 괜찮아요."

상상으로 기분이 나빠지다니 최악이다. 으음, 즐거운 상상, 즐거운 상상.

190화 프렘도!

마을의 문을 나서서 숲으로 향했다.

"…………힘들다."

"그래요. 숲에 가는 것만으로 이렇게 힘들 줄은 몰랐어요."

"하아. 직무에 충실한 건 좋지만."

"죄송해요. 사실을 말할 수 있으면 문제없이 숲에 드나들 수 있을 텐데."

"아니, 시엘에 대해서 말했다고 해도 결국은 똑같았겠지. 저 녀석들이니까."

이틀 만에 시엘을 만날 수 있다고 기뻐했지만, 문지기의 설득에 수십 분을 들였다. 글루발 목격 정보가 늘어났으니 어쩔 수 없다 싶긴 하지만, 그래도 힘들었다. 드루이드 씨가 함께 있어주었기에 다행이다. 나 혼자였으면 분명히 무리였다. 그건 돌파할 수 없다.

쓰레기장으로 향하면서 숲의 분위기를 확인하며 다녔다. 이틀 동안 안 왔을 뿐이지만, 커다란 마물의 흔적이 곳곳에서 늘어났다. 아마도 글루발의 흔적이겠지. 다들 비슷비슷한 크기의 발톱자국과 발자국이다.

"조심하는 게 좋겠어. 꽤나 마을 가까운 곳까지 다가왔으니."

"네……. 아, 시엘이 왔어요."

멈춰 서서 주위를 보았다. 잠시 뒤에 시엘이 위에서 훌쩍 내려왔다.

"어?"

시엘의 머리를 쓰다듬으면서 위를 보았다. 숲속에 뻥 하니 뚫린 공간이다. 즉 위에 나무는 없다.

““…….””

“드루이드 씨, 아단다라가 날 수도 있나요?”

“아니, 그런 이야기는 못 들어봤는데. 어쩌면 저쪽 나무에서 이쪽으로 뛰어내린 걸지도 모르지.”

드루이드 씨가 가리키는 방향을 보니, 수십 미터 떨어진 장소에 커다란 나무가 있다. 시엘의 각력이라면 조금 멀어 보이더라도 가능할지도 모르겠다.

“냐웅.”

“아, 시엘 미안. 안녕.”

“냐웅.”

시엘의 시선이 스윽 드루이드 씨의 머리 위로 향했다. 나도 따라서 보다가 굳어버렸다. 드루이드 씨의 머리 위에서 소라가 춤추고 있다. 쭉쭉이 운동이나 옆으로 부르르 몸을 떠는 게 아니라 춤추는 것으로 보이는 움직임을 하고 있었다.

“왜 그래?”

“저기, 소라가 머리 위에서 춤추고 있어요.”

“뭐? 평소처럼 쭉쭉이가 아니라?”

“그게 위아래로 움직이고 좌우로 흔들리고 위아래로 움직이고, 으음, 허리? 를 비틀고, 부르르…….”

소라의 움직임을 뭐라고 설명하려고 했지만, 도저히 불가능하다. 애초에 슬라임에게 허리는 없겠지. 하지만 하반신과 상반신이 있는 것처럼 움직이고 있다.

"아이비, 설명 안 해도 돼. 본 적 없는 움직임을 하고 있다는 거지?"

"네. 처음 봐요. 이건 진화일까요?"

"아니, 슬라임의 진화에 움직임은 관계없었을 텐데……. 다만 소라니까."

소라니까, 라는 말에 납득하게 된다. 가만히 소라를 보고 있으니, 시엘이 몸을 바짝 붙여왔다. 소라만 보고 있어서 질투하는 걸까?

"시엘, 소라가 재미있는 일을 하고 있어. 시엘을 만나서 기쁘다는 걸까?"

"냐?"

시엘의 이 울음소리도 귀엽다. 쓰레기장으로 향하면서 최근 있었던 일을 시엘에게 말했다.

"애 많이 썼어, 시엘."

"냐~앙."

오오, 새로운 울음소리다. 잘되었다고 말해주는 모양이라 기쁘다.

쓰레기장에 도착했지만, 며칠 전과 변함없는 것으로 보였다. 숲의 출입이 제한되고 있으니 어쩔 수 없나. 그렇긴 해도 애초부터 커다란 쓰레기장. 필요한 것은 있다.

"시엘, 프렘 좀 봐줄 수 있을까?"

"냐옹."

가방에서 꺼낸 프렘을 나무 밑동 부분에 가만히 놓았다. 조금 더 깨어 있자는 설득은 나의 연패 중. 어떻게 해야 프렘이 깨어있는 시간을 조금 더 늘릴 수 있을까? 어렵다.

쓰레기장으로 가보니, 소라가 쓰레기장에서 뛰어다니고 있었다. 쓰레기장에서 뛰어다니는 것도 꽤나 익숙해진 모습이다. 이전에는 금방 쓰레기에 파묻히든가 끼었는데 말이다. 소라 근처에는 드루이드 씨가 있으니까, 소라에게 무슨 일이 있어도 괜찮겠지. 조금 떨어진 장소에서 포션을 찾고 있자.

"뿌~."

응? 소라의 조금 이상한 소리에 시선을 돌려보니, 쓰레기에 낀 소라를 드루이드 씨가 구해주고 있었다. ……잊어버린 타이밍에 딱 낀 모양이다.

파란 포션과 빨간 포션을 가방에 차례로 넣었다. 빈 가방을 가져왔기에 대량으로 가져갈 수 있다. 드루이드 씨는 소라의 모습을 보면서 대량의 검을 가방에 넣었다. 소라는…… 식사 중이다. 소라를 확인할 때마다 먹는 검이 다른데, 대체 얼마나 먹는 걸까. 시엘과 프렘이 있는 장소를 확인하니…… 왜인지 시엘이 쓰레기장 안에 있다. 무슨 일 있었나?

"시엘, 왜 그래?"

"무슨 일이야?"

"뿌~?"

시엘의 옆으로 이동하자, 가만히 뭔가를 바라보는 시엘. 그 시선을 따라가니 프렘이 뭔가를 먹고 있었다. 뭘 먹는 걸까? 포션은 아닌 것 같은데?

"괜찮아? 아, 프렘? 신기하네, 깨어있다니."

"네. 저기…… 프렘이 돌을 먹고 있어서."

"돌?"

드루이드 씨에게는 보이지 않았던 모양인데, 프렘은 돌을 먹고 있었다. 다른 것도 아니라 돌.

"아, 진짜다."

드루이드 씨가 내 옆으로 와서 프렘이 먹는 것을 확인했다. 돌이라면 쓰레기장에서 일일이 줍지 않아도 될까? 그러고 보면 왜 쓰레기장에 돌이 대량으로 있었지?

"드루이드 씨, 여기에 돌이 왜 이렇게 많은가요?"

"아, 이건 원래 마석이야."

"마석?"

"그래, 사용한 마석은 돌처럼 변하거든."

그러고 보면 들어본 적 있어. 그렇구나, 사용한 마석은 이렇게 되는구나. 하나를 손에 들고 잘 살펴보았다. ……어디를 어떻게 봐도 돌로밖에 보이지 않는다.

"이건 돌인가요? 아니면 돌이랑은 다른가요?"

"단순한 돌은 아냐. 그 돌에 마력을 주입하면 마석으로 부활하니까."

"어, 그런가요? 그럼 왜 버린 걸까요?"

재이용 가능한데 아깝다.

"마력을 주입하려면 농도가 진한 마력을 가진 자가 필요해."

농도가 진한? 그런 마력을 가진 사람이 있다는 소리는 처음이다. 어디에 있는 걸까.

"참고로 그 특수한 마력을 가진 사람은 수백 년에 한 번 태어나네 마네 해."

그렇구나, 재이용은 가능한데, 마력을 주입할 수 없다.

"떼류류~."

프렘의 소리에 시선을 주니, 평소보다 조금 세게 몸을 흔들고 있다.

"류류~, 류~."

"프렘, 괜찮아??"

"류~."

조금 소리가 커졌다. 이건 아무래도 좀 이상하다. 돌을 먹고 문제가 생겼나?

"류! ……퐁."

프렘의 입에서 뭔가가 튀어나왔다. 살펴보니 예쁜 녹색의 돌. 프렘은 예쁜 돌에 흥미가 없는지, 또 돌이 된 마석을 먹기 시작했다.

"드루이드 씨."

"그래."

지금 막 들었다. 다 써서 돌 같이 된 마석에 마력을 주입할 수 있는 사람은 꽤 드물다고. 프렘이 토해낸 것을 보았다. 아무리 봐도 마석으로 보였다.

"류~."

프렘의 소리에 어깨가 꿈틀했다. 또? 라는 마음에 긴장했지만, 근처에 돌이 없어진 것에 불만을 품은 모양이다.

"아, 미안. 잠깐만 기다려."

드루이드 씨와 함께 대량으로 돌을 모아서 프렘의 앞에 쌓아올렸다. 프렘은 그 돌을 보고 부르르 몸을 떨며 좋아했다. 그리고 포션을 먹는 기세로 돌을 소화하기 시작했다. 그것을 보면서 프렘의 입에서 튀어나온 녹색 돌을 손에 들었다.

"드루이드 씨, 이거 진짜로 마석인가요?"

녹색 돌을 드루이드 씨에게 건넸다. 그는 가만히 뭔가를 확인하더니.

"틀림없이 마석이야."

저기, 소라에 이어서 프렘도 레어 중의 레어인 슬라임으로 진화

한 모양이다.

"류류~, 류~, 류~. ……퐁."

이거 돌을 계속 먹이면 마석을 계속 만들어내는 거야? 게다가 먹어도 마석으로 바꿔버리니까 끝없이 먹을 수 있을 것만 같다.

"프렘, 그렇게 열심히 마석을 만들지 않아도 돼."

뱉어내지 않게 하면 배도 부르겠지. 아마도.

191화 레어 중의 레어

해야 할 일을 다 마쳐야지. 나는 포션, 드루이드 씨는 검을 주워서 각자의 가방을 채웠다.

"고맙습니다. 돕게 해서 죄송해요."

"일을 나눠서 하는 게 빠르잖아? 게다가 같이 여행을 하는 거니까, 앞으로는 내 역할이야."

분명히 드루이드 씨가 있으면 빨리 끝난다. 게다가 같이 여행을 할 거면 역할 분담은 필요하다. 왠지 진짜로 같이 여행하는 거라고 갑작스럽게 실감이 들었다.

"자, 프렘한테 돌아갈까. 아이비, 앞서 가."

"아뇨, 드루이드 씨가 먼저."

서로 양보할 이유는 퐁, 퐁 하고 들려오는 소리 때문이다. 대체 마석을 얼마나 만들어낸 건지 보기가 무섭다. 드루이드 씨와 시선이 마주쳐서 둘이서 쓴웃음. 같이 프렘에게로 돌아갔다.

"프렘의 새로운 능력을 안 건 좋아. 다만 레어도가 올라갔으니까 순수하게 기뻐할 수가 없군."

드루이드 씨의 말에 고개가 끄덕여졌다. 새로운 능력이라고 할까, 먹을 수 있는 것을 안 것은 좋은 일이다. 다만 마석을 만들어낸다는 게 좀.

"하지만 마석을 부활시키는 슬라임이라니 대단하네."

"뿟뿌뿌~."

"응? 소라는 포션을 부활시키는 슬라임인가?"

"네?"

"소라는 빈병을 주면 최고급 포션으로 채워줄지도."

"뿌~!"

""……""

드루이드 씨는 자기가 한 말에 얼굴을 찌푸렸다. 아무도 별 생각 없이 한 말이었겠지만, 꽤나 중요한 사실이라고 깨달았겠지. 게다가 소라가 자신만만하게 운 것 같다.

소라는 다친 사람이나 마물을 뒤덮은 뒤 자기가 만든 포션으로 치유한다. 그렇게 여겨진다. 빈사의 부상까지 치유하는 포션을 병에 담을 수 있으면? 그런 건 분명 영원히 매직백 안에 봉인이겠지. 조금이라도 나돌았다간 큰 소동이 난다. 하지만.

"……확인해볼까요?"

드루이드 씨의 위에 있는 소라를 보았다. 기쁜 듯이 몸을 부르르 떨고 있다.

"……그렇군. 뭐, 소라를 보아하니 결과는 뻔할 것도 같지만……."

드루이드 씨의 말처럼 소라의 방금 전의 울음소리와 지금 모습을 보면 병에 든 포션이 상상이 간다.

"소라가 만드는 치유 포션의 품질을 조사하고 싶다고는 생각했어요."

내 부상을 치료해주었을 때에 생각한 적이 있었다. 다만 소라가 엄청 대단한 일을 했다고 알기 전이지만. 지금은 무서워서 알고 싶지 않기도 하고, 그러면서도 동료니까 파악해두고 싶다는 기분이기도 하고.

"조사라면 스승님의 동료가 할 수 있을 거야."

스승의 동료. 분명히 마르알 씨랑 어어…… 탠버스 씨다.

"포션을 조사하는 데에 무슨 자격이 필요한가요?"

"감정 스킬을 갖고 있어야 가능해."

아, 감정 스킬. 분명히 별이 많을수록 자세히 조사할 수 있댔나?

"그걸 갖고 있나요? 대단하네요."

"그래, 분명히 별 네 개였던가. 아, 참고로 탠버스 씨 쪽이야."

별 네 개! 대단하네. 탠버스 씨가……. 어라? 어떤 모습이었는지 잘 떠오르지가 않네. 아무리 천천히 걸어도 결국 프렘에게 도착하였다. 조금 전부터 보였으니까 놀라지는 않았지만……. 프렘 주위의 쓰레기들 사이에는 마석, 마석, 그리고 또 마석.

"쓰레기 사이의 대량의 마석이라니 처음 보았군. 아니……."

드루이드 씨가 프렘을 보고 곤혹스러운 표정을 보였다. 나도 조금 당황한 상태다. 프렘은 아마도 식사 도중에 잠들어버린 거겠지. 입에 돌을 물고 있다. 거기까지는 조금 생각하는 거니까 그렇다고 치자. 돌을 입에 물었기 때문에 침이…… 침이 엄청나게 흘렀다.

"냐웅."

시엘의 한심함 어린 소리. 혹시 깨어준 걸지도 모른다.

"시엘, 프렘을 봐줘서 고마워."

"냐웅."

"프렘, 저기, 일어나자……. 무리인가."

입에 문 돌을 빼냈다. 끄으……. 침이. 아무리 노력해도 침을 피해서 지나갈 수가 없는 모양이다. 프렘을 가만히 안아들고……, 지면과 프렘 사이에 침이…….

"풋, 크크큭."

"뿌뿌뿌뿌뿌."

드루이드 씨가 참다못해 웃음을 터뜨렸다. 소라도 왠지 웃는 분위기다.

"어쩔 수는 없다고 생각하지만요."

"미안, 미안. 도와줄게."

"저기, 이 애들의 가방에 천이 들어있으니까 꺼내주실 수 있나요? 아무튼 몸을 좀 닦아야겠어요."

이 상태로 가방에 넣을 수도 없다. 드루이드 씨가 천을 꺼내주었기에 프렘을 잘 닦아주었다. 침에 프렘이 잠기지 않아서 다행이다. 깨끗해진 프렘을 가방에 넣었다.

"자, 이대로는 안 되겠지요."

주위에 흩어진 마석을 보았다. 대체 몇 개나 되는 걸까. 드루이드 씨와 함께 하나씩 주웠다.

"이쪽에 열두 개 있었어. 아이비는?"

"어어, 열네 개요."

처음에 만든 녹색 마석이랑 합치면 27개의 마석을 만들어낸 모양이다. 쓰레기장을 떠나서 커다란 나무 밑에 앉았다. 그리고 가져온 마석을 펼쳐놓은 천 위에 늘어놓았다.

"아……. 보고 싶지 않은 풍경이네요."

"하하하. 아이비, 같이 현실을 받아들이자. 하지만 아름다운데."

늘어놓은 마석을 본 순간, 눈길을 끈 마석이 두 개 있었다. 그 이유는 그 투명도. 수많은 쓰레기들 사이에서 주웠을 때에는 예쁜 마석이 있다고 생각했을 뿐이지만, 이 정도로 예쁜지는 몰랐다.

마석은 불순물이 많을수록 투명도가 떨어진다. 그리고 내포한 마력의 양도 질도 떨어진다. 그런 마석은 일상적으로 쓰는 마석으로, 비교적 저렴하게 손에 넣을 수 있다. 반대로 불순물이 적고 투명도가 높은 마석은 보이는 이를 매료시킨다고 일컬어진다. 실제로 본 순간 그 아름다움에 숨이 멎었다. 여태까지 본 마석들과는 너무 달랐기 때문이다.

"대단하네."

드루이드 씨가 손에 들고 감동하고 있다.

"저기."

"응? 왜 그래?"

"그 마석은 엄청나게 레어한 건가요?"

"그래, 이 정도로 투명한 느낌의 마석은 처음 봤어. 레어 중의 레어야."

역시나. 뭐, 알고는 있었지만.

"뿌~!"

왠지 모르게 침묵하고 있자 소라가 갑자기 크게 소리 내었다. 그 소리에 깜짝 놀라 몸이 떨렸다.

"왜 그래?"

소라를 보니, 조금 화난 느낌. 왜 화를 내는 거지?

"뿌~!"

"혹시 빈병을 요구하는 건가?"

드루이드 씨가 한 말에 소라는 뿅뿅 뛰었다. ……그게 맞나 보다.

"아~, 이거 서두르는 게 좋겠네. 병을 찾아올게."

서두르는 게 좋겠다는 말이 무슨 뜻이지? ……의아하게 생각하며 드루이드 씨를 보고 있자, 쓰레기장에서 빈병을 찾았는지 돌아와서, 마시려고 가져온 물로 병을 깨끗하게 씻었다.

"자."

씻은 병을 소라 앞에 내밀자, 소라가 널름 병을 먹었다.

"……뭐지, 병에 채우는 건 무리……가 아니었군."

식사할 때처럼 슈와~하고 거품이 나왔지만, 그건 금방 사라지고 소라의 입에서 병이 나왔다. 물론 안에 뭔가가 채워진 상태로.

"우와아!"

맑고 투명한 파란 포션. 게다가 조금 빛나고 있다. 빛나는 포션은 본 적도 들어본 적도 없다.

"예쁘긴 한데, 절대로 남들 앞에서는 쓸 수 없는 포션이네요."

"그래, 너무 눈에 띄겠지."

희미하게 빛나는 포션에 투명감으로 매료시키는 마석. 현실도피를 해도 좋은 레벨 같다.

192화 이틀 뒤

"시엘, 마을 근처에 사나워진 마물이 많이 모였다니까 조심해. 위험한 짓은 하면 안 돼."

아단다라는 전투를 좋아하는 마물이랬나? 절대로 안 된다고 말하면 시엘에게는 부담이 될까?

"저기, 시엘이 꼭 이길 수 있다고 생각한다면 조금은 싸워도 좋으니까. 다만 위험하려나? 싶을 때는 안 돼."

"냐웅."

이거 말고 말해둬야 할 게 뭐더라.

"아, 이 마을의 모험가가 흉포화의 원인에 대처하러 가니까, 들키지 않도록 조심해. 시엘에 대해 아는 사람이 참가하고 있으니까 토벌 대상이 되는 일은 없겠지만. 대부분의 모험가가 참가하니까 경계만이라도 해둬."

"냐웅."

"그리고 숲의 위험도가 올랐으니까 마을에서 나올 수 없을지도 몰라. 며칠 동안 못 올 수 있으니까 미리 사과할게."

"냐아!"

"빨리 원래대로 돌아오면 좋겠는데."

“냐옹.”

“언제 봐도 신기한 광경이군.”

응? 드루이드 씨의 말에 시엘과 함께 고개를 갸웃거렸다. 뭐가 신기한 광경이란 거지?

“아니, 됐어. 신경 쓰지 마.”

됐다나 보다. 몇 차례 시엘의 머리를 천천히 쓰다듬었다.

“시엘이 조그매지면 마을에 같이 갈 수 있을까?”

“뭐, 아단다라라고 들키지 않으면 괜찮지만 무리겠지.”

“그러네요. 시엘, 그럼 갈게. 또 봐.”

“냐옹.”

시엘이 걱정되지만, 어쩔 수 없으니까 헤어져서 마을로 돌아왔다.

“그러고 보면 오늘은 그 녀석들 안 오나?”

그러고 보면 숲에 꽤 오래 있었는데 찾으러 오지 않는 모양이다. 뭐, 오늘은 많은 일이 있었으니까 안 와줘서 고맙지만.

문지기의 모습이 보이기에 가볍게 손을 들자, 저쪽에서 열심히 손을 흔들어주었다. 걱정하고 있었던 모양이다. 무슨 일 있었나?

“다녀왔습니다.”

“다행이다. 도무지 안 돌아오길래 갈까 말까 하는 판이었는데, 드루이드의 스승이 가로막아서 말이지~.”

아, 그 분이 막아주었나. 분명 시엘과 만나고 있는 걸 아니까 방해하지 못하게 해준 거겠지?

"걱정이라는데도 '내가 특별히 만든 격대를 가지고 갔으니까 문제없다'라고 단언하면서."

"걱정해주셔서 고마워요. 하지만 보시다시피 문제없었으니까요."

"그래, 하지만 조심해. 어젯밤에도 바로 코앞까지 왔었으니까."

"그런가요?"

"밤의 경비 수를 늘리기로 결정되었어. 왠지 요즘 분위기가 흉흉해."

문지기의 얼굴이 험악해졌다. 분명히 숲에 남은 흔적은 이 문과 멀지 않은 곳까지 와 있었다. 역시 시엘이 걱정돼.

문지기와 헤어져서 길드로 향했다. 마석과 포션의 감정을 부탁하기 위해서다. 조금 두근두근한다. 그렇게 생겨놓고서 감정했더니 '보통'이란 건 아니겠지? 아니, 괜한 기대는 하지 말자.

길드에 들어가자, 모험가들로 넘쳐나고 있었다. 그러고 보면 준비를 위해 모인다고 그랬지.

"드루이드 씨, 방해되는 거 아닐까요?"

"응? 괜찮아. 이쪽이야."

사람들을 피하면서 2층으로 올라갔다. 2층에는 사람이 없는지 조용했다.

"준비하고 있겠다고 했으니까, 으음~, 아마도 저 방일 거야."

드루이드 씨가 점찍은 방의 문을 두드렸다.

"열려있다~."

안에서 목소리가 들려왔기에 문을 열었다. 안에는 대량의 격대와…… 뭔지 모를 것을 만들고 있었다.

"오, 드루이드, 무슨 일이지?"

"스승님과 탠버스 씨에게 부탁이 좀 있어서."

"음? 아이비도 같이 와야 하는 문제냐?"

"네?"

"알았다. 여기는 좀 부탁하지. 이거의 곱절은 필요하겠어."

스승의 말에 일손을 돕던 사람들이 알겠다고 말했다. 나도 도울 수 있다면 돕는 편이 좋을까?

"왜 그래?"

작업실을 나와서 함께 근처 방에 들어갔다. 그리고 밖에서 엿들을 수 없도록 매직아이템을 꺼내주었다.

"탠버스 씨에게 감정을 좀 받았으면 하는 게 있어서. 아이비."

"네."

가방에서 27개의 마석과 빛나는 포션을 꺼냈다. 다행이다, 넘치지 않았어. 사실 병에는 뚜껑이 없어서, 가방 안에서 넘치지 않을까 조마조마했다.

"또 대단한 걸 들고 나왔군. ……뭐지, 이 마석은? 반대편이 잘 보이는데. ……게다가 빛나긴 하지만 이건 치유 포션 아닌가?"

"네, 포션은 소라가, 마석은 프렘이."

"……으음, 그래, 포션, 아이비의 소라……. 그런가."

스승은 조금 정신없는 모양이다. 어어, 이럴 때는 진정될 때까지 기다리면 되는 거였든가? 저번에는 그랬지.

"휴우, 일단 탠버스를 불러오지. 아니, 아이비는 돌아가도 된다. 알려지지 않는 편이 좋겠지."

어? 별로 상관없는데?

"……아이비? 내가 전에 했던 말을 기억하냐?"

전에 했던 말? 뭐였더라? 어어……. 아, 사람을 바로 믿지 마라?

"하지만 아저씨의 동료였던 분이잖아요?"

"그래도 말이지. 나도 몇 년 만에 만났으니까. 변하지 않았을 거라 생각하지만 일단 조심해야지."

"으음."

이 분이 이렇게 말한다면, 그렇게 행동하는 편이 좋을까?

"알겠습니다. 감정 잘 부탁드립니다."

고개를 숙였다.

"그래. 아, 잠깐만. 서류를 남기지."

드루이드 씨는 내게서 마석과 포션을 맡았다고 증명하는 서류를 바로 작성해서 넘겨주었다.

"스승님, 광장에서 기다리고 있을 테니 잘 부탁드립니다."

"잘 부탁드립니다."

둘이서 고개를 숙였다.

"맡겨둬라."

드루이드 씨와 함께 방을 나섰다.

"괜찮을까요? 이렇게 부탁만 드려도."

"뭐, 스승님은 한 번 말을 꺼내면 듣질 않으니까."

드루이드 씨가 어깨를 으쓱였다. 분명히 저 아저씨를 설득하기란 어렵겠지.

광장으로 돌아와서, 스승이 올 때까지 저녁식사 준비를 시작했다. 시간이 있으니까 남아있던 고기를 죄다 푹 끓여버리자. 사람들이 조금이라도 체력이 생길 만한 걸 만들고 싶다.

이틀 뒤에 숲으로 출발하기로 결정되었다고 길드에서 들었다. 스승은 리더로 참가하기로 결정되었다는 모양이다. 드루이드 씨는 아무래도 약해질 마을 경비에 참가한다는 모양이다.

"미안하구나, 늦어져서. 그런데 냄새 좋군."

"수고하셨습니다. 바로 준비할게요."

"고맙다. 그리고 부탁이 좀 있는데."

부탁? 궁금하긴 하지만, 밥 먹은 뒤라도 될까? 일단은 배를 채워야지!

몇 시간 동안 푹 고은 고기에 소스 바른 주먹밥. 이미 보리나 밀은 마을에서 거의 사라졌다. 쌀의 보급이 늦지 않아서 다행이라고 상업 길드의 길드마스터가 일부러 가게까지 찾아와서 감사의 말을 했다는 모양이다.

""""잘 먹겠습니다.""""

고기에 스푼을 꽂자, 부드럽게 갈라졌다. 좋은 느낌이다. 맛도 괜찮아.

"아이비의 요리 실력은 확실하군. 먹어본 적 없는 것도 많지만 맛있어."

스승의 말에 기뻐진다.

"고맙습니다."

"하하하, 그건 받아먹는 처지인 내가 할 말이지."

도중에 드루이드 씨의 과거 이야기가 나와서 드루이드 씨가 당황하는 일도 있었지만, 온화한 시간이 흘러갔다. 왠지 글루발 이야기는 한 번도 나오지 않았다.

식사가 끝나고 식후의 차를 마시고 있자, 스승이 조그만 가방과 서류를 테이블에 놓았다. 신기하게 생각하고 있자.

"아무래도 여기서 그것들을 꺼낼 수는 없으니까. 가방 안의 물건들을 꺼내지는 말고 확인해다오."

아, 그런가. 여기서 마석이나 빛나는 포션을 꺼낼 수는 없지. 조그만 가방의 안을 들여다보았다. 분명히 마석과 포션이다. 어라? 포션병에 뚜껑이 달려있네.

"문제없습니다. 그보다 뚜껑 고맙습니다. 이건?"

"감정서다. 다해서 28장이다."

마석 27개와 포션 하나인가. 서류를 차례로 보았다. 처음에는 탁한 느낌의 포션에 대한 서류……. 투명도와 마석에 포함된 마력량이 기재되어 있다. 마석 레벨 5.

"레벨이란 게 뭔가요?"

"그건 마석의 레어도를 말하는 거지. 숫자가 적어질수록 레어도가 오른다. 제일 아래는 레벨 10."

제일 아래가 10, 으음, 서류를 한 장씩 넘겨보니 27개 중 레벨 5가 제일 아래인 모양이다. 레벨 5가 20개, 레벨 4가 3개, 레벨 2가 2개, 레벨 SSS가 2개, SSS가 뭐지?

"레벨 1보다 위는 S라고 표시된다. 최고 레벨은 SSS다."

으음, 즉 그 예쁜 빨간 마석은 최고 레벨. 우와~, 최고 레벨이라니…… 무섭다.

으음, 마지막 한 장은 포션이지. 왠지 보고 싶지 않으면서 보고 싶은 느낌. 크게 심호흡을 하고 포션 서류를 확인했다.

포션 감정, 불가능. ……불가능? 어어, 포션이 아니었다는 소리?

193화 요리 교실

"안녕하세요."

"좋은 아침. 오늘도 잘 부탁해."

"이쪽이야말로 잘 부탁드립니다."

드루이드 씨의 스승과 모험가들이 흉포화 대책을 위해 숲으로 나간 지 사흘. 결과가 나올 때까지 1주일 이상 걸린다는 모양이다.

"오늘은 열다섯 명이라서 좀 많은데 괜찮을까? 시리라가 도와준다고는 하지만."

쌀을 구입한 사람들에게서 '쌀 요리법을 모르겠으니까 가르쳐 줘'라는 의뢰가 대량으로 들어왔다고 이틀 전에 주인아저씨에게 이야기 들었다. 그래서 주인아저씨네 가게의 조리장을 빌려서 요리 교실 같은 것을 열게 되었다. 요리 교실이라도 해도 쌀로 밥을 할 때의 물 조절과 소스 바른 주먹밥을 만들 때의 조미료 분량이나 안에 들어가는 고명에 대한 설명 정도라서 간단.

"괜찮아요. 그렇게 어려운 것도 아니니까요."

"그거 다행이네. 그리고 미안하지만 의뢰가 더 들어왔는데 받아도 될까? 드루이드에게서는 절대로 무리를 시키지 말라는 주의를 들었는데."

"후후, 괜찮아요. 그리고 언니도 있어주니까요."

"그래, 고맙구나. 아, 그렇지. 한 자리에 참가하는 인원수라도 정해둘까? 계속 늘어날 것만 같아서 무서워."

"네."

아주머니와 함께 하루에 받을 사람 숫자를 최대 15명까지로 한다는 등, 상세 사항을 착착 정해나갔다.

"고맙습니다. 준비해올게요."

"그래. 조금만 있으면 시리라도 올 테니까."

"네, 알겠습니다."

아주머니와 헤어져서 조리장으로 향했다. 조리장에는 어제 썼던 대량의 냄비를 말려놓고 있었다. 그걸 하나씩 더럽지 않은가 확인하면서 준비를 해나갔다.

으음, 오늘 예정은 15명인가. 어제보다 네 명 많네. 열심히 해야지.

"아이비, 안녕. 자, 오늘도 열심히 가르치자!"

"안녕하세요."

언니는 아무래도 이 요리 교실이 마음에 든 모양이다. 그보다도 이 세계에서는 요리 교실 같은 것이 없었는지, 내가 설명했을 때에도 엄청나게 신기하게 여겼다. 그때는 또 저질렀나 하고 후회했지만, 언니가 좋아하는 모습을 보고 있으니 말하길 잘했다고 생각되니까 신기하다.

"드루이드는 걱정도 많다니까. 오늘도 아침부터 아이비가 너무 고생하지 않게 해달라고 주의를 들었어."

"하하하, 죄송합니다."

원인은 노도와 같은 이틀에 있다. 쌀 보급이 수월하게 진행되면서 여태껏 쌓인 피로가 드러나기 시작했고, 다 끝났다는 안심감 때문에 열이 좀 났다. 텐트 안에서 열에 시달리고 있자, 프렘이 갑자기 나를 뒤덮었다. 그러자 바로 열은 가셔서 문제없었지만, 그 사실을 드루이드 씨에게 말하자 크게 걱정해주었다. 나로서는 '프렘도 소라처럼 치료가 가능합니다'라는 보고였는데 말이지. 그 뒤에 주인아저씨가 의논하러 왔는데, 드루이드 씨는 느긋하게 쉴 필요성이 있다며 거절하려고 했기에 놀랐다. 몇 번이나 휴식시간을 확실히 잡아줄 것과 무리시키지 않을 것을 약속받은 뒤에야 이번 허가가 나왔다. 걱정 많은 아빠란 느낌일까?

"어디, 준비는 이걸로 끝이네. 아, 마침 사람들이 왔나 봐."

"그러네요. 그럼 오늘도 잘 부탁드립니다."

"이쪽이야말로."

"수고 많으셨습니다."

"이틀째가 되니 좀 익숙해지네."

"그러네요. 어제보다 요령이 생겼는지 일찍 끝낼 수도 있었어요."

이제 뒷정리를 하면서 내일 준비도 같이 한다.

"끝났습니다."

대량의 냄비를 다 씻고 기지개를 켰다. 아무래도 계속 고개를 숙이고 벅벅 설거지를 하고 있으니 팔이 아프다.

"좋아. 이쪽도 끝났어. 아이비, 좀 쉬자. 과자도 있어."

"고맙습니다."

내주는 차를 느긋하게 마시면서 과자를 먹는다. 조그만 경단에 달달한 꿀을 묻힌 것. 그러고 보면 경단은 쌀로 만드나? ……드루이드 씨에게 물어봐야지.

"'쌀'로 과자를 만들 수는 없을까?"

쌀과자? ……바로 떠오르는 건 없는데. 전생의 나도 모른다는 소리?

"글쎄요?"

"으음, 뭔가 될 것 같지 않아? 그렇지, 한 번 생각해보지 않을래?"

"재미있겠네요?"

"뭐가 재미있겠다고?"

둘 밖에 없는 줄 알았기에 흠칫 놀랐다. 소리가 난 쪽으로 시선을 돌려보니 주인아저씨와 처음 보는 남성. 고개를 숙이자, 왠지 놀란 표정이 돌아왔다. 뭐지?

"'쌀' 농가의 대시다. '쌀'이 바닥날 것 같아서 앞으로 얼마나 구입할까 하는 이야기를 하고 있었지."

바닥날 것 같아? 그렇게 대량으로 쌓아놨던 쌀이?

"네가 아이비인가 하는 아이구나?"

오, 알아봐주는 사람이 나타나서 뭔가 두근거린다. 그러고 보면 요즘 들어 점점 잦아지고 있네. ……뭐지?

"네."

"설마 이렇게 어린애가 '쌀' 사용법을 떠올려주다니."

하하하, 이런 말도 익숙해지네.

"어머나, 아이비는 아홉 살이거든?"

"뭐? 이거 미안하구나, 내가 그만 안 좋은 소릴."

"아뇨, 괜찮아요."

"으음, 네 덕분에 우리는 마음 놓고 애들을 키울 수 있게 되었어. 정말로 고마워."

눈물까지 보이면서 그런 말을 하였다.

"아뇨, 우연이니까요. 저기, 감사합니다."

왜인지 대시 씨와 나는 서로 꾸벅꾸벅 고개를 숙여댔다.

왜 이렇게까지 하는 건가 했는데, 분명히 토지를 구입했지만 쌀밖에 나지 않는 황무지라서 어떻게 손 쓸 수가 없는 상태였다는 이야기를 들은 적이 있다.

"어이어이, 언제까지 그러고 있을 거야?"

다행이다. 어째야 좋을지 모르는 상황이었는데.

"아~, 이거 미안하네. 거북하게 할 생각은 아니었는데."

"아뇨, 괜찮아요."

대시 씨와 시선이 마주치니 왠지 함께 쓴웃음을 흘렸다. 주인아저씨가 기막히다는 눈치로 그의 어깨를 두드렸다.

"이거야 원. 그보다도 '쌀' 문제 말인데."

"하하하, 미안하군. 그래, '쌀'은 얼마나 필요하지? 바닥날 것 같다고 그랬는데, 언제쯤 가져오면 될까?"

대시 씨가 주인아저씨에게 묻자, 그가 씨익 하고 웃었다.

"내일이라도 다 떨어질 것 같으니까, 가지고 있는 재고 다 넘겨. 입금은 당장이라도 해줄 테니."

"……뭐? 아니, 내일 다 없어진다고? 그렇게나 많던 재고가? 그리고 가지고 있는 재고 전부?"

대시 씨가 주인아저씨의 이야기를 듣고 놀란 표정을 하였다. 나도 꽤나 놀랐다. 주인아저씨가 가지고 있는 쌀들을 구경한 적이 있는데, 상당한 양이 쌓여있었다. 그게 내일이면 바닥난다니, 놀라울 따름.

"그래, 다른 재고가 다 떨어졌다고 해도 엄청난 기세로 '쌀'이 나가고 있어. 아무래도 자유롭게 맛을 조절할 수 있다는 게 사람들 마음에 들었나 봐. 아, 혹시 사고 싶다는 인간들이 다른 데서 달려오기라도 했나? 억지로 넘기라고는 안 할 테니까."

"아니, 그거야 당신에게 팔아야지. 여태까지 진 빚도 있고."

"그건 안 되지. 앞으로를 생각해서 똑바로 장사를 해야지."

"하하하, 여전하구만, 댁도. 하지만 다른 곳에서 사겠다는 이야기는 들어오지 않았으니까, 다 필요하다면 다 넘겨주겠어."

"오오~, 그거 고맙군. 안에서 자세히 이야기해볼까."

주인아저씨와 대시 씨가 안으로 들어가는 모습을 지켜보았다.

"일이 엄청 커졌네요."

"그래. '쌀'은 벌레가 꼬이기 쉬우니까 대량으로는 팔 수 없는데 말이지."

벌레? 그렇구나. 나도 쌀 취급에는 주의하자.

"자, 과자를 연구해볼까!"

"아, 네."

쌀을 이용한 과자……. 뭐가 있을까?

194화 뭐? 벌써?

"수고 많아."

목소리가 들린 쪽으로 시선을 주니, 휴식실에 들어오는 드루이드 씨. 그의 스승이 숲에 들어간 지 엿새째. 이상하네. 이 시간은 아직 문지기들을 도울 시간일 텐데.

"무슨 일 있었나요?"

"방금 전에 연락이 들어왔어. 작전 성공이라나 봐."

"예? 아직 엿새째인데요."

"잠깐 이리 와 봐."

"네."

남의 귀에 들어가면 안 되는 내용이라도 있나? 드루이드 씨의 뒤를 따라서 가게 안쪽으로. 쌀 등이 대량으로 들어있는 창고 앞으로 갔다.

"아직 확실하게 들은 건 아니지만, 아무래도 시엘이 협력했나 봐."

……아니, 시엘? 최근 며칠 동안 숲에 갈 수 없어서 못 만났다. 걱정은 했지만, 설마 사람들하고 같이 숲속으로 들어갔다니.

"저기, 시엘은 다쳤다든가."

"연락은 매직아이템으로 했으니까 그렇게 자세하게는 몰라. 하지만 스승님의 보고로는 부상자는 소수, 도와준 마물은 무사. 그렇게 말했으니까 문제없을 거야."

"그런가요. 다행이네요."

정말로 다행이다.

"사흘만 있으면 돌아올 거라고 그래."

사흘 뒤? 꽤나 빠르다.

"아, 흉포해진 마물은 어떻게 되었나요? 작전이 성공했다면 원래대로 돌아온 건가요?"

"지금 문지기들이 숲 주변을 조사하러 나갔어. 아마도 오늘내일 중에는 알 수 있을 거야."

"원래대로 돌아와 준다면 좋겠는데요."

이 작전이 안 통하면 방도가 없다.

"아, 하지만 스승님의 목소리를 들어보기로는 괜찮을 것 같아. 이쪽보다 저쪽이 결과가 빨리 나올 테니까."

아, 그런가. 바로 근처에 사나워진 마물들이 있으니까, 변화가 있으면 바로 아나.

"힘들지 않아?"

"……드루이드 씨, 네 시간 일하고 한 시간 쉬고 있으니까 괜찮아요."

주인아저씨와 드루이드 씨가 무슨 이야기를 나누었는지는 모르지만, 네 시간마다 한 시간씩 휴식을 하고 있다. 그렇게 쉬지 않아도 된다고 말했는데, 약속했다는 대답뿐이었다.

"하하하, 아이비는 아직 어리니까 쉬엄쉬엄해도 돼."

쉬엄쉬엄이라……. 어렵네.

"그리고 진짜 용건은 이제부턴데, 오늘은 여기서 자고 가는 게 좋겠어."

응?

"아마 오늘 중에 작전 성공 정보가 나돌 거야. 그러면 완전히 축제 같은 분위기가 되겠지."

"축제……."

라톰 마을에서 경험한 그건가? 오거킹 토벌 성공이라는 소문과 함께 대소동. 광장도 엄청나게 들떠서 조금 무서웠던 것이 떠올랐다.

"이번에는 정말로 위험한 상황이었으니까, 그만큼 더 신나게 마셔댈걸. 그러다 보면 소동 부리는 놈들도 늘어나."

무슨 말을 하고 싶은 건지는 대충 알겠다. 아마도 광장에 있으면 피해를 입을 가능성이 있다는 소리겠지.

"부모님한테는 내가 말해둘게. 오늘은 여기서 자고 갈 수 있게."

"하지만 그래도 되나요? 저기……."

드루가스 씨도 있는데, 괜찮나?

"내 집이라도 괜찮지만, 거기는 좀 외딴 장소니까. 여기가 더 안전해. 형이라면 신경 쓰지 않아도 돼. 형수님에게도 말해둘 테니까."

언니는 든든한 아군이긴 하지만 정말로 괜찮을까? 드루가스 씨를 자극하지 않아? 그렇긴 해도 텐트로 돌아가서 쉴 수 있을까 생각하면 무리겠지. 저번보다 더 난리가 날 가능성이 있으니…… 텐트 안에 들어오는 거 아냐? 소라나 프렘에 대해 들킬지도.

"저기, 부탁드릴게요."

"알았어. 모두에게 말해둘게. 슬슬 일하러 돌아갈까."

"네, 고맙습니다. 조심하세요."

아마도 오늘은 글루발 대응이 아니라 취객 대응이겠지. 고생이다.

"고마워. 그럼 다녀올게."

"잘 다녀오세요."

가게에 있는 주인아저씨와 아주머니에게 걸어가는 드루이드 씨를 지켜보았다. 나는 휴식 중이었으니까 휴식실이다.

"시엘이 협력해주었구나. 든든하긴 하지만, 정말로 다친 건 아니겠지?"

내일 숲에 가자. 아, 모험가들을 따라간 거라면 이 근처에는 없나. 그럼 가봤자 헛일일까? 뭐, 일단 살펴보러 가보긴 하자.

숲에 들어가기 위해 마을을 걷는데, 사람들의 얼굴이 다들 밝았다. 1주일 이상 본 적 없는 미소. 그걸 보니 나도 자연히 웃게 되었다. 소문으로는 마물도 원래대로 돌아왔다고 한다. 성공해서 정말 다행이다.

문득 떠오르는 게 있어서 멈춰 서서 주위를 둘러보았다. 길 여기저기에 쓰러져 있는 취객들. 평소에도 가끔씩 보이긴 하지만…… 많다. 오늘은 너무 많다. 방금 전부터 자경단 사람들이 한 명 한 명씩 깨우고 있지만, 고생하는 모양이다.

"안녕하세요. 숲은 어떤가요?"

문지기에게 말했다.

"안녕, 아이비. 어제 오후부터 글루발의 모습은 보이지 않아."

아무래도 소문은 사실이었던 모양이다.

"숲에 가도 괜찮을까요?"

"으음. 글쎄."

무리일까? 조금 확인하러 가고 싶을 뿐인데.

"나도 같이 가지."

어? 뒤를 돌아보니 드루이드 씨.

"드루이드 씨, 수고 많으십니다. 일 끝나셨나요? 힘들지 않으세요?"

"괜찮아. 뭐, 취객은 당분간 보고 싶지 않지만."

쓴웃음을 짓는 드루이드 씨. 꽤나 고생이었겠지. 입고 있는 곳도 여기저기 뜯어져 있다. 아마도 취객들 사이의 싸움을 중재하기라도 했겠지.

"지쳤으면……."

"숲에서 마음의 평온을 좀 얻어야지."

"음? 뭐라고 했나요?"

드루이드 씨가 소근거린 말은 근처에 있는 나한테밖에 안 들렸는지, 문지기가 되물었다.

"아무것도 아냐. 내가 같이 있으면 문제없지?"

"그렇군요, 알겠습니다. 다만 조심하세요."

"고마워. 아이비, 갈까."

"네. 다녀오겠습니다."

문지기의 전송을 받으며 숲속으로 들어갔다. 어느 정도 숲속에 들어간 뒤에 소라를 가방에서 꺼냈다. 바로 드루이드 씨가 안아서 들어올렸다.

"뿌~?"

"괜찮은가요?"

"하하하, 괜찮아. 하지만 대단했어. 설마 그 정도로 소동이 일어날 줄은 몰랐어."

분명히 북소리나 피리소리 같은 것도 들렸다. 정말로 축제 같은 소동이었다.

"불안에서 해방되었기 때문일까요?"

"그렇겠지. 상위 모험가가 당했다는 건 꽤나 영향이 있었으니까."

상위 모험가가 있는 것만으로도 다르다고 했으니까.

"앞으로도 고생이겠네요. 마을에 상위 모험가가 없으니."

"스승님이 당분간 여기서 활동하겠다고 그래. 그동안에 눈에 띄는 녀석을 찾아내어서 단련시킨다고 그러셨지."

"그런가요? 길드마스터도 마음 좀 놓겠네요."

"하하하, 길드마스터는 그 이야기를 듣고 얼굴이 굳어졌지만."

응? 상위 모험가를 길러준다는데?

"기쁘긴 하지만, 스승님 성격이 저래놔서."

"하하하."

거기에는 웃을 수밖에 없네요. 아.

"시엘이 와주었어요."

멈춰 서자, 머리 위에서 시엘이 훌쩍 내려왔다.

"시엘, 도와주었다면서? 다친 덴 없어?"

"냐옹."

머리부터 순서대로 쓰다듬으면서 상처가 없는지 확인했다. 몸에도 상처 하나 없다. 다행이다.

"시엘, 고마워. 시엘 덕분에 문제가 빨리 해결됐어. 부상자도 얼마 안 나왔다고 하고."

"그 포션, 시험해봤을까?"

드루이드 씨가 근처에 있던 큰 나무의 뿌리에 걸터앉았다. 소라는 아직 안긴 상태다. 그의 옆에 앉으면서.

"글쎄요. 빈사의 부상자가 나오지 않는 한 안 쓸 것 같은데요."

감정 불가능으로 감정된 포션. 탠버스 씨 말로는, 감정 스킬을 써보면 대상물의 근처에 글자가 나타난다는 모양이다. 하지만 소라의 포션은 감정 스킬을 쓰면 반짝반짝 빛나기에 그 빛이 눈부셔서 글자를 읽을 수 없기 때문에 감정이 불가능하다고. '이런 일은 처음이다'라는 말이 있었다고 드루이드 씨의 스승이 말하였다. 그 이야기를 듣고 왜인지 드루이드 씨가 '역시나 소라'라고 감탄하였다.

두 사람의 예측으로는, 소라의 포션은 상급 포션을 아득히 뛰어넘는 힘이 있을 거라고 했다. 나는 그 포션을 가방 깊숙한 곳에 봉인할 생각이었지만, 드루이드 씨의 스승이 '매입하고 싶다'고 말했기에 놀랐다. 이런 포션을 가지고 있으면 질문이 쏟아질 텐데. 하지만 '그렇지. 하지만 이번 작전은 매우 위험해. 이 포션으로 한 명이라도 많이 살릴 수 있다면 내가 가져가고 싶다. 내게 팔아다오.'라고 말했기에, 곰곰이 생각한 끝에 사용했을 경우에만 대가를 받는다는 조건으로 넘겨드렸다. 쓰지 않았을 경우에는 그대로 내게 돌아온다. 참고로 빨간 마석도 가져갔다. 불 마법으로 공격할 때에 쓸 수 있다는 모양이다. 도움이 되었을까?

195화 아저씨 화났네요

대로에 넘쳐나는 사람들을 보고 감탄하였다. 커다란 마을이라고는 알았지만, 이렇게나 사람이 많다니.

드루이드 씨의 성공 보고로부터 나흘째가 되는 날의 낮. 예정보다는 하루 늦었지만, 오늘은 모험가들이 돌아오는 날. 아침부터 마을사람들이 대로를 꾸미는 등, 이미 축제 같은 모습. 저번과 다른 것은 술 취한 사람이 보이지 않는다는 점이다. 왜일까?

"대단하네요. 그보다 드루이드 씨는 오늘 괜찮나요?"

"오늘은 주정뱅이들이 없으니까. 통상 경비만으로 충분해."

"그런가요?"

"목숨을 걸고 싸운 영웅을 맞이하는데 술에 취해있으면 실례라는 생각이 퍼져 있어. 오늘 마시는 인간은 영웅과 그 가족 정도야."

그렇구나. 그러니까 경비 숫자도 적은가.

"그렇긴 해도 이번에는 꽤 사람들이 정성을 기울이네."

"그런가요?"

"그래, 대로를 이 정도로 장식하며 맞이하는 일은 드물거든. 그만큼 영향이 컸다는 소리겠지."

모아온 꽃들로 장식된 대로를 보았다. 숲에서 찾을 수 있는 꽃도 많이 있다. 분명 아침부터 많은 사람들이 숲에 나가서 모아온 거겠지.

"아, 저기요, 잠깐만요."

뒤에서 누군가 부르는 소리가 들리는 듯했다. 뒤를 보니…… 아, 노예상이다. 아쉽게도 이름이 떠오르질 않네.

"저기, 오랜만입니다."

"마침 만나고 싶던 참입니다."

"네?"

아, 그러고 보니 조건에 맞는 노예를 찾아달라고 해놓고선, 거절하는 걸 잊고 있었다. 어쩌지?

"죄송합니다. 글루발 문제 때문에 새로운 노예가 모이질 않아서 아직도 못 찾았습니다."

그렇구나, 다행이다.

"저기, 그 문제 말인데요, 여행 동료를 찾았거든요."

"어라, 그렇습니까? 다행이네요. 계속 기다리게 했나 걱정했습니다."

으음, 미안한 짓을 했네.

"죄송합니다. 연락 넣는 것을 잊고 있어서."

"아뇨, 요즘 상황이 상황이니까 어쩔 수 없지요. 그럼 다음에 또 들러주세요."

"네. 고생하셨습니다."

노예상은 딱히 개의치 않는 기색으로 대응해주었다. 다행이다. 혹시나 찾았다고 하면 거절하기 어려웠을 테니까.

"고르갸 노예상의 주인이지, 저 사람?"

고르갸? 그런 이름이었나?

"이름을 잊어버렸어요."

"아하하하, 아이비가 어쩐 일이야."

"아뇨, 가끔씩 있어요. 도무지 이름을 외울 수 없는 사람이."

드루가스 씨도 통 못 외웠지. 지금은 간신히 외웠지만.

"헤에, 성격에 안 맞든가 하는 느낌이려나?"

그런가? ……그럴지도 모르겠네. 드루이드 씨와 느긋하게 이야기하고 있자, 마을의 문 쪽에서 환성이 일었다. 아무래도 돌아온 모양이다. 환성이 점점 마을 안쪽으로 퍼지는 것을 뭐라 설명할 수 없는 이상한 마음으로 지켜보았다.

"근처로 안 가도 되겠어?"

"네. 여기면 돼요. 드루이드 씨는?"

"으음, 저렇게 시끄러운 곳은 좀 그래서."

드루이드 씨와 나는 축제 분위기인 곳과 조금 떨어진 장소에 있다. 활기 있고 즐거운 모양이지만, 사람이 너무 많은 곳은 거북하다. 그러니 바깥에서 지켜보는 정도가 딱 좋다.

"스승님도 저렇게까지 법석인 건 별로 안 좋아해."

"그런가요?"

"응. '사람들에게 마구 치여도 뭐라 할 수도 없고'라면서 투덜댔거든."

그 분이라면 뭐라고 할 것도 같은데 말이지. '짜증난다!'라고. 개선하는 모험가들의 모습을 보면서 둘이서 웃었다. 분명히 얼굴이 굳어 있다. 게다가 웃고 있으면서도 핏대가 서 있는 듯한 얼굴이다.

"대단한데……. 아, 지금 이쪽을 노려보지 않았나?"

"노려본 것 같았어요."

"저거 화난 거네. 나중에 우리만 비겁하다고 시비 걸겠어."

"하하하. 그렇긴 해도 대단하네요. 저 분을 만지려 하다니."

얼굴이 굳었고 왠지 살기까지 느껴지는 웃음을 띤 스승을 만지려는 사람들을 보았다. 내게는 그런 용기가 없습니다.

"일단 감사라는 의미도 있긴 하지만. 저 정도라면 거의 놀림의 영역이지."

뭐, 진짜로 감사를 담은 거겠지만, 사람들이 너무 많다. 힘들 때에 저런 건 좀 가엾기도 하다.

"자, 스승님도 길드마스터도 쌩쌩한 모양이니까 돌아갈까."

드루이드 씨와 함께 대로를 떠났다. 글루발 문제도 정리되었으니까 앞으로의 일을 의논할 예정이다. 앞으로 겨울이 기다리고 있으니까 어느 지방에서 겨울을 날까 하는 문제다. 둘이서 여행하게 되니까 그런 준비도 필요하다는 모양이다.

광장으로 돌아와서 테이블 위에 지도를 펼쳤다. 또 종이와 붓을 준비했다.

"일단 필요한 것들을 적어볼까."

"네."

드루이드 씨가 종이에 둘이서 여행할 때에 필요한 물품들을 적어갔다.

"짐이 너무 늘어나면 안 될 테니까."

"그렇지요."

"아, 의논하고 싶은 게 있는데."

"네, 말씀하세요."

"텐트 말인데, 3~4인용 텐트를 써 봐도 될까? 아니면 혼자인 쪽이 마음 편할까?"

텐트? 3~4인용이라면 같이 쓰자는 소리겠네. 딱히 문제는 없지만.

"같이 써도 괜찮아요."

"다행이다. 예전에 스승님과 함께 토벌 나갔을 때 입수한 매직아이템 텐트가 있어. 텐트 안의 공간을 나눌 수도 있고, 성능도 괜찮으니까 쓸 만할 거야."

"매직아이템 텐트?"

"그래, 소리가 밖에 새어나가지 않는 기능이 있어. 또 겉보기보다도 안이 훨씬 넓은 텐트야."

"대단하네요. 그런 텐트가 있나요?"

"꽤 레어도가 높은 텐트야. 소라와 프렘이 좀 뛰어다녀도 문제없겠지."

재미있을 것 같다며 웃는 드루이드 씨.

"어떤 텐트일지 기대되네요."

"그래, 점검하게 꺼내둘게. 아마 금방 눈에 띌 테니까."

눈에 띈다는 게 무슨 의미일까.

"테이블은 스승님이 주셨고. 아, 그러고 보면 침상 매트가 어딘가에 있었을 텐데."

"침상 매트?"

"음? 몰라?"

"네."

"매직아이템 침상인데, 쿠션성이 좋아서 편히 잘 수 있다고 그러더라고."

"써보신 적 없나요?"

"음, 나는 안 써봤어. 어디에 넣어뒀더라? 그 방인가?"

뭔가 착착 여행 준비가 진행된다. 이래도 되나? 죄다 드루이드 씨의 물건인데.

"저기……."

"분명히 네 개 정도 있었을 테니까 아이비 것과 내 것. 예비로 나머지도 가져갈까. 부피를 줄일 수 있으니까 그렇게 짐이 되진 않을 거고."

"아, 네. 저기."

"왜 그래?"

"저도 같이 써도 되나요? 드루이드 씨가 손에 넣은 소중한 물건인데."

"써주는 편이 오히려 기쁘지. 방 어딘가에서 먼지만 뒤집어쓰던 물건들이었으니까."

"그런가요?"

이야기를 듣기로는 꽤 좋은 매직아이템이고 레어한 물건이다. 팔지 않고 수중에 놔둔 것을 보면 소중한 물건 아닌가?

"돈에 쪼들리면 팔아버릴 생각으로 놔뒀는데, 혼자 지내면 그렇게 돈도 필요 없으니까. 여행 이야기가 나오기 전까지는 존재 그 자체를 잊고 있었던 것들이야."

돈에 쪼들리면 팔려고 했다니 대단하네. 나라면 바로 돈으로 바꾸었을 텐데.

"저기, 그럼 감사히 쓰도록 하겠습니다."

"그래. 그리고 부탁이 좀 있는데."

"말씀하세요."

"우리 집 정리를 좀 도와줄 수 있을까? 여행에 쓸 만한 물건이 더 있을 텐데, 어디에 있는지 통 기억이 안 나. 창고로 쓰는 방이 세 개 있고, 그중 어디에 있을 텐데."

"괜찮아요. 도울게요!"

"고마워. 아, 그렇지, 필요 없는 건 팔아버릴까. 여비에 보탤 수 있고……. 아예 집까지 팔아버릴까."

"에엑! 집을 판다고요?"

한 차례 나도 가본 적 있는 집을 떠올렸다. 좀 외진 곳이긴 하지만, 제법 큰 집이었다.

"그 집은 사람들을 피하려고 산 거야. 여행에서 돌아와서 다시

이 마을에 살게 되면 거기는 필요 없어."

드루이드 씨에게 그 집은 도피처였을까. 하지만 더는 필요 없다니. 그런가……. 후후, 기쁘네.

196화 상상 이상

드루이드 씨의 집은 역시 넓었다. 방이 전부 다 해서 여덟 개나 있는 모양이다.

"왜 이렇게 넓은 집을?"

"으음, 왠지 모르게."

왠지 모르게 넓은 집을 사들였다니까, 역시나 드루이드 씨는 대단하다.

"평소에 쓰는 방은 두 개뿐이야"

"예? 두 개뿐이요?"

"혼자 사니까 두 개면 충분했어."

그런가. 혼자면 방도 별로 필요 없나. 매일 다른 방에서 자는 사람은 없겠지. ……없지?

"나머지 중 세 개는 창고로 쓰고 세 개는 비어 있어. 먼저 사과할게. 꽤 엉망이거든.”

드루이드 씨의 말에 고개를 갸웃거렸다. 지금 나는 아마도 식사 등을 하는 방에 있지만 깨끗하다. 청소도 어느 정도 잘 되어 있다. 그런데 엉망이다?

“입을 천으로 가리고 가자.”

뭐? 그 정도로? 신기하게 생각하면서 천으로 입과 코를 막듯이 대고 머리 뒤쪽에서 묶었다. 먼지 대책이겠지만, 필요한가?

“자, 이쪽이야.”

드루이드 씨의 뒤를 따라 복도를 걸어서 처음 보이는 방을 지나쳤다.

“그 방은 사용하는 방이고 침실이야. 그리고 여기서부터는 창고 같은 곳이니까.”

여덟 개의 방 중 여섯 개가 창고라니, 꽤나 사치스러운 생활이네. 드루이드 씨와 함께 안쪽으로 들어갔다. 어라? 왠지 공기가 텁텁한데? 드루이드 씨가 처음에 보인 방의 문을 열었다.

“아.”

그 순간 먼지가 날아오르는 게 빛에 비쳐보였다. 드루이드 씨도 미간에 주름을 만들었다. 그리고 문 안으로…… 들어가지 않았다. 신기하게 생각하며 안쪽을 들여다보자…… 입구 부근까지 쌓인 짐들. 들어가지 않은 게 아니라 들어갈 수 없었다. 게다가 먼지가 엄청나다. 대체 몇 센티미터나 쌓인 건지 조사하고 싶어질 정도로 짐들 위에 먼지가 쌓여있었다.

"……이 방은 나중으로 하자."

그렇게 말하며 드루이드 씨가 문을 닫았다. 그리고 다음 문으로 가서 열더니 아무런 말도 없이 도로 닫았다. 그것을 거듭하길 다섯 번. 처음에 연 문 앞으로 돌아왔다.

"여기서부터 시작하죠."

"그래. 설마 전부 다 비슷한 꼴이었다니."

"게다가 창고는 여섯 개였어요."

"……이상하네, 내 기억으로는 세 군데였는데."

드루이드 씨가 고개를 갸웃거렸다. 설마 이 정도로 짐이 많을 줄은 몰랐던 모양이다. 어라? 짐을 쌓아놓은 건 드루이드 씨가 아닌가?

"그 짐들을 쌓아놓은 건 누구인가요?"

"……나야."

"그렇지요?"

"……쌓을 때는 아무런 생각도 없이 빈 장소에 마구 놔뒀으니까. 나도 모르는 사이에 이렇게 쌓이는 거지."

그런 건가?

"그런가요. 아무튼 먼지부터 좀 어떻게 해야겠네요. 으음, 안 쓰는 종이를 물에 적셔서 좀 훔쳐볼까요."

"그게 좋겠어. 종이는 나중에 모아서 태우면 되겠고."

"네."

드루이드 씨와 시선이 마주쳤다. 그리고 둘이서 쓴웃음. 이게 시간깨나 걸릴 것 같다.

"미안해, 이 정도일 줄이야……."

"아뇨, 열심히 할게요."

"고마워."

뭐, 둘이서 정리하는 거니까 오늘 내로 어떻게 되려나.

"힘들다."

"네. 설마 이렇게 고생할 줄은 몰랐어요."

오늘 정리한 방은 세 개. 하루 내로 끝낼 수 있다고 생각했는데, 생각이 짧았다. 먼지를 청소하는 것만 해도 고생이었는데, 짐이 너무 많았다. 안에 뭐가 들었는지 확인하는 데에도 시간이 들었다.

"대단하네요. 이렇게 매직아이템이 다양하게 있다니."

"나도 정말로 놀랐어."

"……드루이드 씨가 모아놓은 물건 아닌가요?"

"뭐, 그렇긴 한데. 흥미가 없었으니까. 뭐가 들었는지 확인 안 한 것도 있어."

드루이드 씨는 더 착실한 인상이었는데. 꽤 대충인 면도 있구나. 아니면 재물에 흥미가 없어서 이런 느낌이 되나?

“어디, 오늘은 이 정도로 하고 저녁을 먹을까.”

“네. 아, 소라와 프렘은 괜찮았을까요?”

청소하는 도중, 식사를 했던 방에 소라와 프렘을 자유롭게 풀어 놓았다. 다급히 방에 돌아가려고 하자, 드루이드 씨가 제지하였다.

“가기 전에 먼지 좀 털어내고 가.”

그랬다. 청소한 상태 그대로니까 온몸이 먼지투성이다. 몸을 팡팡 털자 먼지가 뭉게뭉게 피어오르고. ……우와아.

“아까 발견한 매직아이템이 쓸 만하겠어. 잠깐만 있어봐.”

그러고 보면 아까 재미있는 게 있었지. 전생의 내 기억으로 말하자면 작은 청소기. 공기의 힘으로 먼지를 빨아들이는 매직아이템이었다. 텐트 안을 청소할 때 쓸 수 있겠다는 의견이었다.

“이거였지?”

“네.”

매직아이템을 받아서 스위치를 켜자, 구웅 하는 가벼운 소리가 났다. 흡입구 부분을 옷에 대자 먼지가 안으로 빨려 들어갔다.

“오오, 대단하네요. 재미있어요.”

“그래. 꽤 쓸 만한 매직아이템이었군. 아, 등 쪽의 먼지도 빨아들일게.”

매직아이템을 드루이드 씨에게 건네고 돌아섰다. 등을 작은 청소기가 위에서 아래로 이동한다. 위력은 그리 세지 않은 모양이라서 딱 좋은 느낌이다. 내가 다 끝난 뒤에는 드루이드 씨 차례. 등의 먼지를 내가 빨아들여서 끝.

"쓸 만은 한데, 등 부분을 남에게 맡겨야만 한다는 게 좀 불편하군."

"드루이드 씨, 이건 옷의 먼지를 빨아들이는 매직아이템이 아니라고 생각해요."

"아, 그랬지."

아무튼 먼지를 처리했기에 소라와 프렘에게 돌아갔다. 장난을 치고 있는 건 아니겠지만, 괜찮았을까?

"소라, 프렘. 나 왔어."

방에 들어가자, 곧 두 마리의 모습이 눈에 들어왔다.

"오, 알기 쉽네."

왜인지 책상 위에서 같이 자고 있다. 주위를 확인하였지만, 딱히 장난을 친 흔적 같은 것도 없다. 뭐, 텐트 안에서도 착하게 있었으니까 그리 불안하진 않았지만.

"뿌~?"

"류~."

우리 기척을 느꼈는지, 두 마리가 눈을 떴다. 오, 프렘도 눈을 떴다. 뭔가 심경의 변화라도 있었나?

"안녕, 소라, 프렘. 프렘, 오늘은 일어났네."

내 말에 가만히 나를 보는 프렘. 뭐지? 의문을 느끼고 있자, 두 마리의 시선이 현관 쪽으로 이동했다. 그리고 현관문을 두드리는 소리가.

"저건 분명 스승님이야. 왠지 벨을 안 쓰거든."

드루이드 씨가 현관으로 향했다. 혹시 드루이드 씨의 스승이 아닐 가능성도 있으니까 두 마리의 전용 가방을 챙겼다.

"너 말이지~, 내가 고생하는데 태연한 얼굴이나 하고. 게다가 바로 내빼고 말이지."

드루이드 씨의 스승이 맞았던 모양이다. 가방을 원래 있던 자리에 내려놓고 다급히 현관으로 향했다.

"아저씨, 고생하셨습니다."

"아이비도 같이 있었냐. 어라? 아이비, 어째 먼지 묻지 않았냐? 그러고 보니 드루이드도."

아무래도 아직 먼지가 많았나 보다. 일단 좀 털어냈기에 괜찮을 거라고만 생각했는데.

"창고 정리를 좀."

"드디어 무거운 엉덩이를 들었군?"

아무래도 이 분은 그 창고라고 부르는 방의 참상을 아는 모양이다.

"여행을 떠나기 전에 정리를 좀 할까 해서. 여행에 쓸 만한 물건도 있을 테고."

"뭐, 그렇겠지. 하지만 그 방에서 발굴하기란 힘들 텐데."

발굴이라는 표현이 나왔다. 분명히 대량의 매직아이템 중에서 아직 침상 매트는 나오지 않았으니까. 참고로 텐트도 아직이다. 드루이드 씨가 열심히 찾아보았지만, 아직 발견되지 않았다. 아무래도 그 방이 아니었던 모양이다. 뭐, 오늘만큼 매직아이템이 더 나올 테니까, 드루이드 씨가 찾는 텐트도 그중에서 나오겠지.

"그보다도 스승님, 어쩐 일이십니까?"

"음, 광장에 아이비를 찾으러 갔는데 안 보이길래. 드루이드에게 좀 물어볼까 하고 왔지. 설마 이 집에 있을 줄은 몰랐지만. 들어가도 될까? 저녁으로 먹을 만한 걸 좀 사왔다."

나를 만나러?

"무슨 일 있었나요?"

"음? 아, 시엘에 대해 듣고 싶을까 해서."

아, 그렇지. 분명히 시간이 생기면 이 분에게 시엘에 대해 들으러 갈 생각이 있었다.

"듣고 싶어요! 시엘은 멋졌나요?"

시엘의 싸우는 모습은 멋있으니까.

"그래, 멋있었다. 처음에는 꽤 놀랐고, 다들 겁먹고 떨었지만."

떨었어?

"우리가 글루발 대군에게 포위되었을 때에 나타났는데, 무슨 일이 일어난 건지 확인할 수가 없어서 말이야. 글루발보다도 더 강한 마물이 우리를 습격하는 거라고 착각해서, 그때는 정말 끝장이라고 각오했을 정도지."

그렇게 상황이 안 좋았나.

"하지만 왜인지 글루발들이 도망치고, 간신히 무슨 일이 일어난 건지 확인했더니 아단다라가 글루발을 쫓아냈더란 말이야. 이야기로만 듣던 아이비의 아단다라라고 안 순간, 힘이 쭉 빠졌다. 아, 시엘은 정말로 강하고, 싸우는 모습은 압권이었지."

"아저씨도 시엘도 안 다쳐서 다행이에요."

드루이드 씨가 동료와 팔을 잃었을 때도, 글루발 떼가 몰려왔다고 했다. 이 분이라면 대처할 수 있었을지도 모르지만, 부상을 입었을지도 모른다. 정말로 다행이다.

197화 대단했다

"드루이드, 받아라."

아저씨가 저녁거리가 담긴 꾸러미를 드루이드 씨에게 건넸다.

"아, 죄송합니다. ……아니, 스승님?"

왜인지 안을 본 드루이드 씨가 표정을 잔뜩 구겼다. 뭔가 못 먹는 거라도 들어있었나?

"음, 왜 그러냐?"

"이건 음식이 아니라 식재료 아닙니까?"

"나는 저녁으로 먹을 만한 거라고 했다. 저녁식사 그 자체라고는 말 안 했거든?"

"뭐, 그렇습니다만."

"전에 드루이드가 만들어준 뭐였더라? 그거 부탁하마."

드루이드 씨가 만드는 요리? 먹어보고 싶어.

"스승님~."

"기대되네요!"

"어, 아이비?"

"네?"

어라? 왜인지 드루이드 씨가 놀란 표정으로 나를 바라보고 있다. 이상한 말이라도 했나? 아저씨가 드루이드 씨의 요리를 먹고 싶다, 나도 먹고 싶다. 그러니까 기대된다고 말했는데.

"오오, 드루이드, 부탁한다."

"하아, 스승님. 아이비를 끌어들여서 놀리지 말아주세요."

"아쉽지만 오늘은 진짜로 드루이드의 요리를 먹고 싶어졌거든. 곧잘 만들어 줬잖냐. 이름이라면 까먹었지만."

"정말로?"

드루이드 씨가 수상하다는 눈치로 스승을 보았다. 거기에 스승은 어깨를 으쓱일 뿐. 그 태도를 봐서는 나로선 사실인지 아닌지 알 수 없지만, 드루이드 씨는 체념한 모양이다.

"뭐, 상관없습니다만. 그건 고기와 야채를 끓인 잡탕일 뿐입니다."

"그렇긴 하지만, 드루이드가 만들면 왠지 맛있단 말이야. 나도 몇 번 도전해봤거든? 비참한 결과만 나왔지만."

비참한 결과라는 게 엄청 궁금하지만, 왠지 건드리지 않는 편이 좋을 것 같다. 여기서는 감을 믿자. 그렇긴 해도 드루이드 씨가 만드는 잡탕이 어떤 맛일지 기대되네.

"아이비, 그렇게 기대하는 눈을 하면 좀……."

"예?"

"아니, 괜찮긴 한데. 요리를 잘하는 아이비가 기대하고 있으면 긴장되는데."

응? 마지막 말이 너무 작아서 안 들렸다. 다만 내 이름이 나온 것도 같은데.

"드루이드 씨?"

"아무것도 아냐. 그럼 만들어볼까. 간단하니까 금방 돼."

"도와도 될까요?"

드루이드 씨도 나처럼 순서에 깐깐한 사람일까? 그렇다면 함부로 나서지 않는 편이 좋을 텐데.

"아이비, 드루이드가 요리하는 동안에 물어보고 싶은 게 좀 있다만."

"그건……."

식후라도 문제없다면 그때로 해줬으면 싶은데.

"아이비, 그냥 끓이기만 하면 되는 요리니까 이쪽은 괜찮아."

어쩌지…….

"그동안에 복잡한 이야기일랑 끝내고 식후에는 편하게 있자."

내가 고민하는 걸 알았는지, 드루이드 씨가 제안해주었다. 분명히 식후에 복잡한 이야기를 하면 졸리지.

"저기, 그럼 저녁밥 기대할게요."

그렇게 말한 뒤에 드루이드 씨의 스승에게로 갔다. 그 분은 이미 술병을 따서 마시고 있었다.

"기다리셨죠. 무슨 이야기인가요?"

"어, 그래, 포션이랑 마석 말인데."

아, 소라의 포션과 프렘이 양산한 마석 말이구나. 써봤나?

"쓰셨나요?"

"그래, 글루발 대군이 습격해왔으니 아무래도 몸 성하기는 어려웠으니까. 그거 대단하더군."

부상 이야기니까 포션이겠네.

"상처는 나았나요?"

"낫고 자시고의 문제가 아냐. 찢겨나간 팔이 한 모금 만에 도로 붙었다."

뭐? 한 모금? 그것만으로?

"뿔에 큰 부상을 입은 모험가가 많아서 말이지. 포션을 누구에게 쓸지 고민했거든. 그래서 일단 출혈을 막을 필요가 있었으니까 한 모금씩 마시게 했지."

분명히 숲속에서 제일 처음에 하는 응급처치는 지혈이다. 포션으로 상처가 아물어도 빈혈로 못 걷게 되었을 경우, 다른 마물의 표적이 될 가능성이 생긴다. 숲속에서 뒤처지게 되는 것만큼은 어떻게든 피해야만 한다.

"보통은 상처에 뿌리는 건데, 양이 적었으니까. 뭐, 그래도 몸 안에 들어가면 그 포션이라면 어느 정도 효과가 있겠거니 싶었다. 그리고 다음에 의료반이 보통 포션으로 치료하려고 했더니만 필요 없더군."

"필요 없다고요?"

"그래, 전원의 상처가 싹 아물었어. 게다가 거의 떨어져나가려던 팔까지 붙어버렸고. 그 포션, 위험할 정도야."

겨우 한 모금으로? 팔도 붙었어? 너무나도 상식을 뛰어넘은 이야기에 현실미가 없다.

"정말인가요?"

"그래. 그리고 맡았던 마석. SSS 마석 말인데, 그건 위력이 너무 세더군. 불 마법이 특기인 녀석에게 그 마석을 써서 사체를 태우게 했는데, 마법을 세 번 쓴 것만으로 거대한 류우의 사체가 잿더미가 되었다. 얼른 돌아올 수 있었던 것도 처리가 하루 만에 끝났기 때문이야. 원래는 사흘 정도 걸릴 거라 생각했는데."

사흘 걸릴 예정이 하루 정도가 아니라 단 세 번. 대체 어떤 위력의 마법이 되었던 걸까.

"그리고 불 마법을 못 쓰는 모험가에게 마석을 쓰게 했는데, 초급 불 마법이라면 쓸 수 있게 되더군."

응? 불 마법을 못 쓰는 모험가가 불 마법을 쓸 수 있게 돼? 그럼 나도 불 마법을 쓸 수 있게 되려나? 그러면 기쁘겠……지만, 쓸 때마다 그 예쁜 마석을 꺼내? 절대로 무리!

"기뻐하긴 했지만 SSS 마석을 쓴 거니까. 무리라고 한탄하더군."

그건 그렇겠지. SSS 마석은 대체 가치가 얼마나 될까. 상상도 할 수 없다.

"이거 돌려주마. 그리고 레벨 5의 마석 말인데, 그건 다 썼다. 이건 그 잔해인데."

"고맙습니다."

마석을 다 쓴 20개의 돌을 보았다. 분명히 쓰레기장에서 곧잘 보는 돌이네.

"류류, 뗴류~."

여전히 뭐라 평하기 어려운 울음소리다.

"프렘, 왜 그래?"

프렘을 보니 내 손을 가만히 바라보고 있다. 내 손에는 마력을 잃은 마석.

"이거?"

"류~, 류~."

프렘은 진자처럼 몸을 좌우로 흔들었다.

"프렘이 만들어준 마석, 대활약했대. 고마워."

마력이 바닥난 마석을 프렘의 앞에 놓았다. 그러자 재주도 좋게 하나씩 입에 물고 삼켰다. 그리고 체내에서 슈와~ 하고 거품이 발생. 잠시 지켜보고 있자.

"류~류류~…… 퐁."

프렘의 입에서 마석이 툭 튀어나왔다. 뭐라고 할까, 귀엽긴 한데, SSS 마석이 튀어나올지도 모른다고 생각하니 두근두근.

"다행이다. 평범한 마석이네요."

"보통은 레벨이 높은 마석을 바라는 법인데."

"아뇨, SSS 마석 같은 건 쓸 데도 마땅찮으니까요."

"팔면…… 안 되겠군. 너무 눈에 띄어. 모험가로 이름이 알려졌다면 토벌로 입수했다고 말할 수도 있겠지만."

"저한테는 무리지요. 드루이드 씨라면 어떨까요?"

"으음, 모험가 시절에 손에 넣은 거라고 하면 어느 정도 넘어갈 수도 있겠지."

그런가. 혹시 돈에 쪼들리거든 드루이드 씨의 협력을 받아서 마석을 팔까.

"아, 이번에 쓴 포션과 마석 비용은 청구해놨으니까."

"예?"

"고토스 녀석, 골치 아파 죽으려고 하더군."

어라? 포션과 마석에 대해 길드마스터에게 말하는 걸 잊었나?

"비용은 별로 상관없는데요. 저기, 길드마스터에게 포션에 대해 설명을 안 했던 것 같은데……."

"내가 대리로 청구했으니까, 돈이 들어오면 그대로 주마. 그리고 사용한 물품의 대금은 잊지 말고 청구해야 한다."

"그런 건가요?"

"그래. 길드의 평가와도 이어지니까."

"평가?"

"그렇지. 모험가도 지불이 후한 길드랑 일하는 편이 마음 편하겠지?"

분명히 지불에 문제가 있는 길드랑은 일하고 싶지 않겠네.

"모험가에게 길드의 평가란 것은 중요해. 생활에 영향을 미칠지도 모르니까."

"알겠습니다. 제대로 청구할게요. 저기, 포션에 대해서는 길드마스터에게 설명할게요."

"음? 문제없나?"

문제?

"딱히 문제는 없을 텐데요……."

"그러냐. 그럼 됐다."

"다 됐습니다. 스승님, 길드마스터에게 말하는 걸 깜빡했을 뿐이니까 괜찮습니다."

괜찮다고? 아까부터 무슨 이야기지?

"아이비, 스승님은 길드마스터에게 포션 이야기를 안 했던 걸 길드마스터에게 무슨 문제가 있어서 안 한 거 아닐까 생각하신 거야."

"……예? 아니에요! 아니에요!"

"하하하, 그런가 보군. 다행이다."

그렇구나, 그러니까 길드마스터에게 설명하지 않고 중간에 대응해준 건가.

"고맙습니다."

"하하하, 이 일로 고토스를 더 골려먹을 수 있을 줄 알았는데."

이 분은 금방 본심을 숨기니까. 혹시 창피해서 그런가?

198화 끝났다~!

드루이드 씨가 만들어준 잡탕을 먹었다. 역시 드루이드 씨는 야채가 좀 싫은지, 고기가 많고 야채가 세 종류. 고기 종류는 딱히 정해진 게 없는 모양인지, 오늘은 세 종류의 고기가 들어있다. 언뜻 보기로는 고기 요리 같다.

"드루이드 씨, 맛있어요."

"다행이네. 아이비가 그렇게 말해주니 마음을 좀 놨어."

응? 내가 말하면 안심이라고?

"오랜만에 먹었지만 분명히 맛있군. 이 마을의 소스를 쓰는데 어떻게 이런 맛이 되지?"

드루이드 씨의 스승이 고개를 갸웃거리며 먹고 있다. 이 마을의 소스라면 그 짠맛이 강한 소스 말이겠지? 그걸 써서 이런 맛? 분명히 조금 신기하다. 나도 그 소스를 써본 적이 있지만, 짠맛이 강해서 제대로 써먹을 수 없었다.

"그렇군. 너희는 언제 여행에 나설 예정이지?"

"스승님. 전부터 생각했습니다만, 누구한테 여행을 떠난다는 이야기를 들으셨습니까?"

어? 드루이드 씨가 말한 거 아냐?

"감이다."

스승의 대답에 드루이드 씨가 난처한 표정을 하였다.

"감입니까?"

"그래. 드루이드처럼 앞으로 나아가려고 하는 녀석은 알기 쉽지."

"……그렇습니까. 날짜는 아직 정하지 않았습니다."

"그러냐. 좀 마음이 가는 정보를 들어서 말이지, 진위를 확인하고 있으니까 조금만 기다려봐라."

"알겠습니다. 저희와 관계있는 일입니까?"

"아니. 하지만 휘말리면 귀찮을걸."

잘은 모르겠지만, 이웃마을에 문제라도 있나? 당분간 문제는 피하고 싶어. 이 마을의 글루발 사건도 갑작스러웠고. 조금 더 마음 편한 여행을 하고 싶어. ……생각해보면 가는 곳마다 문제와 마주치는 것 같은데, 기분 탓인가?

"뭐, 아이비에게 포션 대금도 줘야 하니까. 고토스 쪽이 좀 정리될 때까지는 여기 묶여있겠군."

"그러고 보면 아이비. 글루발 보고의 사례금은 받았어?"

"아뇨. 아직이에요."

""……그 바보가.""

응? 무슨 문제라도 있나? 글루발 문제로 정신없으니까 어쩔 수 없다고 생각하는데.

"아이비, 지불 문제는 확실히 해야 해."

"많이 바빴던 모양이고, 게다가 약열매도 아직이었으니까."

"약열매? 분명히 숲속에서 수확해서 길드마스터가 상업 길드를 통해 팔아주겠다고 했던 그 물건들도 아직?"

"네."

""…….""

뭐지? 조금 분위기가 무섭다. 혹시나 괜한 소리를 한 걸지도 모르겠다.

"돌아가는 길에 고토스 얼굴 좀 보러 가야겠구만."

"예, 부탁드리겠습니다."

길드마스터, 미안해요. 분위기가 너무 무서워서 막을 수가 없어요.

"저기……."

"아이비가 마음 둘 일은 아니다. 아까도 말했지만 돈 문제는 '빠르고 정중'이란 것이 길드의 평가로 이어진다. 특히나 지금 이 마을에는 상위 모험가가 없지. 그러니까 여행 중인 모험가가 중요해져. 그걸 위해서라도 지불이 늦다는 소문이 나도는 건 곤란해."

스승의 표정이 다소 험악하다. 진짜로 중요한 문제인 모양이다.

"이상한 소문이 돌면 모험가 자체가 모이지 않게 되지. 지금은 특히나 조심할 필요가 있어."

저녁식사를 마치고, 스승은 서둘러 드루이드 씨의 집을 떠났다.

아마도 지금부터 길드마스터를 만나러 가겠지.

"정말로 제자를 생각하는 분이네요."

"그래, 그러니까 언제가 되어도 저 사람에게는 고개를 들 수 없어."

여행에 나서는 드루이드 씨를 위해 주변 상황을 조사해준 거겠지. 조금이라도 여행이 편해지도록. 그리고 길드마스터가 나중에 곤란하지 않도록 문제가 될 만한 일이 없는지 주의를 기울이고 있다. 본인에게 말하면 분명 인정하지 않겠지만.

""다 끝났다~.""

설마 방 청소에 사흘이나 걸릴 줄이야. 드루이드 씨와 함께 먼지를 다 걷어내고 짐이 정리된 방에 주저앉았다. 이 방은 드루이드 씨 집의 제일 안쪽. 첫날에 확인한 것 중에서 가장 먼지가 쌓였던 방이다. 드루이드 씨의 말로는 제일 처음에 짐을 쌓기 시작한 방이라는 모양이다.

"수고했어. 그리고 고마워."

"아뇨."

"하지만 정말 대단도 하군."

맞는 말이다. 몇 년치 먼지가 쌓인 방은 조금만 움직여도 먼지가 날아오른다. 천천히, 조심히 먼지를 걷어내는 것부터 시작했지만, 아무리 청소를 해도 어딘가에서 먼지가 나온다. 정신이 아득해질 것만 같은 마음으로 계속해서 청소하였다.

“그렇긴 해도 제법 돈이 될 만한 매직아이템이 나왔군.”

드루이드 씨의 말에 옆에 쌓아놓은 매직아이템들을 보았다. 이 방만이 아니라 각 방에 정리된 매직아이템이 거기 놓여있다. 정규품 매직백이 30개 이상 나왔을 때에는 놀랐지. 여행에서 쓸 수 있다며 드루이드 씨가 다섯 개를 챙겨서, 실수로 팔지 않도록 침실로 이동시켜 놓았다. 그 밖에도 매직 풍로. 이것도 있으면 편리하다며 여행에 하나 가져가기로 했다. 그것 말고는 팔려는 모양이다. 최종적으로 열 개 가깝게 찾은 것 같다.

그 밖에도 매직박스. 매직백의 상자 버전으로 가방보다 용량이 큰 게 특징이라나 보다. 다만 상자가 좀 크기에 여행에는 별로. 죄다 팔아버릴 것 같다. 또 변색되어서 원래 무슨 색인지 알 수 없는 포션도 찾았다. 그것도 20개 정도나. 또 마석도 많이 발굴. 마력은 잃지 않은 모양이라서 여행에 쓸 수 있다고 했다. 다만 나온 숫자가 많았기에 상태가 좋은 것만 가지고 가게 되었다.

“내일 매각 의뢰를 내고 올게. 돈 좀 되겠군.”

드루이드 씨가 그렇게 말하면서 일어섰다. 나도 같이 일어섰다. 으으~, 몸에 묻은 먼지가…….

“이런, 방을 치웠어도 이번에는 우리가 더러워졌군.”

“그러네요. 머리 구석구석에 먼지가 앉았어요.”

“갈아입을 옷은 가져왔고?”

"네."

청소를 시작하고 사흘. 어제부터는 갈아입을 옷을 가져왔고, 청소가 끝나면 욕실을 빌렸다. 여행을 시작하면 뜨거운 목욕과는 작별이다. 4년 만이라서 어떻게 써야 하는지 좀 알기 힘들었지만, 기분 좋았다.

"나는 먼지를 닦은 종이를 태울 거니까, 먼저 씻도록 해."

"고맙습니다."

먼지를 모은 종이를 들고 방을 나가는 드루이드 씨. 나도 몸에 묻은 먼지가 떨어지지 않도록 천천히 욕실로 이동했다. 써도 된다는 비누로 머리를 감았다. 한 번으로는 불안하니까 두 번. 몸도 씻고 욕조에 들어갔다.

"사치스러운 느낌이야~."

여행을 하고 있으면 뜨거운 목욕은 생각도 못 한다. 뭐, 어느 마을이나 소도시에도 목욕탕은 한 군데 정도 있지만, 돈이 든다. 그러니까 여태까지는 관심도 주지 않았지만, 목욕의 장점을 알게 되면 들어가고 싶어지겠지. 포션 대금이 들어올 테고, 목욕탕을 쓰는 것도 좋을지 모르겠어.

199화 길가의 돌

“시엘, 안녕. 청소가 겨우 끝났어.”

“냐웅.”

기쁜 듯이 소리 내면서 내게 몸을 비비는 시엘의 머리를 부드럽게 쓰다듬었다. 태양 아래에 있었는지 시엘의 몸이 따끈따끈해서 기분 좋다. 그러고 보면 꽤나 바람이 시원해졌네.

“모르는 사이에 계절이 변했구나.”

“냐아?”

“뿟뿌뿌~.”

“떼류?”

오늘은 오랜만에 시엘과 느긋하게 보낼 예정이라서 점심을 챙겨서 아침부터 숲에 나왔다. 매직아이템인 자리를 드루이드 씨에게 받았기에 써보는데, 푹신푹신하니 좋다. 소라와 프렘도 마음에 든 모양이다. 시엘 전용으로 하나 더 받아왔는데, 그쪽도 기분 좋은 눈치다.

“이 자리 좋네. 엉덩이가 하나도 안 아파. 드루이드 씨에게 고맙다고 해야지.”

“뿟뿌~.”

“떼류~.”

“시엘도 편해?”

"냐옹."

"후후, 날씨도 좋고 바람도 기분 좋아."

"떼류~."

그러고 보면 최근 들어서 프렘이 오래 깨어있게 되었네. 언제부터였더라? 아, 다 쓴 마석에 마력을 되돌렸을 때 즈음부터다. 혹시 그게 계기? 그럴 수도 있나?

"떼류류~, 떼류류~, 떼류류~."

어째서지? 계속 울어대는 프렘을 보니 뭔가를 가만히 바라보고 있다. 그 시선을 따라가니 자리 바로 옆에 굴러다니는 주먹보다 큰 돌.

"이거? 하지만 이건 그냥 돌인데?"

"떼류~!"

내가 손에 든 돌을 향해 몸을 쭈욱 뻗는 프렘. 거기에 조금 놀랐다. 소라는 쭉쭉이 운동으로 곧잘 몸을 늘렸지만, 프렘은 그리 길게 몸을 늘리지 못했다. 그런데 지금의 프렘은 돌을 향해 꽤나 길게 몸을 뻗었다.

"잠깐만, 지금 줄게."

조금 불안하지만, 프렘이 달라니까 괜찮은 거겠지. 돌에 묻은 흙을 털어내고 프렘 앞에 두었다. 프렘은 기쁜 듯이 돌을 널름 입안에. 잠시 뒤에 슈와~ 하고 거품이 프렘의 몸에 나타났다.

"으음, 그냥 돌이라도 돼? 꼭 마석만 먹는 게 아니란 소리?"

프렘에게 물어봐도 몸에서 슈와~슈와~ 하는 소리가 날 뿐이지, 프렘은 가만히 눈을 감고 있다. ……맛을 보면서 먹는 걸까?

"뿟뿌뿌~."

"응? 혹시 소라도 배가 고파?"

평소보다 빠른 느낌이 드는데 괜찮겠지. 소라의 점심으로 가져온 포션을 소라 근처의 자리에 늘어놓았다. 프렘은 돌만 먹으면 되나? 포션도 가져오긴 했는데…… 돌을 다 먹거든 물어볼까.

소라와 프렘이 식사하는 모습을 보았다. 몸 안이 거품으로 가득했다. 역시 신기한 광경이야.

"떼류, 떼류, 떼류류~…… 퐁!"

응? 프렘에게 준 건 이 근처에 대충 굴러다니는 돌이었지. 그런데…… 프렘의 앞에는 새빨간 색의 예쁜 마석이 하나. 확인할 것도 없이 꽤나 투명한 느낌이 들었다. 저기, 이거 가지고 돌아가지 않으면 큰일나겠어.

"떼류~, 떼류~."

"아, 으음, 대단해, 프렘. 이렇게 예쁜 마석은 본 적이 없어. 고마워."

내 말에 기쁜 듯이 부르르 몸을 흔드는 프렘. 그 모습은 귀엽지만, 프렘의 앞에 구르는 마석이 문제다. 살짝 심호흡을 하고 그 마석을 손에 들었다. ……크다. 여태까지 내가 본 것 중에서 제일 큰 마석이다. 그러고 보면 투명도가 높을수록 레벨이 올라간다고 했는데, 크기는 어떨까.

"떼류류~. 떼류류~, 떼류류~."

아까와 마찬가지로 우는 프렘을 슬며시 엿보았다. 그리고 프렘이 보는 방향을 보고 머리를 싸쥐었다. 지금 내가 손에 든 것보다 더 큰 돌. 혹시나 저것도?

"떼류류~ ……떼류?"

내가 반응하지 않는 것을 이상하게 생각했는지, 내 쪽으로 시선을 돌리고 몸을 갸웃거린다. 아마도 고개를 갸웃거린다고 하는 거겠지. 귀엽긴 하지만, 귀엽긴 하지만. 저것도? 가만히 나를 바라보는 프렘. 거기에 시선을 맞추지만…… 일어서서 돌을 주워왔다.

"떼류~!"

괜찮아, 가방 안에 잠드는 마석이 늘어날 뿐. 게다가 이번처럼 도움이 되는 날이 올지도 몰라.

"자, 프렘. 이걸로 끝이야."

"떼류?"

이걸로 끝은 안 되나. 프렘에게 필요한 영양소? 일지도 모르겠고.

"오늘은 끝. 다음 기회에."

"떼류류~."

돌을 프렘의 앞에 보여주자 널름 입 안에 넣고 기쁜 듯이 눈을 감았다.

"일단 돌아가거든 오늘 문제를 좀 의논해 봐야겠어."

길에 떨어져있던 단순한 돌이 마석이 되었습니다, 라고.

"뿟뿌뿌~."

소라가 다 먹었는지 데굴데굴 굴러서 시엘에게 놀러 간다. 구르는 소라를 보는 건 오랜만이네. 시엘도 배 근처로 굴러온 소라를 싫어하는 기색 없이 앞다리로 데굴데굴 굴리고 있다.

"……아니, 그런 놀이는 좀 이상하지 않아?"

"뿌~~!"

"냐옹."

뭐, 소라는 즐거운 모양이니까 그냥 놔둘까.

"떼류, 떼류류~ ……퐁!"

프렘의 앞에 굴러나오는 투명한 마석.

"어라? 빨간색 아니네?"

주워서 눈높이까지 들어보았다. 탁한 구석 없는 무색의 마석이다. 분명히 색깔에 따라 속성을 알 수 있댔지. 빨간색은 불, 파란색이나 하늘색은 물, 녹색이나 황록색은 바람, 갈색은 땅이었던가. 무색은 무슨 속성이지? 마력이 적어서 마법과 거리가 멀다고 생각했으니까 열심히 배우지 않았다.

"이것도 드루이드 씨에게 물어볼 수밖에 없네."

뭐든지 드루이드 씨한테만 물어보는 느낌이야. 책방에 가면 마석이나 마력에 대해 적힌 책이 있으려나?

어라? 이쪽으로 다가오는 기척이 있었다. 아직 멀긴 하지만 분명히 다가오고 있다.

"이 기척은 드루이드 씨인가?"

"냐옹."

시엘도 그걸 느낀 모양이다. 기척이 하나 더 있는 것 같은데 이건…….

"드루이드 씨의 스승인가? 그 분은 정말로 기척이 흐릿해서 알기 힘들어."

그러고 보면 어떻게 망설임 없이 이쪽으로 올 수 있지? 분명히 오늘은 시엘과 숲속에서 있을 거라고 드루이드 씨에게 말했지만. 장소까지는 말하지 않았다.

"떼류~."

"프렘, 괜찮아. 드루이드 씨랑 스승이니까."

다른 기척을 찾았지만 두 사람뿐이다. 두 사람의 기척은 평소처럼 차분하니까 무슨 문제가 일어난 것도 아닌 모양이다. 잠시 뒤에 나무들 사이에서 드루이드 씨와 스승의 모습이 보였다. 두 사람은 나를 알아차렸는지 가볍게 손을 흔들어주었다.

"안녕하세요. 무슨 일 생겼나요?"

"안녕, 아이비. 스승님이 꼭 좀 아단다라를 만나고 싶다고 해서 같이 왔어. 지금 괜찮을까?"

"네, 괜찮아요."

그렇구나. 분명히 전에 아단다라를 만나게 해달라고 했지.

"아이비, 즐거운 시간 보내는데 미안하구나."

"아뇨, 괜찮아요. 이 애가 시엘이에요. 시엘, 이 분에게 내가 신세지고 있어."

"내 쪽이 더 신세지는 것 같은데."

스승은 그렇게 말하고 가만히 시엘을 바라보았다. 시엘도 가만히 스승을 보더니 잠시 뒤에 그르르 소리를 내었다. 아무래도 문제없다고 판단한 모양이다.

"오오, 정말로 대단하군. 아, 저번에 위험할 때에 구해줘서 고맙다."

스승의 말에 시엘이 꼬리를 가볍게 붕붕 흔들었다.

"드루이드 씨, 어떻게 여기를 알았나요?"

"모험가가 없는 방향 중에서 안전한 곳을 순서대로 찾을 생각이었어. 설마 이렇게 빨리 합류할 줄은 몰랐지만."

이 장소를 알았던 건 아닌가. 그런데 스승의 얼굴이 왠지 위험하다. 시엘을 본 뒤에 계속 히죽거리고 있다. 저 얼굴은…… 좀 그러네.

200화 느긋하게

"“뭐?”"

드루이드 씨와 그의 스승에게 프렘에 대해 말해보았다. 그 결과 말도 안 된다는 표정이 돌아왔다. 기쁘지 않다.

“아니, 그러니까 근처에 떨어져 있는 돌을 마석으로 바꾸었다는 거냐?”

“그런 소리겠지요?”

역시 그렇게 되나?

“저기, 사용해서 마력이 바닥난 마석을 모험가가 그냥 내버렸다고 볼 수 있지 않을까요?”

“그런 일도 있을지 모르지. 마석을 보여주겠니?”

“아, 이거예요.”

프렘이 마력을 보충한 두 개의 마석을 두 사람에게 보여주었다.

“또 대단한 게 나왔군.”

“돌이 마석으로 변한다는 이야기는 들어본 적 없으니, 역시 다 쓴 마석이 떨어져 있었다는 걸로 생각하면 되지 않겠습니까?”

드루이드 씨가 내가 가진 빨간 마석을 손에 들고 햇빛에 비춰보았다. 투명도가 높아서 마석 너머로 뒤쪽이 예쁘게 보였다.

“그런 걸로 생각하고 싶지만, 이 크기의 마석을 다 썼나는 이유로 버릴까?"

"안 버리겠지요. 저라면 기념으로 간직하겠습니다."

"그렇지."

두 사람의 말에 쓴웃음을 지었다. 역시 이 크기의 마석은 기념으로 남길 만큼 귀한 걸까.

"그렇기는 해도 투명도가 좋군. 길드에 감정 의뢰를 하면 화제가 될 게 틀림없어. 게다가 이 크기, 다른 마을이나 소도시의 길드에도 소문이 나겠지."

절대로 감정에 내놓지 말자. 아니, 그럴 예정도 없었지만.

"그거랑 이쪽의 무색…… 마력은 느껴지니까 마석이 틀림없겠지만, 무색이란 말이지."

스승이 고개를 갸웃거린다. 왜지?

"무색의 마석이란 건 들어본 적 없지요."

드루이드 씨의 말에 스승이 끄덕였다. 역시 속성 불명의 마석?

"탠버스에게 감정 좀 부탁할까?"

탠버스 씨는 스승의 동료로 포션을 감정해준 사람이지. 그럼 신용해도 좋겠지.

"부탁드려도 될까요?"

"그래, 녀석은 새로운 것을 감정하길 좋아하니까. 빛나는 포션을 주었을 때에는 기뻐서 펄쩍 뛰었어. 뭐, 포션 감정은 불가능했지만."

새로운 것?

"그러고 보면 그랬지요. 여행 도중에서 처음 보는 것을 발견할 때마다 예정 같은 건 무시하고 감정을 시작해서 문제였던 경험이 있군요. 그러다가 스승님과 크게 싸움을 벌이고."

아무래도 탠버스 씨라는 사람은 자유분방한 사람인 모양이다.

"그건 녀석이 잘못한 거야. 갑자기 나타난 마물이 처음 보는 녀석이니까 일단 감정을 시켜달라니. 한창 공격받고 있는데 그렇게 투덜대니까."

그건 대단하네. 아니, 토벌한 뒤라도 좋지 않아?

"그렇다고 해서 마물을 무시하고 싸우는 것도 아니라고 생각합니다만."

"괜찮잖아. 문제없이 마물은 토벌했으니까."

"예, 저와 마르알 씨와 길드마스터가 말이죠."

"뭐, 그랬지만. 그때까지의 울분이 쌓였던 거야. 녀석 잘못이야."

아주 힘든 여행이었겠네. 스승과 탠버스 씨라는 자유분방한 두 사람이 함께 있으니까. 마르알 씨의 고생이 눈에 선하다.

"아이비, 여행 도중에는 서로 돕자."

"물론이에요."

드루이드 씨가 너무나도 진지하게 말했기에 눈을 똑바로 바라보며 대답했다.

"나도 하려고 하면 할 수 있다고."

"하려고 하질 않지 않습니까."

"그렇지."

스승의 말에 드루이드 씨가 크게 한숨을 내쉬었다. 나도 쓴웃음을 지었다.

"저기, 왜 탠버스 씨는 습격 도중에 감정을 하고 싶어 했나요?"

"마물에 따라서는 살아있는 동안과 죽은 뒤의 감정 결과가 조금 다르다나 봐."

몰랐다. 감정은 언제 해도 같은 결과가 나온다고만 생각하였다.

"그렇긴 해도 멋지구만~. 아단다라를 이렇게 가까이서 볼 수 있다니 감동이야."

이야기하는 동안에도 계속 시엘을 지켜보는 스승. 시엘은 딱히 개의치 않는지 소라와 놀고 있다. 소라가 뿅뿅 뛰어서 시엘의 배에 돌격. 그걸 앞다리로 툭 도로 밀어내어서 소라를 격퇴한다. 그걸 거듭하고 있는데, 소라는 저거면 재미있나? 앞다리로 계속 되밀리는 게 재미있는 놀이인가? ……소라는 매저키즘?

"어라? 매저키즘이란 게 뭐지?"

"음? 매저뭐?"

……아무래도 전생의 내 지식인 모양이다. 다만 앎은 나왔지만 인상이 떠오르지 않아서 어중간하다. 신기하다.

"왜 그래?"

스승의 말에 고개를 내저었다. 나도 모르는 일이니까 설명하기 어렵다.

"괜찮아요."

"아이비, 시엘을 좀 만져 봐도 되겠냐?"

"시엘, 이 분이 만지고 싶다는데 괜찮아?"

"냐옹."

"괜찮다고 하네요."

나와 시엘의 모습을 보고 스승이 부럽다는 얼굴을 하였다.

"좋구나. 그것도 아주 좋아."

몇 번이나 좋다고만 말한다. 여기에는 어떻게 반응해야 좋을지 모르겠다. 시엘이 꼬리를 흔들자, 스승은 내게 보내던 시선을 거두고 시엘에게 가만히 손을 뻗었다. 그리고 손이 목덜미에 닿은 순간 굳어버렸다.

"드루이드 씨, 왜 저러시는 걸까요?"

"괜찮아. 감동했을 뿐이니까."

감동한 건가. 그렇긴 해도 여태까지 이 분이 보인 것 중에서 제일 반응이 큰 것 같아.

"우와, 아단다라를 만졌어. 바로 그 아단다라를."

작은 목소리로 뭐라고 중얼대는 드루이드 씨의 스승. 목소리가 작아서 잘 안 들리지만, 희미하게 들리는 목소리로 그 감동이 전해져왔다.

"시엘, 쓰다듬어도 되겠냐?"

스승의 목소리가 살짝 떨렸다. 그게 들린 순간, 옆에 있던 드루이드 씨가 입을 손으로 누르는 게 보였다. 아무래도 폭소를 참고 있는 모양이다.

"냐옹."

"오오, 대답해줬다! 고맙다."

조심조심 만지는 스승은 평소의 모습이 아니라 애 같아서 귀엽다. 그 모습을 지켜보던 드루이드 씨의 입에서 이상한 소리가 새어나왔다. 폭소를 억지로 참느라고 소리가 새어나온 모양이다. 뭐, 분명 평소의 모습을 생각하면 조금 웃기긴 하지만.

"오오, 대단한데! 오오."

"크크큭, 못 참겠어. 너무 웃겨."

스승의 반응에 옆에서는 억누른 웃음소리가 들렸다.

"너무 귀엽게 보여요."

"풋! 아이비, 그건 아니지. 절대로 아냐!"

내 말에 웃음을 터뜨린 드루이드 씨는 고개를 내저으며 부정하였다. 그렇게까지 부정하지 않아도 될 텐데.

"그런가요?"

"그래, 스승님을 귀엽다고 하다니 시력이 이상한 거야."

그 정도야?

자리에 드루이드 씨와 나란히 앉아서 시엘과 스승이 노는 모습을 바라보았다. 저 분은 꽤나 기분 좋은지 얼굴이 헤벌쭉하니 풀어졌다. 놀다 지친 소라가 내 근처에서 잠들기 시작하자, 프렘도 소라와 몸을 붙이듯이 이동해서 잠들었다. 이 두 마리를 보고 있으면 마음이 푸근해져~.

"좋네요."

"뭐가?"

"이렇게 느긋한 나날이."

"그렇군."

이 마을에 온 뒤로 계속 정신없었다. 가끔은 이렇게 느긋하게 지내는 것도 나쁘지 않다.

201화 금판?

"미안했다."

길드마스터의 호출에 길드로 왔는데, 방에 들어간 순간 사과의 말을 들었다. 아마도 돈 문제겠지.

"고개 들어주세요. 저는……."

뭐라고 해야 좋을까. 곤란하지 않다? 아니면 괜찮다?

"아이비가 신경 쓸 것 없어. 이건 길드마스터 잘못이니."

드루이드 씨의 말에 쓴웃음이 나왔다. 그럴지도 모르지만, 나는 화난 것도 아니고…….

"으음, 일단 이야기를 하지요."

내 말에 다소 곤혹스러운 표정을 하는 길드마스터. 거기에 고개를 갸웃거렸다.

"아이비가 화났다고 들었는데."

"예? 누가 그랬나요?"

내가 고개를 갸웃거리자, 드루이드 씨도 신기하다는 듯이 길드마스터를 보았다.

"스승님이."

"""……."""

왠지 모르게 셋이서 말없이 서로 시선만 주고받았다. 그리고 동시에 한숨을 내쉬었다. 그 분은 진짜!

"다행이다. 늦어진 건 나도 알고 있었으니까, 진짜로 화난 줄 알고."

"아뇨, 하나도 화 안 났어요. 바쁘신 건 알고 있었으니까요."

"그런가. 하지만 그걸 핑계 삼고 있었던 것은 사실이지. 다른 모험가였으면 이미 불평이 나왔을 거야."

"조심하라고."

드루이드 씨의 말에 길드마스터가 끄덕였다. 몇 번이나 생각하지만 길드마스터는 정말로 힘든 지위구나. 할 일이 너무 많다. 그러고 보면 다른 길드마스터에게는 보좌가 있었는데…… 이 마을에는 없나?

"저기, 길드마스터를 보좌하는 사람은 없나요? 다른 동네에서는 있었는데요."

"있기는 있는데, 두 달 정도 전에 애를 낳았거든. 지금은 육아 중이라서 휴가다."

"이것저것 겹쳐버렸네요."

"하하, 그렇지."

"고생하십니다."

"아이비는 정말로 착한 애로군."

"그렇지?"

길드마스터와 드루이드 씨가 절절한 느낌으로 그렇게 말했다. 왠지 부끄럽네. 그렇긴 해도 길드마스터는 꽤나 피로가 쌓인 모양이다. 괜찮나?

똑똑.

"누구냐?"

"죄송합니다. 드루이드 씨가 이쪽에 계신다고 들었습니다만."

남자 목소리에 드루이드 씨가 고개를 끄덕이자, 길드마스터가 들어오라고 허가를 내었다. 방에 들어온 것은 모험가 길드의 카운터에서 본 적 있는 남자였다.

"죄송합니다. 드루이드 씨에게 물어볼 게 있다는 녀석들이 왔는데, 시간 좀 내주실 수 있습니까?"

드루이드 씨가 나를 보았다.

"괜찮아요."

"알았어. 나중에 보자."

"네."

드루이드 씨와 남자가 방을 나가는 모습을 지켜보았다.

"인기 있군~."

분명히 드루이드 씨는 젊은 모험가들 사이에서 인기 있어서, 모험가 길드에 얼굴을 내밀면 곧잘 이런 일이 있다.

"그러네요."

길드마스터를 보니 기쁜 눈치다.

"아, 그렇지. 이거 받아."

길드마스터가 종이 몇 장을 내 앞으로 내밀었다. 그걸 받아서 읽어보았다. 처음 종이는 드루이드 씨를 도운 것과 시엘이 토벌한 글루발에 대한 사례금에 대한 내용이다. ……으음? 이 금액은 이상하지 않아? 눈을 비비고 다시금 금액 부분을 확인했다. '금화 여섯 닢.' 이 사례금은 행향을 발견한 것도 포함된 모양이다. 미연에 참사를 막았다고 하는데, 대체 무슨 소리지?

아무튼 진정하기 위해 다른 종이를 읽었다. 이쪽은 숲속에서 수확해온 약열매 등에 대한 길드의 평가와 매입가격이 적혀 있고,

이미 판매도 끝났다고 한다. 판매 완료? 뭐, 좋은 일이겠지. 평가를 보니 모두 문제없었나 보다. 이건 기쁜 일이다. 그렇긴 해도 약열매는 엄청나게 비싸구나! 게다가 몇 개는 생각도 못 한 가격이 매겨져 있었다.

"미안, 약열매의 거래에 문제가 좀 있었어."

"네?"

"사실은 가격에 문제가 없는지 아이비에게 확인을 구한 뒤에 팔아야 하는데, 이야기가 잘 전달되지 않은 모양인지 어느 틈에 이미 다 팔렸지 뭐야. 내 부주의다. 정말로 미안해."

그렇게 말하더니 깊이 고개를 숙이는 길드마스터.

"괜찮아요. 제가 생각했던 것보다도 비싼 가격이라서."

정말로 거래가격을 보고 놀랐다. 설마 이렇게 비싸다니……. 이 마을에 오는 동안 내가 꽤 먹었는데 말이지. 그걸 돈으로 환산하면…… 아니, 생각하지 말자.

"정말로 미안해. 상업 길드와의 거래는 처음이었으니까."

"원래는 휴가 중인 분이 해주셨나요?"

"교섭은 거의 그렇지. 나는 결제와 확인과 모험가들의 지휘를 주로 했지."

그거 고생이네.

"다른 사람은 없나요?"

"있기야 있어. 하지만 모험가들의 교육 보조가 주된 업무였으니까, 교섭으로는 별로인가 봐."

이거 정말로 일이 너무 겹쳐서 손이 부족하단 느낌이네.

"천천히, 확실히 하나씩 해야겠네요."

"응? 하하하, 그렇군. 급한 마음에 실수하는 것보다는 낫겠지."

아, 이미 또 뭔가 실수했나? 정말로 괜찮아? 어라? 뭔가 길드마스터한테 말할 게 있었던 것 같은데? 뭐였지?

"……뭐였더라?"

"아이비, 왜 그러냐?"

"아뇨, 길드마스터에게 말해야만 하는 게 있었던 것 같은데……. 아!"

떠올랐다. 소라의 포션과 프렘의 마석이다. 으음, 말할 거면 지금이겠지.

"저기, 할 말이 좀."

"뭐, 뭐냐. 그렇게 분위기 잡으면 무서운데."

"저기……. 소리가 밖으로 새어나가지 않게 부탁드릴 수 있나요?"

스승도 드루이드 씨도 말할 때에는 매직아이템의 사용을 엄수하라고 하였다.

"음, 알았다."

길드마스터가 매직아이템을 가져와서 작동시켜주었다. 이걸로 괜찮겠지.

"저기, 이번 임무에서 두 분의 스승님이 가지고 있던 포션과 마석 말인데요."

그게 원래 내 것이라는 이야기. 내가 시엘 이외에 슬라임 두 마리를 테이밍했다는 이야기. 그리고 그 슬라임이 포션과 마석을 부활시킨다는 이야기를 했다. 부활시켰다는 말이 맞는지는 모르겠지만, 뭐라고 설명해야 좋을지 떠오르지 않았다.

"저기, 부활이라고 해도 소라는 그냥 열화판 포션을 먹고…… 그 효과를 모으고 있었다고 할까요. 프렘은 마력을 보충했다고 할까요……."

설명이란 어렵네. 대충 전해졌다고 믿자. 그리고…… 말하지 않은 건 없지? 일단 말을 꺼내면 뭘 말하면 좋을지, 어디까지 말하면 좋을지 조금 혼란스러워진다.

"어어, 으음……. 잠깐만, 잠깐만. 정리 좀 할 테니까."

"네."

길드마스터가 머리를 싸쥐고 뭐라고 중얼거렸다. 이건 무섭다. 의자 위에서 바짝 긴장하게 된다.

"음? 아니, 그렇게 긴장하진 말고."

"하하하, 죄송합니다."

하지만 무서운걸요.

"그런가. 스승님이 가지고 있던 그게…… 그게……. 아이비, 또 무시무시한 걸."

"그런가요."

"그 마석의 위력에는 다들 입이 딱 벌어졌으니까."

"그 정도인가요?"

"그래, 죽어있는 류우는 엄청나게 커서, 그걸 다 태우려면 며칠은 걸릴 거라고만 생각했거든. 그러니까 텐트 같은 걸 준비하기 시작하는데, 스승님이 불 마법이 특기인 녀석에게 마석을 써보라고 했지. 뭐, 위력이 좀 늘어나봤자 그게 그거라고 생각했는데, 막상 써보니까 불기둥이 치솟아서."

불기둥! 그거 대단하네.

"다들 눈이 휘둥그레졌다고. 그리고 불기둥이 사라진 뒤에 남은 류우의 사체를 보고, 그 마석의 위력이 말도 안 된다는 걸 깨달았어. 그 거대한 류우의 절반이 재가 되었으니까."

그 정도였나. 분명히 세 번 만에 정리했다고 그랬는데. 그 마석으로 그 정도의 위력이라면, 이번에 프렘이 만들어낸 커다란 마석은……. 응, 깊이 생각하지 말자. 머리가 아파온다.

"그런가, 그 포션과 마석이 아이비의 것이라면, 스승님이 준비시킨 확인서는 아이비에게 주면 되겠군. 잠깐만 있어봐라."

길드마스터가 책상으로 돌아가서 뭔가 다른 종이를 꺼내왔다. 그리고 그걸 내게 주었다.

"포션과 마석의 사용대금이다."

이걸 확인하는 게 제일 무서울지도. 조심조심 서류를 읽어보았다. 포션을 사용한 사람의 숫자와 목숨을 건진 사람들. 마석의 사용법과 결과. 그리고 금액………… 금판 세 닢. 금판? 판? 아니, 금화가 아니라 금판? 머릿속이 새하얗게 되었다.

"문제없나? 조금 더 내고 싶은데, 미안하게도 이 마을에 여유가 없으니까."

"괜찮아요. 전혀 문제없어요. 그보다도 너무 많아요. 그러니까 문제없어요."

길드마스터의 말에 생각보다 먼저 말이 멋대로 튀어나왔다.

"아이비, 좀 진정해라."

"……네. 후우, 금액을 보고 좀 머릿속이 아찔해서."

"그런가. 아이비의 애 같은 모습을 보니 나는 좀 기쁜데."

길드마스터의 말에 마음이 좀 진정되었다.

"엄청난 액수네요."

솔직한 감상이 입에서 흘러나왔다.

"포션 금액이지. 모험가들의 부상을 후유증도 없이 치료해주었으니까. 정말로 감사하고 있어. 솔직히 말해서, 이번 임무에서는 절반이나 살아남으면 다행이라고 생각했으니까."

뭐? 그건 몰랐다. 숲에 갈 때도 문제없다고 스승도 길드마스터도, 다른 모험가들도……. 역시 마을을 지키는 모험가의 각오라는 건 대단하네.

"이번 임무는 아이비가 없었으면 피해가 더 컸을 거야. 고맙다."

"아뇨, 저는 한 일 없으니까요. 시엘과 소라와 프렘 덕분이니까요."

"그건 아니지. 아이비가 우리를 인정해주었으니까, 시엘도 우리를 도와준 거다. 두 슬라임도 아이비가 소중히 아꼈으니까 이것저것을 부활? 시켜준 거고."

그런가? 내가 그 애들을 돌봐주었기에 그 애들이 나를 도와준 거라면 기쁜 일이다.

202화 대단한 포션

서류에 싹 사인을 마쳤다. 금액이 금액이니까 계좌에 넣어준다는 모양이다. 다행이다. 직접 가져가라고 하면 무서워서 이 방에서 못 나갔겠지. 입금은 오늘 중에 해줄 테니까, 며칠 내로 계좌를 확인해보라는 이야기였다. 솔직히 계좌를 보기 무섭다. 건드리지 말고 가만히 두고 싶지만, 그럴 수도 없는 모양입니다.

"알겠습니다."

"금액에 문제가 있거든 바로 연락을 줘. 부탁한다."

"네."

"그러고 보면 드루이드랑 여행을 떠난다고?"

"네. 드루이드 씨가 같이 가자고 말해주어서."

"그런가. 고맙다."

"예?"

길드마스터를 보니, 아주 부드러운 표정을 하고 있었다.

"녀석은 계속 혼자서 괴로워했었지. 웃을 때도 어딘가 슬픈 느낌으로 말이야. 하지만 아이비와 함께 있을 때면 정말로 즐거워 보였어. 겨우 자기가 있을 곳을 발견했다고 할까……. 말로 하자니 어렵지만. 녀석에게 아이비는 버팀목 같은 거야."

버팀목…….

"저도 드루이드 씨가 버팀목 같아요. 아니, 어쩌면."

"어쩌면?"

"제 아빠예요."

"풋, 아빠라? 하하하, 그래, 가족인가."

그래, 내게 드루이드 씨는 가족 같은 존재가 되었다. 내가 뭘 시작할지 지켜봐주고, 길을 잃으면 가만히 손을 빌려준다. 소중하고 소중한 나의 아빠 같은 존재.

"드루이드를 부탁한다. 소중한 친구라서 말이야."

"네. 하지만 좀 이상하네요. 제가 신세지는 건데."

"아니, 제3자가 보기엔 드루이드가 신세지는 걸로 보인다."

"설마요!"

"하하하. 아, 그래. 숲속에서 수확해온 과일 중에 파란 게 섞여 있었지?"

"네. 꽤 비싸게 사주신 것 말이죠."

"그래, 그건 어디서든 꽤 비싸게 거래되는 물건이야. 약열매 같은 건 변동도 있는데 말이지. 수확할 거면 그 과일을 중심으로 해라. 안정된 수입이 될 거다."

약열매는 가격이 변동하는구나. 몰랐다. 파란 과일은 다소 독특한 맛이 나는 열매 말이지. 뭐라고 표현할까, 단맛만이 아니라 조금 개성적인 맛이었다. 나한테는 별로였지만.

"알려주셔서 고맙습니다. 찾거든 수확할게요."

꽤 깊숙한 숲에서 수확한 물건이다. 시엘에게 부담이 되지 않는다면 숲속을 좀 탐색해보자. 그러고 보면 그 파란 과일의 이름을 모르네. 가게에서도 본 적이 없다.

"길드마스터!"

물어볼까 했더니, 밖에서 길드마스터를 부르는 소리가 났다. 바쁜 거겠지.

"그럼 저는 이만. 오늘 고마웠습니다."

"아니, 일이 늦어져서 미안했다. 오늘 중에 확실히 넣을 테니까."

나보다 길드마스터 쪽이 미안한 눈치다. 알겠다는 말을 하고 방에서 나가려고 하자, 길드마스터가 매직아이템의 발동을 멈추었다. 밖에서는 예쁜 여자가 살짝 화난 표정으로 서 있었다.

"아, 미안해요. 저 때문에 늦어져서."

"어? 아냐, 아냐. 너 때문이 아냐. 신경 쓰지 마."

여성은 그렇게 말하더니, 문을 연 상태로 방에 성큼성큼 들어왔다.

"우왓, 아르미. 너 애는 어쩌고!"

"애는 어쩌고 소리 할 때가 아닙니다! 문제가 일어났으면 보고해달라고 말했지요? 아무 말도 없기에 안심하고 있었더니, 일은 쌓여있고 문제도 일어났다지 않습니까!"

"아니, 하지만."

"하지만은 무슨 하지만이요! 이럴 때야말로 문제없이 일을 돌려야 합니다. 아이를 잘 키우려면 마을이 제대로 돌아가야 마음 놓을 수 있지요! 휴가를 얻기 전에 몇 번이나 말했죠? 무리라면 얼른 연락을 달라고!"

아무래도 길드마스터의 보좌인 보양이다. 소문으로 듣고 문제를 알아차린 걸까. 아무튼 길드마스터는 이걸로 괜찮겠지.

"길드마스터의 아내 분에게는 며칠 동안 돌아갈 수 없다고 전했습니다. 쌓인 일이 끝날 때까지는 귀가 못 하실 줄 아세요!"

"뭐라고, 아르미!"

"하, 실, 말, 씀, 이, 라, 도?"

"히익……. 아니, 아무것도 아닙니다."

방에서 조용히 나가서 길드 밖으로 나왔다. 문 근처에서는 모험가 둘이 이야기를 나누고 있었다. 그대로 지나치려고 했는데.

"그렇게 대단한 포션이었어?"

포션 이야기였기에 무심코 발이 멎어버렸다.

"그래, 엄청난 놈이었어. 나도 글루발의 뿔에 제대로 찔려서 이거 죽었구나 싶었거든. 의식도 몽롱해졌고. 그런데 정신을 차리고 보니 다친 데도 싹 낫고 출혈 후유증도 없어서 놀랐어."

"뭐? 무슨 일이 있었는지 몰라?"

"실은 그래. 완전히 의식이 날아갔으니까."

"뭐냐고, 그게!"

"어쩔 수 없잖아. 출혈이 장난 아니었으니까."

"그럼 포션에 대해서도 모르는 거고?"

"아니, 보긴 했어."

"봤어?"

"그래, 아마 부상이 너무 심해서 못 살린다고 판단된 녀석이 마지막이었겠지. 그 녀석을 치료하려고 남은 포션을 죄다 먹이는 모습을 봤어. 빛나더라고, 그 포션."

"빛나는 포션? 처음 듣는 이야기인데?"

"처음에는 뭘 먹이는 건지 몰랐어. 하지만 틀림없이 몇 초만 있으면 숨이 끊어진다 싶은 녀석이 조금 있다가 벌떡 일어나더라니까. 그때는 놀랐어. 배에 뚫린 구멍도 없어지고, 출혈도 장난 아니라서 창백하던 녀석이 멀쩡한 안색을 하고 있고."

"정말로? 아무리 대단한 포션이라도 그런 이야기는 못 들어봤는데."

"그러니까 처음에 말했잖아. 처음 보는 대단한 포션이었다고!"

"알았으니까 소리 지르지 마! 아니, 용케 그런 포션을 우리한테 써줬네. 분명히 스승님이라고 불리는 사람이 갖고 있던 포션이랬지?"

"그래, 물어봐도 자세히 가르쳐주지 않았지만, 그 사람의 포션이 틀림없어."

"그런가. 은인이군."

"그래, 은인이야. 이번 임무에서 나는 죽을 가능성이 크다는 걸 알면서도 탱커로 입후보했지. 그러니까 살아서 돌아왔을 때, 가족의 얼굴을 보았을 때 오열할 뻔했어."

"나는 네 모습이 보였을 때에 진짜로 울었어."

탱커? 분명히 임무를 성공시키기 위해 동료의 방패가 되는 사람들을 말하는 거였지. 가만히 두 사람의 얼굴을 보았다. 두 사람 다 아직 젊은 모험가다. 그중 하나가 죽을 가능성이 크다는 걸 알면서도 탱커로? 조금 눈물이 나오려는 것을 꾹 참고 발을 옮겼다.

"울었어?"

"진짜로 울었다고."

두 사람의 웃음소리가 뒤에서 들려왔다. 소라의 포션이 도움이 되어서 다행이다. 어깨에 멘 가방을 가만히 쓰다듬었다. 마음속으로 고맙다고 말하자, 가방이 살짝 부르르 떨렸다.

"고마워, 소라, 프렘."

역시 소리 내어 제대로 말하고 싶다. 주위에 들리지 않도록 작은 목소리로 속삭이자, 가방에서 방금 전보다 조금 큰 흔들림이 전해져왔다. 거기에 마음이 따뜻해졌다. 오늘은 포션도 검도, 마력이 바닥난 마석도 잔뜩 줘야지.

203화 가족 등록

길드에서 드루이드 씨의 집으로 발을 옮기자, 매수업자들이 짐을 한창 옮기고 있었다. 그 모습을 현관에서 지켜보는 드루이드 씨.

"안녕하세요."

"볼일은 다 끝냈어?"

"네. 아, 그렇지, 아르미 씨라는 분이 길드마스터를 만나러 오셨어요."

내가 그렇게 말하자, 우연히 옆을 지나치던 업자가 '케엑!' 하는 소리를 내었다. 놀라서 그 사람을 보니 뭐라 표현하기 힘든 표정을 하고 있었다. 고개를 갸웃거리는데, 드루이드 씨가 웃음을 지었다.

"왜 그러는 건가요?"

"아르미는 교섭 담당이니까 업자 관계자들이 무서워해. 거래 같은 교섭을 하고 있으면 어느 틈에 아르미의 요구대로 일이 흘러가는 경우가 많지. 하지만 설마 이름만 듣고 그런 표정을 하다니."

드루이드 씨는 꽤나 재미있어하는 기색이었지만, 업자는 쓴웃음과 함께 일로 돌아갔다. 그러고 보면 길드마스터도 교섭을 맡긴다고 그랬지.

"길드마스터가 잔뜩 야단맞던데요."

"하하하. 길드마스터한테 몇 번이나 충고했는데."

"충고요?"

"그래, 일이 잘 안 풀리고 실수도 나왔으니까. 아르미한테 얼른 말하라고 했지."

"그런가요."

"그래, 하지만 육아를 방해하기 싫다면서 결국 말하지 않았던 모양인데."

그러고 보면 길드마스터는 아르미 씨가 왔을 때도 아이 걱정을 하였지. 그녀는 아무 말도 없었다고 화냈지만.

"그녀가 돌아왔다면 이제 괜찮겠지. 애초에 일 귀신이니까."

일 귀신, 그건 무섭다.

"아, 쌓인 일이 끝날 때까지는 집에 안 보낸다고 그랬어요. 길드마스터의 아내 분에게도 허가를 받았다고."

"우와~, 길드마스터의 유일한 안식처를 자기편으로 삼았나. 아르미, 역시나 인정사정없어."

길드마스터의 겁먹은 목소리를 들으면 외모와 달리 무서운 사람이구나 싶었지만. 진짜로 대단한 사람인 모양이다.

"아, 그렇지. 이거."

드루이드 씨가 바지 주머니에서 뭔가 꺼냈다. 확인해보니 녹색 카드. 처음 보는 카드라서 뭔지 알 수 없었지만, 계좌 카드와 비슷했다.

"이건?"

"상업 길드가 등록자에게 발행하는 카드야."

어?

"오늘 상업 길드에 등록하고 왔어. 무사히 등록이 끝났으니까."

"아, 고맙습니다. 부탁드렸던 걸 까맣게 잊어버렸어요."

"많이 바빴으니까 어쩔 수 없지. 그리고 아이비만 괜찮다면 가족 등록하지 않을래?"

"가족 등록?"

"그래, 상업 길드에서는 가족 사이에 사업을 잇는 일이 많으니까, 가족 등록이 가능해. 조사해봤더니 혈연이 아니더라도 등록 가능한 모양이고. 신원 보증에 계좌 카드를 쓰는데, 길드 카드가 안전할 거라 생각해."

모험가 길드의 팀 등록의 가족판이란 느낌이네. 그렇긴 해도 혈연이 없어도 되는구나. 그건 좀 신기하네.

"가족 등록에는 스킬 등록이 필요 없어. 본인의 의사와 약간의 피가 필요할 뿐이야."

피?

"저기, 피라는 게 무슨 소린가요?"

"어라? 계좌 만들 때에 피를 등록하지 않았어?"

했던가? 그때는 계좌를 만든다는 사실에 조금 흥분해서 기억이 잘. 그러고 보면 뭔가에 손가락을 찔린 것도 같고.

"그런 것도 같고?"

"뭐야? 기억에 없어?"

"계좌를 갖는다는 생각만으로 머릿속이 가득해서."

"그렇군."

그래, 그때는 제대로 한다고 했겠지만, 나중에 돌이켜보니 꿈속 일처럼 흐릿한 기억뿐이지, 제대로 기억하지 못한다. 그걸 아쉬워하는 마음이 기억에 강하게 남아있지만.

"분명히 자기 이름으로 계좌를 틀 때는 두근거리기 마련이지. 나도 의뢰비가 들어오는 계좌를 처음 만들었을 때는 꽤 흥분했어."

"드루이드 씨도요?"

드루이드 씨가 쓴웃음을 지으며 끄덕였다. 지금의 차분한 그를 보면 전혀 상상이 가지 않는데. 아니, 그의 젊었을 적이 상상이 안 간다.

"끝났습니다."

현관에 서서 이야기를 나누고 있자, 업자가 그렇게 말했다. 아무래도 모든 짐을 다 옮긴 모양이다.

"고마워."

"아뇨, 이만큼이나 팔아주시면 이쪽으로서도 고맙습니다. 조만간 모험가들이 밀려들 테니까요."

모험가가 밀려들어? 무슨 일이 있길래?

"하하하, 그렇겠지. 돈은 계좌로 부탁해."

"네, 알겠습니다. 그럼 이만."

대량의 짐을 실은 마차가 움직였다.

"저기, 모험가가 밀려든다는 게 무슨 소린가요?"

"마물의 흉포화가 원인인지는 불명이지만, 글루발 안에 고순도의 마석이 있다는 게 밝혀졌어."

고순도의 마석. 틀림없이 모험가가 모이는 정보네.

"글루발이 죄다 그렇다는 건 아니지만, 상당한 확률로 그렇다는 소문이야."

"그거 대단하네요. 얼마나 레어한 건지 보고 싶어요."

"나도 구경은 했는데, 최고가 레벨 2라고 그래."

레벨 2? 프렘이 SSS를 만들었으니까 비교하긴 그렇지만, 좋은 편이네.

"여기 이렇게 서 있기도 그러니까, 안에 들어갈까."

"네."

아, 아까 이야기의 대답을 안 했네.

"저기, 드루이드 씨. 가족 등록, 부탁드릴게요."

"……괜찮겠어?"

조금 걱정스러운 표정으로 드루이드 씨가 물었다. 아무래도 대답이 늦어졌기 때문에 불안을 느낀 모양이다.

"네. 물론 잘 부탁드릴게요, 아빠."

"하하하, 길드마스터한테 자랑해야겠군."

어? 뭘? 드루이드 씨를 보니, 아주 부드러운 웃음을 띠고 있었다. 방금 전의 불안한 표정은 찾아볼 수 없다. 다행이다.

"지금 길드마스터를 만나러 가면 아르미 씨랑도 만날 수 있어요."

"……지금은 그만둘까. 길드마스터를 방해하면 안 되겠고."

여태까지의 일이 있었기 때문일까, 때때로 아주 불안한 표정을 보이는 드루이드 씨. 조금씩 그런 감정이 사라지면 좋겠네.

"정말로 그게 이유인가요?"

저번에 식사했던 방에 들어가 보니, 정말 깨끗하게 비워져 있었다. 아무래도 가재도구도 필요 없다고 생각하고 팔아버린 모양이다. 일처리가 빠르다.

"들켰나. 아르미는 사람을 험하게 부리니까, 지금 가면 틀림없이 일을 거들게 돼. 여태까지 몇 번이나 길드마스터에게 휘말렸던지."

드루이드 씨가 크게 한숨을 내쉬었다. 분명히 아르미 씨의 기세에 휘말리면 거절할 수 없겠지. 드루이드 씨는 마음이 착하니까.

"그렇지."

드루이드 씨가 매직아이템의 버튼을 눌렀다. 본 적 없는 아이템인데?

"이건?"

"이것도 주위에 소리가 새어나가지 않도록 하는 매직아이템이야."

여태까지 사용했던 매직아이템보다 조금 작다.

"소리를 차단하는 범위가 조금 좁지만, 둘만 있으면 이걸로 충분하니까."

그렇구나.

"다만 이건 집 안이나 텐트 안에서밖에 쓸 수 없지만."

"그런가요?"

"그래, 입가까지는 숨겨주지 않으니까."

"입가?"

"모르는 건가? 밖에서 사용했던 매직아이템은 입가를 보이지 않도록 해줘. 입의 움직임으로 무슨 이야기인지 읽을 수 있는 녀석이 있으니까."

"그런 능력이 있는 사람도 있나요?"

"그래, 독순술이라는 스킬이 있거든."

몰랐다. 독순술인가. 매직아이템이 있는 걸 보면 이 스킬도 활용 가능한 장소가 있는 걸까?

"그래서? 길드마스터가 제시한 금액은 충분히 만족할 만했어?"

"계좌 카드를 들고 다니기 무서운 금액이었어요."

"무섭다니, 호들갑도 참."

"호들갑이 아니에요. 저기, 금판이 세 닢."

"그렇겠지."

알고 있었어? 내가 고개를 갸웃거리자, 드루이드 씨는 내 머리를 가볍게 쓰다듬어주었다.

"모험가의 목숨을 지킨 포션의 가치로 그거면 타당해. 길드에게 모험가는 재산이니까. 사람에 따라선 다섯 닢 정도 요구할지도."

뭐?! 다섯 닢이었으면 분명 내 정신이 날아갔을 텐데. 세 닢만 해도 정신이 오락가락했는데.

"나도 이번에 꽤나 비싸게 팔았으니까 여행비용에 보탤 수 있겠어."

그러고 보면 여행비용을 둘이서 어떻게 나누어야 할지 이야기하지 않았네. 계좌를 확인하는 건 내일이라도 좋겠고.

"저기, 여행비용을 어떻게 준비할지 이야기할까요?"

"그래. 준비가 끝나는 대로 출발하고 싶고."

"네."

좋아, 드루이드 씨에게만 부담이 가지 않도록 잘 정해보자!

204화 다퉜습니다

"힘드네요."

"아이비가 굽히질 않으니까 그렇지."

"고집쟁이 드루이드 씨."

"아이비도 그만 받아들여."

드루이드 씨와 살짝 눈씨름. 설마 여비 문제로 다툴 줄은 생각도 못했어.

나로서는 둘이서 여행을 하는 거니까 여비는 반반이라고 생각하였다. 그렇기 때문에 드루이드 씨가 생각했던 여행보다 다소 빈곤한 여행이 될지도 모른다고. 그건 미안하다고 생각했지만, 조금 참아달라고. 다만 뜻하지 않게 거금이 손에 들어왔기에 내가 생각했던 여행보다 좋은 여행을 할 수 있겠지. 그래서 그런 방향으로

이야기를 시작했는데.

“어른인 내가 여비를 많이 내는 게 당연. 아니, 아이비는 낼 필요 없어.”

왠인지 드루이드 씨가 그런 말을 꺼내더니 물러나지 않았다.

“앞으로 긴 여행이 되니까요. 너무 한쪽으로 치우치는 것도 아니라고 생각해요.”

여행이 길어지면 여비도 늘어나니까 부담이 커진다. 앞으로의 일을 생각하면 나도 제대로 부담해야 한다.

“아이비 혼자 정도는 문제없어. 여태까지 꽤 벌었으니까.”

“아뇨, 그런 문제가 아니라.”

“아버지 체면을 세워줘.”

“그거랑 이거는 달라요.”

왠인지 말이 통하지 않는다. 나도 내겠다고 선언했더니 ‘5푼만’이라는 대답이었다. 1할도 안 된다는 점에 힘이 쭉 빠졌다. 나도 물러날 수 없어서 ‘4할 8푼이면 될 거예요’라는 말로 시작했더니, 왠인지 비율 문제로 발전. 아무래도 지치기 시작했다.

“이대로 이야기해도 끝이 안 나겠군. 일단 다른 것부터 결정할까?”

“그러네요.”

다행이다. 드루이드 씨의 기세에 밀릴 뻔했다.

“이제 겨울이 되니까 겨울 거점을 처음에 정하자.”

드루이드 씨가 지도를 펼쳤다.

"아이비는 발걸음이 빨랐지?"

"그건 자랑할 만해요."

도망치기 위해 서둘러 여행했기 때문인지 걷는 속도는 빠르다. 지금은 도망칠 필요가 없지만, 어른과 손색없는 속도로 여행을 할 수 있다는 것이 사소한 자랑거리다.

"저기, 부탁이 있는데요."

"뭔데?"

"숲속에서 나무열매 같은 걸 수확하면서 가고 싶으니까, 일정을 여유롭게 짜고 싶어요."

오르 마을에서 나무열매가 예상보다 잘 팔린다는 걸 알았다. 그러니 수입을 확보하기 위해서라도 꼭 나무열매를 수확하고 싶다.

"그렇군. 그럼 다음에 들를 마을이나 소도시 말인데."

다음에 들를 마을이나 소도시? 지도를 보니 오르 마을에서 왕도 방향으로 가는 길에는 도중에 길이 둘로 갈라져서 하나는 큰 마을로, 하나는 작은 마을로 이어졌다. 그리고 그 둘을 통과하면 길이 또 하나로 모여서 조금 더 작은 마을로 이어졌다. 어라? 내가 가진 지도랑 다르네?

"저기, 이 지도는 제가 가진 거랑 다르네요."

내가 항상 가지고 다니는 지도를 가방에서 꺼내어 펼쳤다. 그 지도에는 오르 마을 인근에 두 개의 마을이 그려져 있고 그 너머에 큰 마을이 그려져 있었다. 게다가 그 마을은 꽤나 큼직큼직하게 표시되어 있었다.

“아, 이런 지도는 여행해온 모험가의 정보로 만들어지니까. 아마도 잘못 알아듣고 만든 거겠지. 어쩌면 정보가 적어서 작성한 사람의 생각이 포함되었든가.”

그렇구나. 지도는 꽤나 대충이구나. 더 조사를 하고 만들었다고만 생각하였다.

“어느 쪽이 좋을까? 그러고 보면 겨울 예정은?”

“겨울 예정이요? 뭘 할 수 있을까요? 제가 살던 곳에서는 눈이 많이 와서 집밖으로 나가는 일이 거의 없었는데요.”

“그렇군. 코르 마을도, 하타우 마을도 적설량이 많은 해면 내 허리 밑의 높이 정도까지 오니까, 밖에 아예 못 나오는 경우는 없을려나. 다만 눈보라가 치는 날만큼은 주의가 필요해.”

“분명히 눈보라는 무섭지요. 마을에서도 매년 눈보라로 사람이 죽었어요.”

“그래, 방향감각이 없어지니까. 겨울에 사냥은 어떻게 한다?”

“할 수 있을까요?”

“겨울에 나오는 마물이 있으니까 모험가들은 그걸 노리지. 상업 길드에서도 겨울에는 매입 가격이 오르니까 노려볼 만해. 뭐, 모험가 길드보다는 싸지만.”

“겨울에 나오는 마물…….”

모험가들은 의뢰비가 있으니까. 그렇긴 해도 상업 길드에도 고기를 팔 수 있나. 드루이드 씨가 등록해준 덕분에 행동의 폭이 많이 넓어졌어.

"아이비의 사냥법이면 조금 작은 마물을 노리는 편이 성공률면에서도 좋겠지. 그렇게 되면 코르 마을보다 하타우 마을 쪽이 좋을지도 모르겠어. 거기는 소형 마물이 매년 나오니까."

"겨울에는 동물도 마물도 활동하지 않는다고 생각했어요."

"신기하게도 겨울에만 나오는 마물이 있어."

"겨울에만?"

"그래, 여름에는 아무리 찾아도 안 보이는데 말이야."

왠지 신기한 마물이네. 그렇긴 해도 겨울에도 사냥이 가능한가. 힘내보자.

"하타우 마을로 하죠."

드루이드 씨의 지도로 하타우 마을을 확인했다. 코르 마을과 하타우 마을은 비슷한 정도의 크기다. 이거라면 숙소도 여러 종류가 있겠지.

"지도로는 모르겠지만 코르 마을 쪽이 더 커. 아니, 코르 마을은 여기보다도 크지."

"그런가요? 이 지도로는 비슷한 정도인데요."

"정정된 지도를 도무지 팔아주질 않는단 말이야."

너무 지도를 믿지 않는 편이 좋을까? 여태까지 꽤나 믿어왔는데.

"하타우 마을은 크기로는 이 마을과 비슷하지만, 다른 곳보다 눈에 띄지 않아서 은근히 인기가 없는 곳이야."

"그런가요? 숙소 정보 같은 건 있나요?"

"마을은 크니까 숙소는 많은 편일까. 코르 마을이나 오르 마을과 비교하면 숙박비는 저렴해."

"그건 반가운 소리네요. 시엘이 느긋하게 지낼 수 있는 장소가 하타우 마을 부근에 있을까요?"

"있지. 근처에 동굴이 있어. 그것도 꽤 많아."

그렇다면 시엘도 문제없을까.

"저기, 이전에 시엘은 동면을 하지 않는다고 그랬는데요, 추위에는 강할까요?"

"아단다라가 추위에 약하단 소리는 들어본 적이 없지만, 그건 본인에게 확인해보자."

"네."

다음에 가는 장소는 '하타우 마을'로 결정. 남은 건…… 여행에 가져갈 짐에 관해서는 이미 이야기했고. ……또 돈 문제인가.

"하타우 마을의 숙박비는 어느 정도일까요?"

일단 어느 정도 필요할지 들어보자.

"그렇군, 겨울 동안에는 월세로 계산할 테니까 금화 세 닢에서 열 닢 정도 나오려나."

꽤 폭이 있구나.

"뭐가 다른가요?"

"으음, 숙소의 장소에 따라 가격이 달라. 대로 부근 혹은 골목 하나 정도 안쪽이라면 비싸지지."

그렇구나, 이동하기 편한 장소는 비싸다.

"그리고 식사. 자취할 거면 싸져. 식재료를 자기들이 조달하는 경우도 싸지고."

숙소 사람의 손을 빌리면 비싸지나. 나는 자취할 수 있고, 매직 아이템이 있으니까 식재료도 확보할 수 있다. 싸게 빌릴 수 있을까?

"그리고 숙소에 목욕탕이 있냐 하는 문제도 있어. 나로서는 있는 쪽을 추천하겠는데."

"그런가요?"

분명히 목욕은 기분 좋았지만, 매일 하지는 않아도 된다고 생각하는데. 여름에는 몸을 닦을 뿐이지만.

"사냥을 할 예정이라면 목욕은 꼭 필요할 거야. 몸이 많이 차가워지니까."

아, 그렇다. 사냥을 할 예정이었다.

"몸이 차가워진 채로 있다간 병에 걸리기도 쉬워. 목욕은 꼭 필요할 거야."

"그렇군요. 그렇게 하죠."

열심히 사냥해서 돈을 벌 수 있으면 좋겠네.

"그 다음은 숙소 사람하고 교섭해야지. 저렴하게 묵을 조건을 물어보면 가르쳐줄 테니까."

"알겠습니다."

금화 다섯 닢 정도 준비하는 편이 좋을까?

"그래, 방은 하나만 빌리면 될까?"

"네, 물론이에요."

아니, 같이 있지 않으면 불안하다. 숙소를 써본 적이 없으니까, 생각만 해도 긴장하게 된다. 기대도 되지만.

205화 동료가 노력하면……

"여비 이야기를 하려고 해도 아까 상황이 반복될 뿐이겠지."

"그러네요."

뭔가 좋은 방법 없을까? 나도 제대로 부담하고, 드루이드 씨가 납득할 방법. 어쩌면 시작부터 돈을 다 준비해놓으려고 하니까 문제가 될까? 그럼 지금부터 저축하는 쪽으로 하면.

"저기, 오늘부터 둘이서 수확한 것은 모두 여비로 모으지 않겠어요?"

"응? 오늘부터 수확하는 걸 죄다?"

"네."

이거라면 둘이서 수확한 과일 같은 게 여비가 되는 거니까 괜찮겠지.

"전부는 안 되지."

왜?

"개인적으로 원하는 것도 있겠지? 죄다 여비로 모으면 그런 걸 살 수 없어지잖아."

"아뇨, 원하는 건 없으니까."

지금까지도 계속 겨울 숙박비를 위해 저축해왔다. 이제 와서 불만은 없다.

"그러면 더 안 돼. 아이비는 아직 나이도 어리니까 원하는 게 더 많아야 해."

이상하네, 간단히 승낙을 받아낼 수 있을 줄 알았는데. ……어라?

"정말로 원하는 거 없어? 옷이나 신발 같은 거."

"저기, 그 이야기는 이따가 또. 일단 여비 이야기를 하죠."

왠지 모르게 그 이야기는 안 될 것 같다. 대답을 실수했다간 큰일이 날 것 같은 분위기…….

"어쩔 수 없군."

“저기, 일단 죄다 여비로 하고……. 거기서 둘이서 얼마씩 나눠 쓰죠.”

“아니, 나는 됐어.”

여기서 아무리 고생해도 굽혀주지 않겠지. 그럼 여기선 포기해야 할까? 잠깐만, 드루이드 씨는 얼마나 가지고 있지? ……이런 걸 묻기는 그런가. 그만두자.

“그럼 드루이드 씨의 말씀에 따르겠습니다.”

“그래, 착하구나.”

으음, 결국 내가 꺾인 느낌…….

“아이비의 생각대로 하려면, 계좌를 하나 더 만드는 편이 좋을지도.”

“계좌를?”

“그래, 지금 있는 건 내 계인 계좌와 아이비의 개인 계좌야. 내 계좌를 쓰는 건 아까 반대했잖아?”

“물론이에요.”

“그러니까 가족 계좌를 하나 더 만드는 거야.”

가족 계좌. 그런 것도 만들 수 있어?

“그리고 아이비가 말했듯이 수입을 죄다 거기에 넣고, 아이비가 필요한 금액을 이동하는 거지.”

분명히 이거면 여비와 개인 돈을 완전히 구별할 수 있다. 드루이드 씨가 자기 돈을 쓰는 것을 막을 수 있을지도 모른다.

"그렇군요. 계좌는 금방 만들 수 있나요?"

"상업 길드에서 가족 등록을 하면 계좌를 만들 수 있을 거야."

드루이드 씨의 돈만 쓰는 걸 막을 수 있으려나. 아, 하지만 이러면 나도 모르는 사이에 가족 계좌에 드루이드 씨가 돈을 넣을 수도 있지 않아?

"드루이드 씨, 가족 계좌에 멋대로 돈을 많이 넣으면 안 되니까요."

"……안 할게."

순간 시선을 피했어!

"계좌를 확인해서, 혹시 모르는 돈이 있으면 되돌려드릴 거니까요."

"아이비는 너무 꼼꼼한 거 아냐? 그보다도 내가 가난하게 보여?"

"아뇨, 전혀요. 다른 모험가들보다 유복하게 보여요."

내가 아는 모험가들은 여행하는 모험가라서 잘 모르겠지만, 집도 가지고 있고 매직아이템도 많이 가지고 있다. 그러니 아마도 여태까지 본 사람 중에서 제일 유복한 모험가겠지.

"여태까지 힘든 일만 받아왔으니까 수입만큼은 괜찮았어. 쓸 데도 없었고."

전에도 들어본 이야기다. '사는 것에 집착'이 없었기 때문에, 꽤나 위험한 일을 해왔다고. 그 이야기를 들었을 때에는 엄청 슬퍼졌다.

"그러니까 돈이라면 있어. 몇 년 동안 내 계좌의 잔금을 확인하지 않았으니까, 오랜만에 확인하고 놀랐어. 1000라다르 정도 있으니까."

뭐? 지금 뭐라고 했어? 1000라다르? 으음, 금판이 10라다르니까 그게 100닢 이상?

"어? 어어?"

"놀랐지? 나도 놀랐으니까."

그만큼 위험한 일을 해왔다는 소리?

"무모하다고 스승님에게도 길드마스터에게도 몇 번이나 주의를 들었어. 지금 생각해보니 놀랍긴 하네."

그렇게 말하며 웃는 드루이드 씨를 보며 분노가 일었다.

"웃을 일이 아니에요! 1000라다르만큼 위험을 겪어왔단 소리 아닌가요!"

"으음……. 아이비."

분노의 감정에 따라 소리치고 나자, 드루이드 씨가 살아있다는 사실에 눈물이 나왔다.

"살아있어서 다행이에요."

눈가를 닦으며 말하자, 드루이드 씨가 눈을 크게 떴다. 그리고 평소와 달리 한심한 웃음을 보였다.

"응, 고마워."

대체 얼마나 위험한 일을 해왔으면 그 정도로 돈이 모일까. 내 머리에 얹히는 드루이드 씨의 커다란 손.

"앞으로는 조심할게."

"드루이드 씨는 자기 자신을 더 소중히 여겨야 해요."

"……그럴게."

"말해두겠는데요, 여행을 함께하기로 결정한 이상은."

"응."

"제가 목표를 발견하고 달성하는 것을 꼭 지켜보셔야 해요!"

"뭐?"

왠지 드루이드 씨는 자기가 없어져도 문제 없다고 생각하는 구석이 있다. 그런 건 안 되니까!

"약속이에요. 꼭 보셔야 해요."

그냥 구두약속이라도 드루이드 씨는 지켜줄 테니까. 꼭 약속할 거야!

"저기."

"약속이에요."

"알았어."

좋아. ……그렇기는 해도 1000라다르라니.

"드루이드 씨의 계좌도 깜짝 상자네요."

"……나도 그쪽에 포함되는 건가."

"이미 드루이드 씨 자신도 포함되었어요. 그러니까 추가 항목이 늘어났을 뿐이에요."

"기뻐해도 좋은 건지 복잡하군."

"후후후, 그러네요."

둘이서 웃으며 마음을 좀 정리하였다. 왠지 지금 대화로 감정이 가라앉았네.

"일단 가족 등록과 가족 계좌부터 해야겠군."

"네."

"그리고 겨울을 위한 여비 말인데."

"겨울을 위해 저축해온 여비를 계좌에 넣겠어요. 이건 양보 못 해요!"

"……어쩔 수 없군. 그럼 나는 ――"

"같은 액수를 넣어주세요."

"뭐?"

드루이드 씨의 말을 가로막았다. 분명히 더 많이 넣으려고 했을 테니까.

"드루이드 씨는 저와 같은 액수를 넣어주세요. 숙소의 수준을 조금 낮추게 될지도 모르지만."

"그건 문제없어. 일에서 쓰는 숙소는 최저 랭크였으니까. 목욕탕도 없고 더러운 곳."

아까는 목욕탕이 꼭 필요하다고 그랬으면서.

"앞으로는 둘이서 시작하죠."

"시작?"

"네, 이 마을에서 하타우 마을까지 열심히 수확해서 숙소의 수준을 올릴 수 있도록! 재밌게 생각되지 않나요?"

잘 안 될지도 모른다. 그래도 드루이드 씨와 함께라면 분명 재미있겠지. 강력한 아군인 시엘, 소라, 프렘도 있고.

"재미있을까. 하지만 수확이 별로라면."

"그때는 계좌에 있는 금액으로 묵을 수 있는 숙소를 찾아야죠."

"괜찮겠어?"

"물론이에요. 저 혼자라면 최저 랭크의 숙소였을 테니까요."

아니, 거금이 들어왔더라도 그러겠지. 다음 겨울을, 또 그 다음 겨울을 생각해서. 지금은 드루이드 씨가 있으니까 그렇게 비관하지 않지만.

"뿌~!"

드루이드 씨와 시선을 주고받고 있자, 방에 소라의 소리가 울렸다. 놀라서 가방을 보았다. 이런, 가방에서 꺼내주는 걸 잊고 있었다. 소라를 가방에서 꺼내려고 하는데, 혼자서 슬금슬금 기어 나왔다. 그리고 다시금 울더니 나와 드루이드 씨 사이에 있는 테이블 위로 올라왔다.

"뿌!"

뭐지? 화났나?

"떼류~."

프렘의 소리도 들렸다. 하지만 프렘은 아직 혼자서 가방에서 나올 수 없는 모양이다. 가방이 꾸물꾸물 계속 움직이고 있다. 다급히 가방에서 꺼내자, 왠지 프렘도 화난 분위기.

"미안해. 가방에서 꺼내는 걸 계속 잊고 있어서."

두 마리는 반응하지 않고 가만히 나를 바라보았다. 가방에 계속 넣어두고 있던 것에 화내는 게 아닌 모양이다. 뭐지? 어어, 드루이드 씨와 이야기한 내용을 떠올렸다. 소라가 화날 만한 말은 하지 않은 것 같은데.

"왜 화내는 거지?"

"왜일까요? 아, 혹시."

"응?"

"수확을 거들어준다고?"

"뿟뿌뿌~."

"떼류류~."

다행이다. 정답인 모양이다.

"소라와 프렘이 거들어준다면 든든하군."

"드루이드 씨, 시엘도 있어요."

"하하하, 그랬지."

아까도 생각했지만, 든든한 아군이 셋이나 있다.

""……""

"드루이드 씨, 숙소 랭크를 너무 올리지는 말지요."

시엘과 소라와 프렘이 진짜로 돕는다고 생각하니, 오히려 더 걱정이 되었다.

“그래, 적당한 곳으로 하자.”

드루이드 씨도 그런 세 마리의 결과를 상상한 모양이다.

206화 약속이에요!

12시를 조금 지난 상업 길드 앞에서 드루이드 씨를 기다리고 있자, 달려오는 모습이 보였다.

“미안, 늦어졌군.”

“아뇨, 그런데 무슨 일 있었나요? 꽤 피곤해 보이는데요.”

드루이드 씨의 모습에서는 달려온 것 이상의 피로가 보였다.

“하하하, 아르미에게 들켰어.”

어머나, 그건.

“고생하셨습니다.”

“아이비랑 약속이 있어서 다행이지. 그게 아니었으면 오늘은 철야였을지도 몰라.”

커다란 한숨을 내쉬는 드루이드 씨. 철야는 힘들지.

“저기, 길드마스터는 괜찮나요?”

"하하하."

웃을 뿐이지 대답하지 않는 드루이드 씨. 괜찮지 않은 거구나.

"나중에 음식이라도 들고 찾아가볼까요?"

"안 돼, 안 돼. 갔다간 못 돌아오게 돼."

그건 나도 좀 피하고 싶네.

"그보다도 등록과 계좌 등록 하러 얼른 가자."

"……그래요."

길드마스터, 미안해요. 아르미 씨, 기세가 너무 무서워요. 그리고 철야도 좀…… 그러니까 멀리서 응원하겠습니다.

드루이드 씨의 뒤를 따라서 상업 길드에 들어갔다. 아침의 번잡함이 진정된 시간이라서 사람은 그다지 많지 않다.

"아, 저기 있군."

"예?"

"어제 내 이야기를 들어준 사람이야. 이 사람에게 부탁하자."

"네."

드루이드 씨와 내가 한 여성에게 다가가자 그 사람은 웃으면서 인사해주었다.

"안녕하세요."

"음, 어제 물어본 가족 등록을 하고 싶어. 그리고 가족 계좌를 만들고 싶은데."

"알겠습니다. 서류는 이쪽에 있습니다. 기입을 부탁드립니다."

드루이드 씨를 기억하는 건지 막힘없이 서류를 꺼내주었다. 이런 움직임을 보면 베테랑일까?

"고마워. 아이비, 저쪽에서 쓰자."

"네."

서류에 각각 이름과 나이를 기입했다. 그리고 가족 등록하는 것을 양자가 승낙한다는 항목에 체크하였다. 드루이드 씨는 부모(보호자) 부분에 뭐라고 썼는데, 잘 보이지 않았다. 기입을 마친 뒤에 서류와 함께 내 경우는 계좌 카드, 드루이드 씨는 상업 길드의 카드를 제출. 5분도 걸리지 않아서 가족 등록이 끝났다.

"금방 되는 거였네요."

너무 순식간이라서 오히려 놀랐다.

"아이비의 계좌 카드가 있었으니까. 그게 없으면 시간이 더 걸렸을 거야."

"그런가요?"

"음, 애초에 보증인 항목에 실린 이름들이 쟁쟁하니까."

"네?"

내 계좌 카드의 보증인? 내 보증인은 라토메 마을의 오그토 대장님과 오토르와 마을의 길드마스터에 자경단 단장인 바크스비 씨다. 그들이 대단한 사람이라는 건 알고 있다. 하지만 그거랑 무슨 관계가 있는 걸까. 내가 고개를 갸웃거리고 있자.

"나는 이 마을 출신이라서 어느 정도 이름이 알려져 있으니까 괜찮지만. 아이비는 이 마을과는 여태까지 전혀 관계없었잖아?"

"네."

"보증인이 그 세 사람이 아니었다면 아이비에게 조사가 들어갔을 가능성이 있어. 계좌 카드에 있는 보증인에게 신원 확인이 들어가겠고."

"그런가요? 아, 혹시 그 분들에게 뭔가 안 좋은 일이라도?"

"그건 괜찮아. 보증한 사람을 보고 아이비에게 문제없다고 판단된 모양이니까."

"그런가요. 다행이네요."

"그렇긴 해도 최소한 이틀은 걸린다는 설명이었는데, 그게 고작 5분 내에 등록 완료라니 놀랐어. 역시 그 세 사람은 대단하군."

"최소한 이틀이 고작 5분으로……. 대단하네요."

드루이드 씨의 이야기에 놀라고 있다. 새롭게 카드 두 개가 테이블 위에 놓였다. 가족 등록이 끝났기에 가족 계좌도 만들어진 것이다.

"오래 기다리셨습니다. 이쪽이 가족 카드입니다. 카드는 두 장이면 되겠습니까?"

"네."

내가 가지고 있는 계좌 카드는 흰색일 뿐이지만, 가족 카드는 흰색 플레이트에 적색과 청색의 선이 그어져 있다. 왠지 두근두근하네.

"그럼 이쪽에 각자의 피를 부탁드립니다."

두 장의 가족 카드 위에 둥글고 투명한 물체가 놓였다. ……이건 계좌 카드를 만들었을 때의 그건가. 흐릿한 기억을 따라서 파인 부분에 손가락을 놓고 꾹 눌렀다. 살짝 찌릿 하는 아픔이 느껴진 순간, 플레이트가 빛나고 이름과 나이, 드루이드 씨의 이름이 떠올랐다.

"드루이드 씨의 이름도 나왔어요."

"이쪽에는 아이비의 이름이었어."

그렇구나, 가족의 이름이 표시되는 건가. 재미있네.

"수고하셨습니다. 가족 등록도 가족 계좌 개설도 무사히 끝났습니다. 또 뭔가 도와드릴 일 있겠습니까?"

"괜찮아. 고마워."

"고맙습니다."

드루이드 씨를 따라서 인사하였다.

"귀여운 따님이네요. 앞으로 아버님은 걱정거리가 많으시겠어요."

어? 걱정거리?

"아이비는 착실하니까 괜찮겠지만, 주위가 시끄러워질까?"

"아마도요. 이렇게 예쁜 따님이니까요."

"하하하, 고마워. 괜한 벌레가 꼬이지 않게 조심할게."

뭐지? 벌레가 꼬이지 않게? 벌레? 무슨 벌레? 괜한 벌레? 앞으로

가는 장소에는 무슨 무서운 벌레라도 있나? 벌레라면 괜찮지만, 무서운 벌레는 좀 싫은데.

가족 계좌 개설을 마치고 길드 가장자리에 줄줄이 있는 작은 방으로 향했다. 계좌 확인과 가족 계좌로 돈을 옮기기 위해서다.

"드루이드 씨, 무서운 벌레라는 게 어떤 종류의 벌레인가요?"

"어? 무서운 벌레? 음? 무슨 이야기지?"

어라? 혹시 내가 잘못 들었나?

"저기, 아까 언니랑 이야기할 때에 벌레가 다가오지 못하게 조심한다고. 그러니까 앞으로 가는 마을에는 무슨 무서운 벌레라도 있나 하고."

"그렇군."

왜인지 드루이드 씨가 내 머리를 쓰다듬었다. 그리고 기쁜 듯이 '걱정할 필요는 전혀 없으니까 신경 쓰지 마'라는 말을 들었다. 왠지 그 이상은 물어선 안 될 분위기. 마음에 걸리긴 하지만, 말해주지 않겠지. 다음 기회에 슬며시 물어보자.

"자, 일단은 아이비의 계좌를 확인해야지. 그리고 가족 계좌로 돈 이동."

"네."

"아이비의 계좌에는 돈을 확실히 남겨둘 것. 이건 약속이야."

"……네."

내 계좌에서도 여비를 내는 건 좋지만, 계좌의 절반 이상은 안 된다고 했다. '나도 아이비가 여비를 내는 건 찬성이니까, 이 의견에 찬성할 것'이라는 말이었다. 뭔가 둘러대는 것 같기도 하지만, 계속 고집만 부리고 있어도 진전이 없으니까 포기했다.

"그럼 확인할게요."

"그래."

거액의 입금에 불안함도 있지만, 총금액의 절반밖에 여비로 쓸 수 없으니 조금이라도 많으면 좋겠다는 마음도 있다. 복잡하다.

작은 방에 들어가서 작은 창문 앞에 있는 하얀 판 위에 계좌 플레이트를 놓았다. 바로 숫자가 주르륵 떠오르고, 마지막에 잔고가 표시되었다.

"오오~."

"아! 4분의 1로 하면 좋았을걸."

내가 잔고를 보고 놀라고 있자, 뒤에서 드루이드 씨가 뭔가 중얼거렸다. 의아한 마음에 드루이드 씨를 보니 미간에 잔뜩 힘을 주고 있었다.

"드루이드 씨?"

"금액 말인데."

"절반이에요!"

내 단언에 가볍게 한숨을 내쉬는 드루이드 씨. 절대로 양보 안 할 거예요."

잔고는 190라다르 이상이었다. 금판 19닢이다. 잊고 있었지만,

조직을 박살낼 때에 100라다르를 받았지. 너무 거금이라서 기억 한구석으로 처박고 까맣게 잊고 있었다. 그러고 보면 그때는 현상금도 있었지. 이번의 포션과 마석 금액도 포함해서 어느 틈에 190라다르나 번 모양이다. 그러니까 여비에는 95라다르. 어어, 금화로 하면…… 95닢인가.

"자, 그러면 금화 95닢을 여비로 돌릴게요!"

내 말에 드루이드 씨가 살짝 불만인 소리를 내었지만 약속은 약속입니다.

"실수했군. 아이비가 이렇게나 돈을 벌었다니."

뭐라고 중얼거리지만 무시하자. 이걸로 드루이드 씨에게만 부담을 끼치지 않을 수 있습니다. 소라와 프렘 덕분이야. 시엘도 글루발 토벌을 해주었고. 정말로 나는 동료의 도움을 많이 받네.

207화 첫 손주

상업 길드를 나서서 드루이드 씨의 아버지가 하는 가게로 갔다. 드루이드 씨가 여행을 떠난다는 보고를 어머니에게밖에 하지 않았다는 것을 알았기 때문이다. 바빴기 때문에 다른 가족에게 보고 하는 것을 까맣게 잊어버렸다는 모양이다. 드루이드 씨의 말로는 '어머니가 가족에게 말해줄 테니까'라지만, 이런 건 본인의 입으로 해야 한다고 생각한다. 그러니까 같이 가게에 가기로 했다.

"어서 오세요. 아니, 드루이드랑 아이비잖아. 얼른 들어와."

가게에는 주인아저씨와 아주머니, 그리고 언니가 있었다.

"죄송합니까, 바쁘신데."

"괜찮아. 지금 드루우카가 휴식을 위한 차를 한 잔 준비하고 있어. 자주적으로 움직여서."

왠지 자주적이라는 말에 힘이 들어간 거 같은데?

"사람이란 건 변할 수 있네. 포기하고 있었으니까 놀랐어."

어, 언니의 이런 표정 처음 봤어. 뭐라고 할까, 포용력 있는 온기라고 할까……. 표현하기 어렵네. 다만 기쁘다고 느끼는 것만큼은 틀림없다.

"보고하고 싶은 게 있어서 왔습니다."

드루이드 씨가 긴장한 얼굴로 여행에 나선다는 취지를 보고했다.

"그러냐, 여행을 간다고."

주인아저씨는 처음에 놀랐지만, 곧 기쁜 듯이 표정을 풀었다.

"아니, 어머니한테 못 들었어요?"

"알고 있었어?"

"아, 그러고 보니 그랬지. 들을 때까지 잊고 있었지만."

"아니, 그건 좀~."

주인아저씨의 한숨에 아주머니가 어깨를 으쓱였다.

"아이비, 괜찮겠니?"

"네?"

대체 뭐가?

"문제 많은 드루이드면 방해되지 않을까?"

아주머니도 그렇고, 언니도 그렇고, 정말 말이 매섭다. 이 두 사람 닮았어.

"문제없어요. 든든한 아빠니까요."

내 대답에 '아빠'라며 고개를 갸웃거리는 이들에게, 두근거리는 마음으로 가족 등록을 했다고 보고했다.

"그래? 제법이네, 드루이드. 이렇게 예쁜 딸을 손에 넣다니!"

"드루이드의 딸이라면 우리 손녀네. 첫 손주다!"

이야기를 들은 주인아저씨와 아주머니가 왠지 신이 난 모습이었다. 그 모습에 드루이드 씨도 놀랐다.

"다들 아이비가 예쁘다, 예쁘다 떠들어댔으니까~."

언니의 김샌 목소리. 그런가. 아, 이런, 얼굴이 뜨거워졌다.

"정말로 좋은 일이야. 드루이드한테, 아니, 아빠한테 잔뜩 응석부리렴, 아이비."

응석이라…….

"그래, 할 수 있을 때에 잔뜩 하는 거야."

주인아저씨도 아주머니도 같은 말을 하였다.

“자, 아이비. 더 응석부려도 되니까.”

드루이드 씨가 주인아저씨와 아주머니의 말에 편승하였다. 왜인지 잔뜩 공격받는 기분이다.

“으음, 열심히 해보겠습니다.”

“응석을 열심히 한다니, 정말로 아이비는 너무 착한 거 아냐?”

언니가 머리를 거칠게 쓰다듬어주었다.

“무슨 일이야? 드루이드? 아이비도 같이 왔나.”

“형, 잠깐 들렀어.”

“……그래, 잘 왔다.”

“아……. 고마워.”

조금 긴장감 있는 인사를 주고받는 두 사람을 보며 다들 기쁜 듯이 웃었다. 왜인지 조금 낯간지러운 기분이 드네.

“들어봐, 들어봐!”

언니가 그 분위기를 날려버리며, 나와 드루이드 씨의 이야기를 보고했다. 조금 놀란 표정을 한 드루우카 씨도 곧 기쁜 듯이 ‘돌아오거든 여행 이야기를 들려줘’라고 드루이드 씨와 약속을 나누었다.

그 날은 그 분위기 그대로 같이 저녁을 먹게 되었고, 아주머니와 드루우카 씨와 드루이드 씨와 내가 저녁을 지었다. 왜인지 돕는 것은 드루우카 씨. 참고로 언니도 있긴 하지만, 드루우카 씨에게 지시를 내리는 역할이었다. 정말로 드루우카 씨는 변했구나~. 두 사람의 모습을 보면서 드루이드 씨와 소곤소곤 말하였다. 그게 들린 건지 아주머니가 '정말로 많이 변했어'라고 가르쳐주었다.

드루우카 씨와 언니의 분위기는 이전보다도 부드러운 인상으로. 전에는 볼 수 없었던 두 사람의 세계가 있었기에 조금 얼굴이 붉어졌다.

저녁식사를 마치고 느긋하게 쉬는 시간. 언니에게 고개를 숙였다.

"언니, 미안해요."

"어? 어? 뭐야? 왜 미안하다는 거야? 아이비, 고개 들어."

계속 사과하고 싶다고 생각한 마음이 앞서서 설명을 생략했기 때문에 언니를 혼란하게 만들었다.

"저기, 쌀과자 말인데요, 전혀 협력하지 못해서."

같이 생각하자고 그랬는데, 전혀 떠오르질 않아서. 여행 준비도 바빠져서.

"에이, 하나도 신경 안 써. 원래는 내가 스스로 해야 할 일이니까!"

"하지만 협력한다고 말했는데……."

계속 마음에 걸렸던 일이다. 같이 만들자고 말해주었는데 아무것도 떠올리지 못했고. 요리 교실도 좀 여유가 생겼으니, 지금은 언니와 아주머니가 계속하고 있지만 나는 거기서 손을 놨고.

“정말로 신경 안 써. 여태까지 도와준 것만으로도 충분하니까. 게다가 요리 교실도 순조로워. 고정손님도 생겨서 안정된 수입이 만들어졌고.”

그랬나. 그거 대단하네.

“언니, 대단하네요!”

“고마워. 하지만 아이비도 대단하니까.”

“네?”

“아이비가 없었으면 요리 교실을 생각할 수도 없었어. 아이비가 있었으니까 요리 교실을 할 수 있었던 거야.”

이 세계에는 요리 교실이라는 것이 없다고 들었다. 그러니까 그걸 떠올리지 못한 건 어쩔 수 없다. 나도 전생의 기억이 없었으면 생각도 못 했겠지.

“아이비가 계기들을 만들어준 거야. 감사하고 있어.”

“그래, ‘쌀’의 보급에 성공한 것도 아이비가 있었기 때문이야. 덕분이 이 마을이 버텨낼 수 있었지. 고맙다.”

언니의 말에 이어서 주인아저씨에게도 감사의 말을 들었다. 다들 마음이 착하다. 지금의 마음을 잘 전하고 싶다.

“으음, 여러분과 많은 일을 함께 겪으면서 즐거웠습니다. 고맙습니다.”

뭐라고 해야 좋을지 모르겠기에 간단한 말이 되었다. 말로 하기란 어렵다. 그래도 내 마음을 헤아려준 걸까, 언니가 가만히 머리를 쓰다듬어주었다.

"드루이드와 아이비가 돌아오는 걸 기다릴 테니까."

"네!"

돌아오는 걸 기다려주는 사람이 있다는 건 기쁘다. 여행 준비를 해야 하니까 너무 늦기 전에 드루이드 씨의 집으로 돌아가게 되었다.

"언제 출발할지 가르쳐줘. 잘 자고."

"예. 안녕히 주무세요."

집 바깥까지 배웅을 나온 이들에게 손을 흔들며 드루이드 씨의 집으로 향했다.

"아이비, 내일 집을 팔 준비를 할게. 아마 사흘 정도면 결과가 나올 거야."

"그렇게 빨리 팔리나요?"

"업자가 팔 수 있다고 판단하면 매입해주니까. 그게 무리라면 느긋하게 기다리게 되려나."

"느긋하게……."

여행에 나서는 게 늦어진다는 소리인가?

"업자에게 팔 수 없으면 관리를 아버지에게 부탁해서 팔릴 때까지 지켜봐달라고 해야지."

"폐를 끼치겠네요."

"그래. 하지만 괜찮을 거야. 가격을 정하지 않고 저쪽이 부르는 가격으로 팔 예정이니까."

응? 그러면 드루이드 씨가 손해 보는 거 아닌가?

"지금 이 마을에는 인구가 갑자기 불어났으니까 집값이 오르고 있어. 내 집 주변도 이전보다 비싸게 거래되고 있는 걸 확인했으니까, 손해는 안 볼 거야."

역시나 빈틈이 없네.

"그럼 집이 팔리면 출발이네요."

"아이비."

"네."

"마석 감정을 의뢰했던 걸 잊지 않았어?"

아, 그랬다. 드루이드 씨의 스승을 경유해서 부탁해놓았지.

"언제쯤 감정 결과가 나올까? 스승님 쪽도 좀 바쁜 모양이었는데."

"독촉하기도 미안하니까요."

"그래."

어쩌지? 너무 늦어지면 예정이 망가진다. 어라? 누가 이쪽으로 다가오는 소리가 들렸다. 조금 급한 느낌이다.

멈춰 서서 뒤를 돌아보았다. 내 그런 모습에 드루이드 씨도 나와 마찬가지로 뒤를 보았다.

""아.""

잠시 뒤에 보인 것은 뛰어오는 드루가스 씨의 모습. 드루가스 씨는 드루이드 씨와 내 모습을 보고 조금 떨어진 곳에 멈춰섰다.

208화 혼자만 말하고?

"""""…………."""""

저기, 뭘까, 이 침묵? 드루이드 씨도 드루가스 씨도 굳어버린 것처럼 움직이지 않고. 드루가스 씨는 대체 뭘 하러 온 걸까? 혹시 우연히 이 길을 달리고 있었을 뿐?

아니, 그건 아니겠지.

"""""…………."""""

내가 움직이지 않으면 계속 이런 상황이 이어질 것만 같다.

"저기, 드루가스 씨. 무슨 일 있으신가요?"

"……아니……."

뭐야, 그것뿐? 그럼 우리 이제 가도 돼?

"저기, 하실 말씀 없으면 저희는 갑니다?"

"잠깐만! 아, 아니. 저기……."

드루가스 씨, 여태까지랑 조금 다르네. 오늘은 그 독살스러움이 전혀 느껴지지 않는다. 그의 모습을 보니, 뭔가 말을 하고 싶지만 좀처럼 말이 나오지 않는 모양이다. 주위를 둘러보니, 조금만 더 걸어가면 자유롭게 이용 가능한 나무 의자가 있다. 거기라면 드루가스 씨도 말하기 쉬울까? 드루이드 씨에게 의견을 물어보려고 그를 보자, 이마에 주름이 잔뜩.

"드루이드 씨, 이마가 무시무시해요. 지금도 충분한데 주름이 더 늘어나면 늙어…… 주름 안 없어져요."

"아이비, 내가 그렇게 늙어보여?"

드루이드 씨가 손으로 이마의 주름을 폈다. 역시 신경 쓰고 있나? 앞으로는 말을 조심해야지.

"네. 아, 아뇨, 그렇지 않아요."

아차, 무심코…….

"솔직한 건 좋지, 분명히."

"헤헤헤."

웃으며 대충 넘기자!

"저기……."

드루이드 씨와 이야기하고 있자, 조심스러운 목소리가 들렸다. 아, 드루가스 씨를 까맣게 잊어버리고 있었다. 그러고 보면 오늘은 드루가스 씨의 이름이 쉽게 튀어나왔네. 나도 드디어 외운 모양이다. 다행이야.

"저기 벤치를 빌려서 이야기를 하고 오면 어떨까요?"

내가 가리키는 방향을 둘이서 확인하였다.

"……형, 어때?"

드루이드 씨가 조금 긴장 띤 목소리로 드루가스 씨에게 묻자, 드루가스 씨도 고개를 끄덕였다. 다행이다. 뒷일은 둘이서 이야기할 뿐이겠지.

"아이비도 같이 있어줘."

드루이드 씨가 똑바로 나를 쳐다보았다.

"나도 부탁하지."

거절하려고 했는데, 드루가스 씨도 부탁하였다. 저 드루가스 씨가 부탁을 하다니.

"네. 알겠습니다."

이 분위기라면 저번처럼 험악한 분위기가 되지도 않겠지? 그 분위기는 무서워.

어라? 권하는 대로 의자에 앉았는데, 이 순서는 좀 이상하지 않아? 왜 내가 한가운데에 앉아있지? 뭐, 벽이 있는 편이 말하기 쉽다면 협력하겠는데……

""…………….""

그러니까 아무 말도 없으면 안 된다니깐요.

"드루가스 씨."

"그래."

나의 조금 큰 목소리에 드루가스 씨가 꿈틀 몸을 떨었다. 으음, 그렇게 반응하면 조금 슬픈데.

"무슨 일 있었나요?"

"딱히……. 아니군. 그게 말이지."

"네."

드루가스 씨는 시선을 이리저리 돌리면서 말을 찾는 눈치였다. 반대쪽의 드루이드 씨는 드루가스 씨가 평소와 다르다는 걸 간신히 깨달았는지 놀란 표정을 하였다. 눈치가 너무 없어.

"미안했다."

""어?!""

너무나도 갑작스럽게 사과하기에 드루이드 씨와 함께 놀랐다. 설마, 저, 저 드루가스 씨가 사과를 하다니. 슬쩍 뺨을 꼬집어보았다.

"아야."

"아이비, 왜 그래?"

"아뇨, 아무것도 아닙니다."

드루이드 씨만이 아니라 드루가스 씨도 이상하다는 시선을 보내왔다. 부끄러워져서 슬쩍 시선을 내렸다.

"나한테는 친구가 딱 한 명 있어."

드루가스 씨에게도 친구가 있구나. 왠지 좀 마음이 놓였다.

"재배 스킬을 가졌고 별이 세 개."

으음, 역시 친구도 별인가? 그렇긴 해도 별이 세 개, 꽤 대단한 사람이다.

"우리는 별만 있으면 뭐든지 할 수 있다고 믿었고."

나도 어렸을 적에는 그렇게 생각하였다.

"그러니까 녀석이 쌀밖에 못 키우는 장소에서 성공하겠다고 말했을 때에도 응원했다. 금방 성과를 내놓을 거라 생각했지. 하지만 스킬 따윈 전혀 도움이 되지 않았어. 별이 세 개 있어도 의미가 없었지."

그럼 왜 그렇게 별에 집착한 거지?

"하지만 그걸 인정하면…… 인정해버리면 녀석이 망가질 것 같았어."

혹시 완고하게 별에 집착했던 것은 친구 때문에? 그러고 보면 주인아저씨가 말했지. 그 장소로 이주한 이들 중 대부분은 이미 자기 인생을 체념했다고. 범죄에 발을 담가서 노예가 되는 이도 많다고.

"어떻게든 노력하려는 때에 드루이드가 모험가로 큰 일을 성공시켰지."

드루가스 씨가 드루이드 씨를 보았다.

"별이 적어도 성공할 수 있다고 내 눈앞에 들이댄 기분이었다. 분해서. 나는 친구 하나도 못 구했는데."

여러 일이 겹쳤던 걸지도 모르겠네. 그게 드루가스 씨의 마음을 굳게 닫아버렸다.. 그렇긴 해도 너무 심하다고 생각하지만.

"별이 있어도 의미가 없다. 사실은 알고 있었어. 하지만 절대로 인정하고 싶지 않았어."

그렇게 주위를 위협했던 것은 스스로를 지키기 위해서? 길드마스터의 말처럼 사실은 꽤 소심한 걸지도 모르겠네. 그러니까 소리 지르는 방법밖에 없었던 거야.

"하지만 그 녀석은 웃었어."

그 녀석? 친구 말인가?

"주먹밥을 먹고 기쁜 듯이 웃었지. 오랜만에 그런 얼굴을 봤어."

말하던 드루가스 씨가 갑자기 일어서서 우리 쪽으로 몸을 돌리며 섰다.

"미안했다. 그리고 감사하고 있다."

""아.""

드루가스 씨는 자기 할 말만 하고 달려가버렸다.

"드루가스 씨의 얼굴, 새빨갰지요."

"그래, 형의 그런 얼굴을 보는 건 처음이야. 그리고 다리가 조금 꼬인 것 같던데."

"네."

달려가는 뒷모습이 도중에 비틀거렸다. 아마도 부끄러움과 긴장으로 몸이 굳어버린 탓이겠지.

"저기, 드루이드 씨."

"응? 왜?"

"드루가스 씨는 무슨 말을 하고 싶었던 걸까요?"

왠지 모르게 그 마음은 이해하겠지만…….

"으음~, '쌀'밖에 못 키우는 곳에서 농사를 짓는 친구가 '쌀'을 먹을 수 있다고 알고 기뻐했다는 소릴까?"

역시 그런 걸까.

"그리고 친구가 쌀농사로 성공할 것 같으니까 '고맙다'는 소리겠지."

"그런 거지요?"

드루이드 씨와 얼굴을 마주보았다. 그리고 둘이 동시에 웃음을 터뜨렸다. 드루가스 씨의 그 뒷모습을 보면 꽤 창피했다는 건 알겠지만, 그렇다고 해도 좀 더 알기 쉽게 말해줬으면 싶은데.

"좋은 방향으로 흘러갔다고 생각하면 될까요?"

"그렇겠지. 부모님도 안심하실 거야."

드루이드 씨가 쓴웃음을 지었다. 그는 오랫동안 심한 말을 듣고 살았으니까, 바로 용서할 수는 없을지 모르지만.

"여행에서 돌아오거든 느긋하게 이야기할 수 있을지도 몰라요. 형제 셋이서."

조금 시간이 지나면 분명 다시 시작할 수 있을 거다.

"……그래. 그것도 좋겠어."

209화 언젠가……

“그렇게 기분 나쁘게 구는 드루가스는 처음 봤어!”

아무래도 어젯밤에 드루가스 씨는 가족들에게도 여태까지의 일을 사과한 모양이다. 그 결과 언니가 아침부터 드루이드 씨 집의 문을 두들기게 되었다. 졸린 눈을 비비면서 이야기를 들었다.

“너무 비틀린 거 아냐? 사실은 알고 있었다고? 그럼 더 일찍 태도로 보여야지! 물러나래야 물러날 수 없게 되었다고? 나더러 어쩌라고!”

언니의 푸념이 끝이 없다. 드루이드 씨와 시선을 교환하며 쓴웃음을 지었다.

“용기가 필요했던 거라 생각해요.”

“분명히 그런 상태까지 악화되었으니까 그건 인정할게. 하지만 자업자득이잖아.”

“뭐, 그렇지만요.”

하품이 나오려는 것을 간신히 참았다. 어젯밤에는 여행 준비를 하느라 좀 늦게 잤다. 드루이드 씨는 괜찮은 모양이지만, 나는 꽤 졸렸다. 마음을 놓으면 눈이 감길 것만 같다.

“이야기를 들어보니 드루이드랑 아이비에게 사과하고 왔다고 그러고. 사실인지 확인해보니까, 사과는 했는데 도중에 도망쳤다고 하고. 바보라곤 생각했지만, 그렇게 나약해빠진 놈인지는 몰랐어."

심한 말이 연잇네. 우우, 눈꺼풀이 무겁다.

"아버님과 어머님은 뭔가 느끼고 계셨던 모양이야. 그걸 몰랐던 나는 아직 멀었던 거지. 그보다 드루가스가 왔을 때 무섭지는 않았어, 아이비?"

나? 아, 이런, 잠깐 의식이.

"괜찮았어? 무슨 짓 안 당했어?"

어어, 무슨 이야기지?"

"무슨 짓 당했어?"

"괜찮습니다, 형수님."

"네, 괜찮아요."

무슨 이야기인지 모르지만, 드루이드 씨가 괜찮다고 하니까 괜찮은 거겠지.

"정말로?"

"네."

언니가 크게 한숨을 내쉬었다.

"드루가스가 그렇게 고집을 부리게 된 이유는 모를 것도 아냐."

어?

"문제의 땅을 산 사람들이 사실 길드는 쌀밖에 나지 않는 걸 알고 있지 않았냐고 떠들었거든. 길드 사람들이 제대로 대응해서 어떻게든 수습되었지만. 그 일을 일부 마을사람들이 좋게 여기질 않았어. 난동을 부리고 집에 불을 지르고 해서 좀 난리였어."

그런 일이 있었나.

"드루가스의 친구라는 사람, 그 땅에 이주한 뒤로 계속 고생해 왔어. 이건 어머님에게 들은 정보. 내가 보기로는 별이나 자랑하는 좀 밉살스런 사람이었는데. 하지만 실패가 계속되어도 어떻게든 해보려 했던 건 알아. 나도 조금 존경할 정도로 노력했거든. 하지만 집에 있을 때에 습격을 당했어."

그건 엄청 무서웠겠네. 나라면 분명 트라우마가 된다.

"그전부터 드루가스에게는 생각하는 바가 있었지만, 그 뒤로는 정말로 무슨 생각을 하는지 모를 애가 되었어. 분명 친구를 지키려고 필사적이었겠지."

언니는 다시금 한숨을 쉬었다.

"그렇기는 해도 너무 비틀렸고 너무 길었어. 20년이냐, 20년. 아니, 더 젊었을 때부터 비틀렸으니까 30년? 40년? 어느 쪽이든 너무 길어!"

이해는 하지만 납득은 못 한다는 느낌일까. 뭐, 20년이라도 긴데 30년이나 40년이면…….

"하지만 내 남편도 40년 가깝게 비틀렸으니까, 뭐라 말할 처지는 아니지만."

언니가 어깨를 으쓱이자, 또 문을 두드리는 소리가 들렸다. 드루이드 씨가 현관으로 나갔다.

"드루이드는 좀 어때? 드루가스한테 뭐라고 했어?"

아무래도 언니는 드루이드 씨가 걱정되어서 온 모양이다. 그는 안 좋은 감정이나 분노를 자기 안에 숨기는 타입이다.

"괜찮을 거예요. 다만 좀 당혹스럽다는 분위기이긴 해요."

"그래. 드루이드는 자기감정을 숨기니까."

역시 알고 있었나 보다.

"미안해. 가족 내부의 문제에 끌어들여서."

"아뇨, 괜찮아요."

발소리가 이쪽으로 다가왔다. 드루이드 씨 말고도 한 명 더 있는 모양이다.

"역시 여기 있었군, 시리라."

"어머, 드루우카잖아. 어떻게 여기에?"

"어떻게냐니, 아침에 일어나보니 안 보여서 놀랐잖아."

설마 무단으로 왔다니.

"어? 어머님에게는 말했는데."

"뭐? 어디에 갔냐고 물어봤더니 모른다고……."

아주머니가 그런 거짓말을?

"혹시 무슨 일을 하시느라 못 들으셨나?"

"아, 가게 준비 중이시긴 했어."

"그건 당신이 잘못한 거네."

"그러네."

역시나 부부. 무슨 소리를 하는 건지 전혀 모르겠다. 내가 두 사람의 대화에 고개를 갸웃거리고 있자, 언니가.

"어머님은 뭔가에 집중하면 무슨 말을 해도 대충 대답하시거든. 그래서 몇 번 고생했는지."

그렇구나. 아주 착실한 인상인데.

"전부터 그랬지."

드루이드 씨도 쓴웃음을 지었다. 겉모습으로 판단하면 안 된다는 소릴까. 뭐, 그 대표 같은 사람이 눈앞에 있지만. 언니를 보니 '왜 그래?' 라며 고개를 갸웃거렸다. 정말로 첫인상은 어딘가 여려서 지켜주고 싶은 느낌인데, 입을 열면 완전 딴판이지. 사람을 외모로 판단하면 안 된다고 실감하게 된다.

"드루이드."

"응?"

"드루가스 말인데, 용서하기 어렵기도 하겠지. 나한테도 그렇겠지만."

"아니, 그런 건."

"무리하지 않아도 돼. 나라면 그랬을 테니까."

"……."

"언젠가, 드루이드가 마음 편해질 때에 같이 한 잔 하자. 기다리고 있을 테니."

"……음."

현관에서 두 사람을 전송했다. 왠지 어젯밤부터 태풍에 시달린 듯한 기분이다. 옆에 선 드루이드 씨를 보니, 곤혹과 불안, 하지만 때때로 기쁨, 그런 것이 섞여서 뭐라 말하기 힘든 표정을 하고 있다. 분명 여태까지의 일이나 앞으로의 일을 생각하는 거겠지. 드루이드 씨의 손을 꼭 잡았다.

"어?"

"아침식사를 하지요. 졸리긴 하지만, 배도 고파요."

"그래. 그럴까."

천천히, 서두르지 말고 마음을 정리하다보면 언젠가 분명 서로 웃는 날이 올 거다.

"안녕하세요."

"오오, 미안하구나. 이런 데에 불러내서."

드루이드 씨의 스승에게서 연락이 온 것은 아침을 먹던 때, 아무래도 오늘은 계속 바쁜 모양이다.

"스승님, 안녕하십니까."

"……드루이드, 무슨 일 있었나?"

"예? 아뇨, 아무것도."

역시나 스승, 예리하네.

"……그런가. 부탁했던 마석의 감정 결과가 나왔다. 이거다."

서류를 받아서 심호흡을 한 뒤에 읽어보았다. 붉은 마석은 아마도 저번의 SSS 레벨의 마석 정도라고 생각한다. 문제는 투명한 마석. 그건 대체 뭘까.

첫 번째 서류는 붉은 마석이고 SSS라고 적혀있었다. 역시 이 레벨인가. 뭔가 커다란 문제가 일어나서 꼭 필요해지기 전에는 가방 속에 조용히 묻어두자. 다음 서류로 시선을 주었다.

[투명도 SSS레벨 마석의 종류 : 변화]

변화의 마법이란 게 있어? 아니, 뭘 변화시키는 거지?

"모르겠다. 조사해보았지만, 문헌에도 그런 마석은 등장하지 않고 변화 마법 같은 것도 없었다."

즉 뭔가를 변화시킬 수는 있지만, 뭘 변화시킬 수 있는지 모른다는 소린가. 으음, 레벨은 SSS. 변화인가.

"시엘을 조그맣게 만들 수 있다면 좋겠는데요."

""뭐?""

"예? 아뇨, 작아지면 마을이든 어디든 같이 있을 수 있으니까요."

그러면 분명 겨울 동안에도 안심이겠고.

"그게 가능할까? 아니, 아무리 그래도……."

"단언할 수는 없습니다. 소라는 아이비를 위해 이것저것 해왔지요. 프렘도 아이비의 바람에 응하려 한 게 아닐까요?"

"그렇군."

스승과 드루이드 씨가 진지하게 이야기하지만, 그건 아니겠지. 아무리 그래도 생물을 마법으로 키우거나 줄인다니, 말도 안 돼.

210화 변화

"정말로 시험하는 건가요?"

"조금만 해보자. 부탁하마."

드루이드 씨의 스승을 노려보자, 그는 두 손을 모으며 내게 고개를 숙였다. 시엘에게 변화 마법을 확인해보고 싶다는 모양이다.

"시엘에게 무슨 일이 생기면 어쩔 건데요?"

"시엘이 싫어하거든 그만둘 테니까. 아니, 시엘이 싫어하면 우리 같은 건 순식간에 날아갈 테니까."

"괜찮아. 절대로 무모한 짓은 안 할게."

스승과 드루이드 씨가 거듭 설득하는 바람에 시엘을 찾으러 숲에 왔다. 혹시 정말로 작게 변화시킬 수 있다면 계속 같이 있을 수 있다고 머릿속 한구석으로는 생각하기도 했기 때문이다.

"괜찮을까?"

"시엘에게 확실히 허가를 받은 뒤에 할 테니까."

내 걱정은 변화 마법을 써서 시엘에게 무슨 문제가 생길까 하는 것이다. 두 사람 다 변화 마법을 모른다고 했고. 우우, 역시 오지 말걸 그랬어. 틀렸다. 머릿속이 엉망진창이다. 고민하고 있으니 어깨에 멘 가방이 부스럭부스럭 움직였다.

"아, 미안. 지금 꺼내줄게."

가방에서 소라와 프렘을 꺼냈다.

"뿟뿟뿟뿌뿌~."

"떼떼떼떼류~."

뭐지? 두 마리 다 여태까지 본 적 없을 정도로 기분이 좋다. 무슨 일 있었나?

"왠지 기분 좋아 보이는데?"

"드루이드 씨도 그렇게 생각하세요?"

"그래."

둘이서 고개를 갸웃거리며 두 마리를 바라보았다. 우리의 시선을 느꼈는지, 두 마리가 동시에 부르르 몸을 떨었다. 역시 꽤나 기분이 좋은 모양이다.

"왜 그래? 뭐 이상한 거라도 있나?"

스승이 두 마리를 보면서 물었다.

"아뇨, 기분이 좋은 모양이라서 무슨 일 있나 하고요."

"헤에~, 슬라임의 기분을 아나. 대단하군."

스승의 말에 고개를 갸웃거렸다. 그러고 보면 전에도 대화라고 할까, 의사소통이 가능한 것을 대단하다고 그랬는데.

"저기, 보통 슬라임은 어떤 느낌인가요?"

"음, 테이밍한 사람에게만 들리는 소리가 있다는 게 유명하지. 그리고 무표정."

테이밍한 사람에게만 들리는 소리? 무표정? 뭐? 무표정? 일단 하나하나 확인해보자.

"어떤 소리를 내나요?"

"나도 들어본 적이 없으니까 설명하긴 어려운데, 머리에 소리가 울려서 배가 고프다고 알려준다나."

"배가 고프다고 알려준다?"

소라와 프렘을 보았다. 한 번도 그런 소리를 들은 적이 없다.

"들어 본 적 있을 거 아냐?"

"아뇨, 전혀."

"""뭐?"""

없지? 생각해보았지만, 역시나 없다.

"배가 고프다고 어떻게 전하는데?"

"소라는 포션이 들어있는 가방에 몸을 부딪치고, 프렘은 얼굴을 부풀리면서 몸을 굴리는 걸 최근 배웠어요."

"……그것도 참 신기하군. 그런 건 심상치 않아."

"그렇군요. 지금 처음 알았어요. 슬라임이 우는 건 이상할 것 없지요?"

"좀 드물긴 하지만, 있긴 하니까. 다만 소라, 프렘, 한 번 울어봐라."

"뿟뿌뿌~"

"떼류류~."

"이렇게 귀여운 소리가 아냐. 내가 들은 건 더 낮은 소리였다."

낮은 소리인가. 두 마리는 말하자면 높은 울음소리지. 뭐, 울음소리 정도야 어떻게 넘길 수 있으려나.

"시엘이 오는 모양이에요."

"떼류류~. 떼류류~."

어? 왜 그러지? 평소에는 별로 흥미를 보이지 않는 프렘이, 시엘이 왔다는 사실에 기뻐하고 있다.

"냐옹."

"시엘, 안녕. 미안해, 이런 시간에."

"냐옹."

그르르 소리를 내며 온몸을 내게 바짝 붙였다. 왠지 시엘도 오늘은 기분이 좋네. 나한테 너무 매달리는 바람에 넘어질 뻔한 것을 드루이드 씨가 다급히 받아주었다.

"저기, 시엘. 좀 살살 부탁할게."

"냐~옹."

아, 조금 기분이 상했네.

"온몸으로 기뻐해주는 건 좋지만, 미안해. 내가 아직 체력이 없으니까."

"뉴~?"

"응? 걱정해주는 거야? 괜찮아."

아~, 귀엽네. 시엘의 얼굴을 쓰다듬고 있자, 시야 구석으로 슬금슬금 다가오는 드루이드 씨의 스승. 시선을 돌리자 완전히 풀어진 얼굴이라서 좀 기겁하게 된다.

"스승님, 보기 안 좋습니다."

"그런 말은 너무하지 않냐. 아니, 아이비까지 그런 반응인 건 그렇지 않아?"

"아뇨, 조금 얼굴이……. 아뇨, 아무것도 아닙니다."

"보십시오, 스승님. 아이비도 스승님의 얼굴이 엄청 보기 흉하다잖습니까."

"그런 생각까진 안 했어요!"

어라? 말을 잘못했나?

"아니, 너희들 말이지~."

성대하게 한숨을 내쉬는 스승. 요즘 말실수가 많아졌네. 조심해야지.

시엘의 허가를 얻어 스승이 시엘을 쓰다듬었다. 아~, 얼굴이 또…… 앗.

"풋."

옆에 있던 드루이드 씨가 시엘의 행동에 무심코 웃음을 터뜨린 모양이다.

"시엘, 얼굴을 앞다리로 누르면 안 돼."

그래, 드루이드 씨의 스승의 얼굴이 풀어졌다고 생각했더니만, 시엘이 앞다리로 그 얼굴을 누른 것이다. 마치 보기 싫다고 말하듯이. 아니, 분명히 보고 있으면 기분이…… 불쾌…… 좀 그렇지만. 그렇다고 해서 앞다리로 숨기는 것도 아니잖아.

"시엘까지 너무하잖아!"

스승이 히죽거리면서 화냈다.

"저건 안 되겠네. 이미 늦었어."

드루이드 씨의 말에 무슨 소린가 묻고 싶지만, 왠지 이해가 되기에 입을 다물었다. 분명히 이것저것 문제다. 시엘도 그 얼굴을 보고 거리를 두려고 한다. 마물에게도 거절당하는 얼굴이라니 어떤 의미로 무섭다.

"자, 시엘. 오늘은 부탁이 있어서 왔다. 아이비."

"시엘, 싫거나 안 되겠다 싶으면 바로 걷어차 버려."

가방에서 투명한 마석을 꺼내어 바라보았다. 흐림 하나 없이 투명한 마석. 걱정이지만…… 음?

"저기."

"괜찮아, 강요는 안 해."

“아뇨, 그게 아니라. 변화의 마석을 발동하는 방법은 알고 계신가요?”

““…….””

스승과 드루이드 씨가 입을 다물었다. 아무래도 두 사람 다 모르는 모양이다. 그도 그렇겠지. 완전히 미지의 마법이니까 알 리가 없다.

“중요한 걸 놓치고 있었군.”

“그렇군요.”

두 사람 다 자기 생각에 흥분해서 깡그리 잊어버린 모양이다. 너무 나갔다.

“냐옹.”

“미안해, 시엘. 일부러 와줬는데, 아! 시엘!”

내 다급한 목소리에 두 사람이 이쪽을 돌아보았다. 그리고 눈을 크게 치떴다.

“시엘, 그건 안 돼. 마석이니까 뱉어!”

무슨 생각인지 시엘이 내가 가진 마석을 삼켜버렸다. 다급히 등을 두들겼지만, 시엘은 태연하였다.

“어떻게 하죠, 드루이드 씨?”

“진정해, 시엘이 스스로 삼킨 거니까 괜찮겠지.”

그건 그렇지도 모르지만, 그래도 마석을 통째로 삼키다니.

“떼류류~.”

시엘 주위를 프렘이 데굴데굴 굴러다녔다.

"괜찮아?"

"냐옹."

괜찮은 모양이지만, 역시 시험해보지 말걸 그랬다. 시엘이 갑자기 부르르 몸을 흔들었다. 거기에 놀라서 몇 걸음 뒤로 물러나자, 시엘의 몸에서 빛이 흘러나왔다.

"시엘!"

역시 하지 말걸 그랬다. 어쩌지. 그 빛에 팔로 눈을 가리고 있자, 잠시 뒤에 빛이 잦아들었다. 가만히 팔을 내리고 시엘을 보았다.

"어?"

"오!"

"아하, 그런 거군."

"뿟뿟뿟뿌~."

"떼류~ 데류~."

시엘이 있던 곳에는 한 마리 슬라임의 모습. 게다가 아단다라무늬다.

"그렇군, 작게 변화하는 게 아니라 슬라임으로 변하는 건가."

스승의 말에 내 눈이 정상이라는 것을 알았다.

"냐옹."

슬라임으로 변해도 울음소리는 그건가. 그런 점에 묘하게 감동하였다. 그렇긴 해도.

"하아, 무사해서 다행이야."

가만히 쓰다듬으려는데 또 시엘이 빛났다. 다만 방금보다는 빛이 부드러웠다.

"냐웅."

""""아!""""

방금 전의 슬라임 모습에서 조금 형태가 변하였다.

"귀엽네……."

슬라임에 귀와 꼬리가 있다. 설마 이런 변화도 가능하다니.

"이건 이거대로 좋군."

스승의 말에 말없이 몇 번이나 끄덕였다.

"하지만 이건 아무리 그래도 슬라임으로는 안 보이지 않습니까?"

아, 그건 그래.

"아쉽지만 시엘 ——"

"아니, 문헌에는 돌기물이 있는 슬라임의 이야기도 있었을 거야."

돌기물? 시엘을 보았다. 귀와 꼬리는 돌기물이라고 둘러대면 될까?

"아니, 스승님, 아무리 그래도 그건 무립니다."

무리인가. 아쉽네.

"괜찮아, 괜찮아. 게다가 시엘이 슬라임이 되었다고 해도 밖을 자유롭게 나돌아 다닐 수는 없잖아? 이 무늬는 꽤나 특수하니까."

무늬? 분명히 아단다라 때의 무늬가 그대로 있다. 하지만 이걸 바꿀 수 있다면 마을 안에서도 가방 밖에 꺼내줄 수 있지 않나?

"시엘, 몸의 무늬를 바꿀 수는 있어?"

내 질문에 몸을 좌우로 흔드는 시엘. 아쉽네, 그건 안 되나. 그럼 마을 안에서도 자유롭게 꺼내줄 수는 없어.

"무리인가. 그럼 지금처럼 귀가 있는 상태라도 문제없겠지. 아이비도 귀여운 편이 좋겠고."

분명히 숨겨야만 한다면 지금 모습이 좋겠네. 귀와 꼬리! 진짜 귀엽다.

211화 조금 더

"신기한 광경이군."

스승의 말에 드루이드 씨도 웃고 있다. 그 시선 앞에는 세 마리의 슬라임. 나란히 놓고 보니, 시엘이 변화한 슬라임이 아주 조금 더 크다. 게다가 몸의 무늬는 시엘의 원래 것 그대로에다가, 꼬리와 귀가 있기 때문에 좀 신기한 존재로 보인다.

"시엘의 무늬를 가진 슬라임이 존재할까요?"

특수한 무늬라고 했지만, 혹시 더 있을까? 내 질문에 두 사람이 생각에 잠겼다. 잠시 뒤에 스승이 고개를 내저었다.

"없을 거야. 슬라임은 비교적 보는 기회가 많지만, 저런 얼룩무늬는 본 적이 없어."

얼룩? 저건 표범 무늬에 가까울 텐데.

"저런 무늬의 마물은 있나요?"

"아단다라 말고?"

"네."

"으음, 나는 모르겠군. 다만 나도 모든 마물을 아는 건 아니니까, 없다고 장담은 못 하겠는데."

"이 근처에는 없다는 소리군요."

"그래. 이 주변 마을들의 정보라면 내가 또 빠삭하지."

든든하다.

"고맙습니다."

세 마리의 모습을 지켜보고 있자, 소라가 시엘에게 쭉쭉이 운동을 가르치는 모양이다. 소라가 위아래로 쭈욱 몸을 뻗자, 시엘도 그걸 따라하고 있다. 그 옆에서 프렘도 같이 몸을 뻗다가 왜인지 옆으로 데구르르 굴렀다.

"프렘은 살짝 얼빠진 구석이 있군."

드루이드 씨의 말에 쓴웃음을 지었다. 분명히 최근에는 몸이 제대로 만들어져서 뛰어오를 수도 있을 텐데, 아직도 굴러서 이동한다. 몇 번이나 뛰는 모습을 보았지만, 아무래도 자기가 생각하는 곳에 도달할 수 없는 모양이다. 얼빠졌다기보다도 둔하다.

"좀 궁금해졌는데."

드루이드 씨의 말에 시선을 향했다. 왠인지 진지한 표정이라 놀랐다.

"투명한 마석이 무슨 효과를 일으킬지, 소라와 프렘, 그리고 시엘은 알고 있었던 것 아닌가?"

"네?"

"드루이드도 그렇게 생각하나?"

드루이드 씨의 스승도? 내가 의아한 마음으로 두 사람을 교대로 보고 있자, 그 시선을 알아차린 드루이드 씨가 가르쳐주었다.

"세 마리 다 꽤나 기분이 좋아보였잖아?"

분명히 가방에서 꺼냈을 때, 평소와 다르니까 조금 불안함을 느꼈다.

"지금 와서 돌이켜보면 무슨 일이 일어날지 알고 있었으니까 기분이 고양되었던 거라 생각해."

그렇구나, 분명히 그럴지도.

"시엘이 변했을 때, 소라도 프렘도 놀라는 기색이 없이 기뻐했으니까~. 분명히 그 마석으로 슬라임으로 변한다는 걸 알고 있었겠지."

드루이드 씨의 뒤를 따라서 스승도 그렇게 말했기에 생각해보니, 시엘이 변했을 때에는 너무 놀라서 주위를 볼 여유가 없었다. 그 상황에서 주위를 확인하는 스승은 대단하네.

"아이비, 잘 되었네. 이걸로 마을이든 어디든 같이 들어갈 수 있고, 여관에 같이 묵을 수도 있겠어."

스승의 말에 고개를 갸웃거렸다. 마을에 같이 가는 건 무리 아닌가?

"무늬가 있으니까 안 되지 않나요?"

"응? 아, 표현이 좀 안 좋았군. 미안하다. 시엘의 무늬는 가방에 넣으면 남의 눈에 안 띌 테니까 문제없겠지. 여태까지 저 아이들도 들키지 않게 넣고 다녔지?"

"네."

"그럼 마을에 같이 들어가도 문제없겠지."

분명히 스승의 말이 맞다. 왜 그렇게 간단한 생각을 하지 못했을까?

"어쩐 일이야, 아이비가 그런 생각을 못 하다니. 시엘 걱정 때문에 피곤했어?"

드루이드 씨가 걱정하듯이 머리를 쓰다듬어주었다. 피곤했다? 뭐, 마석을 삼켰을 즈음부터는 가슴이 벌렁댔지만…….

"아이비의 주위에는 비일상이 넘쳐나는군."

스승의 즐거운 분위기에 살짝 눈총을 날렸다.

"기쁘지 않아요!"

"오오, 미안, 미안."

전혀 미안하다고 생각하지 않는 얼굴로 사과가 돌아왔다. 이 분이 이러는 건 어쩔 수 없지만…… 사실이고.

"그러고 보면 언제 이 마을을 떠날 거지?"

스승의 말에 드루이드 씨와 시선을 주고받았다. 그런가, 돈 문제도 마석 문제도 끝났으니 이제 준비가 끝나는 대로 떠날 수 있다.

"그렇군요. 식량 확보가 끝난 다음일까요? 아이비도 그러면 될까?"

식량 확보. 우리 몫만이 아니라 소라와 프렘의 식량 확보도 필요하니까 조금 시간이 걸린다. 애초에 여행 도중에 포션이나 검이 다 떨어지면 큰일이다.

"네."

"아마도 2~3일 내로 떠날 겁니다."

"그런가. 배웅 나갈 수 있으면 좋겠지만, 무슨 일이 있을지 모르니까. 조심해서 가라."

"네, 감사합니다."

"아저씨도 몸조심하세요."

"고맙군. 아, 이 말을 깜빡했네. 너희는 어느 쪽으로 가는 거지?"

어느 쪽?

"하타우 마을로 갈 예정입니다. 여기서 가자면 거리가 좀 되니까 거기서 겨울을 나려고."

그랬지. 지도에서는 그렇게 멀리 떨어진 것 같지 않지만. 그러고 보면 지도를 너무 믿으면 안 된다고 했지. 조심하자.

"전에도 말했겠지만, 다소 걱정스런 정보가 있다."

"네. 그건 어떻게 되었습니까?"

"코르 마을 쪽이었는데, 전원 다 붙잡혔다는 정보가 들어왔다. 하타우 마을에는 영향이 없겠지."

다행이다. 무슨 짓을 했는지는 모르지만 해결된 모양이다.

"감사합니다."

"신경 쓰지 마. 많이 보고 배우고 돌아와라."

"네."

"스승님, 감사합니다."

드루이드 씨도 같이 고개를 숙였다. 스승은 나만이 아니라 드루이드 씨의 머리도 가볍게 쓰다듬었다.

"뿟뿌뿌~."

"냐옹."

"떼류류~."

이야기를 듣고 있었는지, 소라와 시엘과 프렘이 소리 내면서 스승에게 몸을 부딪쳤다. 다만 프렘만큼은 전혀 엉뚱한 방향으로 날아가 버렸는데, 그 모습이 웃음을 샀다.

"……스승님, 보기 안 좋은 얼굴입니다."

"시끄러. 잔소리도 참."

212화 출발

"조심해. 드루이드가 무슨 짓하면 마구 부려먹어도 되니까."

"아하하하, 괜찮아요."

언니는 여전하네. 그리고 지금 이 말, 얼마 전에 아주머니에게도 들었다. 피가 이어지진 않았을 텐데도 비슷하다. 얼굴이 아니라 언동이 닮았다. 주인아저씨, 드루우카 씨, 힘내세요. 드루가스 씨도!

"다행이다. 안 늦었군."

"길드마스터, 일은 괜찮은가요?"

"괜찮아. 그렇긴 해도 '그거'를 정말로 받아도 되는 건가?"

"네."

나로서는 받아준다면 고마울 정도다. 길드마스터가 말하는 '그거'는 포션이나 마석이다. 아무리 그래도 그렇게 많이 가지고 다니고 싶진 않고.

여행을 떠나기 이틀 전, 드루이드 씨와 함께 쓰레기장에서 소라와 프렘의 식량을 확보하였다. 그동안 시엘은 낮잠을 즐긴다. 소라와 프렘은 마음껏 포션이나 검, 마력이 바닥난 마석을 먹도록 내버려두었다. 하지만 식량을 가방 가득 다 모으고 두 마리에게 가보니, 주위에 굴러다니는 빈짝반짝 빛나는 파란 포션이나 빨간 포션. 마력이 가득 담겨서 투명도 높은 마석에 처음 보는 마석이 꽂힌 검. 기막힌 광경에 둘이서 굳어버렸다. 못 본 걸로 하고 싶었지만, 아무리 그래도 문제가 될 테니까 죄다 가방에 쑤셔 넣고 다급히 쓰레기장에서 이동. 드루이드 씨의 집에 돌아온 순간 마음이 놓였다.

무시할 수도 없어서 확인해보니, 빛나는 파란 포션과 마찬가지로 빛나는 빨간 포션이 각각 4개. 병 종류가 여덟 개 모두 다르니까, 버려져 있던 병을 이용한 모양이다. 쓸 수 있는 병을 버리지 마! 라고 말하고 싶다. 마력은 한눈에도 SS나 SSS 레벨의 마석이 여섯 개에 그 이하의 마석이 합계 15개. 그리고 왜인지 검. 그것도 레벨이 높을 듯한 마석이 꽂혀 있다. 드루이드 씨가 보기론 이쪽도 SS나 SSS라는 모양이다. 그리고 검은 아마도 진검이 아니냐는 이야기였다. 소라가 검을 재생 가능하다는 것에는 놀랐지만, 여태까지의 경위가 있었기에 충격은 적었다. 드루이드 씨의 '소라와 프렘이니까'라는 말에 납득해버렸다.

두 마리를 보니 자신만만한 기색이다. 아마 양쪽 다 악의는 없고 협력해주려는 거겠지. 여비 이야기를 했을 때 두 마리가 이쪽에 관심을 기울이던 걸 기억한다. 분명히 두 마리가 만들어낸 물건을 여비에 보태면 아주 유복한 여행이 되겠지. 더불어서 소문이 나서 난리가 날 것이 틀림없고. 그러니까 팔 수 없고 긴급할 때만 쓸 수 있다. 하지만 우리를 생각해준 결과니까 두 마리에겐 고맙다고 말했다. 기뻐하는 모습이 아주 귀여웠다.

눈앞의 물건을 어째야 하나 둘이서 고민하던 때에 길드마스터가 드루이드 씨의 집에 얼굴을 내밀었다. 그러니까 떠맡…… 기부하기로 했다. 처음에는 거절했지만, 이쪽도 필사적. 아무리 그래도 죄다 가지고 다니자면 가방 안이 무서워서 마음 편할 수가 없다. 어떻게든 둘이서 설득하여 파란색과 빨간색 포션을 각각 3개, 그리고 마석의 기부에 성공. 이걸로 안심하고 여행할 수 있겠다며 드루이드 씨와 함께 가슴을 쓸어내렸다. 그러니 길드마스터가 걱정할 일은 아니지만.

"돈 문제가 생기면 바로 연락해. 어느 정도 금액이라면 원조해줄 테니까. '그거'의 사례로."

"고맙습니다. 하지만 '그거'는 기부니까 신경 쓰지 마세요."

"길드마스터야? 일은 괜찮고?"

드루이드 씨가 가족과 이야기를 마쳤는지 이쪽으로 왔다. 주인 아저씨 일행을 보니, 방금 전까지 없었던 드루가스 씨의 모습까지 있었다. 가족이 총출동하여 배웅 나온 모양이다.

"괜찮아. 그러고 보면 드루가스와 화해했다고?"

"음, 대충."

"그런가, 다행이군."

"스승님은?"

"급한 토벌 의뢰가 들어와서 엄청 투덜거리며 뛰쳐나갔지."

길드마스터가 쓴웃음을 지었다.

"으음, 뭐, 열심히 해봐."

"하하하."

"자, 아이비, 슬슬 갈까."

"네."

전원에게 다시금 고개를 숙이고 문을 통과했다. 그리고 마지막으로 문지기에게. 문지기로 오래 얼굴을 맞댄 이에게는 많이 신세졌지. 그러고 보면 이름을 못 물어봤네. 아니, 기억하지 못할 뿐인가?

"신세졌습니다."

"이쪽이야말로 마을을 지켜줘서 고맙다. 조심하고."

어? 어라? 문지기는 시엘에 대해 모르지 않나? 의아하게 생각하면서 드루이드 씨를 보자 쓴웃음이 돌아왔다.

"역시 대단하군요."

"이 일을 오래 했으니까. 뭐, 증거는 없지만."

무슨 의미지? 어어, 그 말은……?

“비밀로 부탁합니다.”

“물론.”

“감사합니다.”

드루이드 씨가 고개를 숙이기에 나도 따라 숙였다.

“또 보자.”

“옙.”

무슨 소리지?

“드루이드 씨? 문지기에게 들켰던 건가요?”

역시 궁금하기에 문이 보이지 않게 되었을 즈음에 물어보았다.

“그 사람은 뭐라고 해야 할까, 오랜 경험 때문이겠지만 상황 간파 능력이 뛰어나.”

오랜 경험. 뭔가 멋지네.

“아마 아이비가 마을에 온 뒤에 소문이 돌았던 강한 마물. 숲에 가고 싶어 하는 아이비를 막지 않은 나나 길드마스터의 태도. 기타 등등이 더 있겠지만, 그것들로 아이비와 관련 있는 마물이 마을을 지켰다고 생각한 거겠지.”

이것저것 관련지어서 생각하면 들킬 만한 일인가. 앞으로는 더 조심해야지.

“그러고 보면 드루가스 씨가 왔었지요.”

“음, 아이비에게 안부 전하더라고. 또 어머니에게 점심으로 먹으라고 도시락을 받았어."

"도시락이요? 기대되네요."

"5단 찬합."

5단 찬합?

"둘이서 여행하는 거라고 했는데 말이지."

드루이드 씨의 태도를 보면, 그 말과는 달리 기쁜 기색이다. 아직 형제 사이는 어색하지만, 다음에 만날 때는 괜찮겠지.

주위의 기척을 읽고, 주위를 둘러보아 사람이 없는 것을 확인했다. 좋아, 아무도 없어.

"드루이드 씨. 숲속으로 이동하지요."

"알았어."

소라와 프렘, 그리고 본래 모습으로 돌아온 시엘. 그들과 함께 여행을 할 때는 숲속을 나아가는 게 안전하다. 남들의 눈에 띌 기회가 줄어든다. 그러니까 혼자 여행할 때와 마찬가지로 숲속을 걷는다.

"이 즈음이면 괜찮을 거예요."

소라와 프렘 전용의 가방을 열자, 기세 좋게 소라와 시엘이 튀어나왔다. 시엘은 고작 하루 만에 뛰어다니는 법을 완전히 익혔다. 나무 위에서 소리 없이 뛰어내리는 운동신경을 가졌기 때문이겠지.

철퍽.

잘못 뛰어내려서 가방 바로 옆에 떨어지는 프렘. 역시 둔하다.

"괜찮아?"

프렘을 안아 들고 몸에 묻은 흙을 털었다.

"떼류류~."

아파하는 기색도 없으니까 괜찮겠지.

"시엘, 원래 모습으로 돌아와도 괜찮아. 이제부터 숲을 지나 하타우 마을로 갈 테니까."

"냐옹."

시엘은 한 차례 울더니 옅은 빛에 휩싸여서 아단다라의 모습으로 돌아왔다. 이미 몇 번이나 변하는 모습을 보았지만, 아직도 낯설다. 몸이 괜찮은 건지 걱정된다.

"몸은 괜찮아? 문제없어?"

"냐옹."

기쁜 듯이 얼굴을 비비는 것을 보면 문제없겠지. 다행이다.

"뿟뿟뿌~."

소라가 울면서 크게 점프하더니 드루이드 씨의 머리 위로 올라갔다.

"소라, 드루이드 씨가 힘들어하거든 바로 내려와야 한다?"

"뿌~."

왜인지 불만인 소리가 돌아왔다.

"소라, 드루이드 씨가 힘들어하거든 바로 내려와야 한다?"

"뿌~."

"그럼 당장 내려와."

"뿌뿌, 뿌뿌, 뿌뿌."

내 말에 좌우로 몸을 비트는 소라. '싫어, 싫어'라고 하는 걸까?

"그럼 이따가 내려오기로 약속."

"……뿟뿌뿌!"

중간의 침묵이 좀 마음에 걸리지만, 약속했으니 괜찮겠지.

"몇 번 봐도 재미있네."

"드루이드 씨, 소라한테 너무 오냐오냐 해주지 마세요."

"하하하, 알았어."

아무래도 드루이드 씨는 마음에 든 사람이나 마물에게 꽤 안일해지는 것 같다. 나에 대한 태도를 봐도 그런 느낌이 강하다. 너무 기대다가 부담이 되지 않도록 조심해야지.

—— 스승 시점

"수고들 많군."

문을 열어보니, 눈앞에는 산더미 같이 쌓인 서류를 정리하는 아르미의 모습. 그 옆에는 책상에 엎어져있는 고토스의 모습.

"수고하셨습니다. 끝났습니까?"

"그래, 그쪽도?"

"간신히 정리된 참입니다."

아르미의 말에 쓴웃음을 지었다. 고토스가 묵혀놓은 일이 간신히 좀 정리된 모양이다. 하지만 용케 이렇게 쌓아놨구나 싶을 정도로 많군.

"길드마스터, 이걸로 느끼신 게 있거든 쓸데없는 생각은 마세요. 괜히 일이 더 늘어나니까요."

"……알았어. 수고했어……. 돌아가도 될까?"

완전히 지친 고토스의 목소리가 조금 서글프군.

"그렇군요. 오랜만에 귀가해서 느긋하게 쉬세요. 다만 내일도 정시에 나오셔야 합니다."

"……예입."

아르미의 말에 순간 뭐라고 대꾸하려던 모양이지만, 멋진 미소

앞에 얌전히 고개만 끄덕였다.

"그럼 스승님, 먼저 가보겠습니다."

"그래, 아르미도 집에 돌아가서 편히 쉬어라. 고생했다."

내 제자 중에서도 우수한 그녀에게는 항상 감탄하게 된다.

"아이 덕분에 힘이 나니까 괜찮습니다."

"그거 좋군. 남편한테도 잘해주고."

"스승님도 길드마스터도 귀가하셔서 푹 쉬세요."

아이를 만날 수 있는 게 기쁜 걸까, 기분 좋게 돌아가는 아르미의 모습을 지켜보았다. 방에 준비된 의자에 앉으니, 고토스가 맞은편에 앉았다.

"녀석들은 갔나?"

"네. 아이비에게서 '일 수고 많으십니다. 무리하지 않도록 해주세요'라는 전언입니다."

고토스가 쉰 목소리로 아이비의 목소리 흉내를 내려고 하는 모습은 귀에 거슬린다.

"그런 짓 마라. 오한이 다 든다."

"무슨 말씀을."

내가 가져온 술을 보여주자, 고토스가 잔을 준비했다. 거기에 술을 따르며.

"두 사람의 여행에."

"두 사람의 여행에."

둘이서 술을 단숨에 마셨다. 목이 타들어가는 듯한 이 감각이 좋다.

"그렇긴 해도 신기한 아이였지요."

고토스의 말에 아이비를 떠올렸다. 분명히 신기한 아이였다. 가방에서 소리가 새어나가지 않도록 하는 매직아이템을 꺼내어 기동시켰다.

"어디까지 들었지?"

"어디까지, 란 말씀은?"

"아이비에 대해서."

"테이머란 것과 소라와 프렘이었나요? 그리고 전생의 기억과 별 없음이라는 것일까요."

그래, 전부인지는 모르지만, 나와 같은 내용을 들은 모양이군.

"그렇지. 포션과 마석을 받았습니다."

"…………뭐?"

"그러니까 빛나는 파란 포션과 빨간 포션. SSS 레벨의 마석 등을."

"이 멍청이가! 받았어? 돈은!"

"돈을 주려고 했습니다만, 필요 없다면서 기부라고만."

아니, 그보다도 빨간 포션이라고? 분명히 프렘이 병을 치료하는 빨간 포션을 먹었든가? 즉 프렘도 포션을 만들 수 있나. 아니, 아이비가 병에 걸렸을 때에 프렘이 치유했다고 그랬던 것도……. 그때는 정신이 없었으니까 흘려들었다. 그렇긴 해도 왜 포션이나 마석을?

"기부하기 위해 만들었나?"

"아뇨, 그건 아닙니다. 드루이드한테 들어보니 쓰레기장에서 필요한 물건을 모을 때에 만들었다는 모양이라서. 아무리 그래도 그걸 다 들고 여행하는 건 무섭다면서 기부하고 싶다고."

그런 소린가. 어쩌면 소라와 프렘은 여행에 보탬이 되려고 만들었을지도 모르겠군.

"그런가. 함부로 쓰진 마라. 긴급사태에만 써라."

"물론입니다. 드루이드에게도 아이비에게도 돈이 부족해지면 연락하라고 일러뒀습니다. 게다가 이것들을 쓸 경우에는 대체 얼마를 지불해야 할지 갈피도 안 잡힙니다만, 어느 정도는 낼 생각입니다."

"그런가. 그게 좋겠지."

휴우~. 그렇긴 해도 마지막 순간에 폭탄을 두고 갔군.

"아, 그렇지, 스승님. 행향을 마을에 반입하려 한 그 바보 녀석의 처분이 결정되었습니다."

행향이라.

"어떻게 되었지?"

"행향을 반입하려고 한 8대 당주와 그걸 원조한 7대 당주는 55년의 노예형입니다. 도운 이들은 30년의 노예형입니다."

아~, 분명히 8대 당주라고 불린 남자가 이 마을에서 제일 큰 상가의 현재 당주였지.

"왜 행향 같은 물건에 손을 댄 거지?"

"8대 당주로 바뀐 뒤로 사업이 계속 실패해서, 기사회생을 노리려고 행향에 눈독을 들인 모양입니다."

행향에 눈독을 들여서 그걸로 뭘 어쩌려는 거였을까?

"그 이야기를 들은 7대 당주가 6대 당주에게 본때를 보여주겠다면서 8대 당주에게 협력한 모양입니다."

"바보인가?"

내 말에 쓴웃음을 짓는 고토스. 그러고 보면 6대 당주는 상가를 이 마을에서 제일 크게 키운 수완가였지. 하지만 가업을 잇고 바로 성공한 것은 아니다. 젊었을 적부터 마을 제일을 목표로 인맥을 넓힌 결과다. 같이 술을 마셨을 때에 뜨겁게 떠들어댔으니까 기억한다.

"뭐, 그건 좋아. 그보다 행향을 마을로 반입해서 어쩌려는 거였지?"

"어라? 말하지 않았습니까?"

고토스는 고개를 갸웃거리면서 묻지만, 그걸 아이비가 하면 귀여워도 고토스가 하면 시각의 폭력일 뿐이다.

"못 들었군."

"그렇습니까, 아무래도 마물의 고기와 마석이 목적이었던 모양입니다."

"뭐?"

"마을까지 유인해서, 고용한 모험가를 시켜서 사냥한다. 모험가가 마을에서 멀리 나가면 나갈수록 비용이 드니까, 아예 마물을 마을로 유인하면 된다고 생각한 모양입니다."

말도 안 되는 이유로군.

"게다가 고기는 신선도가 중요하니까요. 마을에 가까울수록 좋은 값으로 팔린다고 생각했다고 말했습니다. 정규 매직백에 넣어도 고기만큼은 왠지 사냥한 직후가 아니면 신선도가 떨어져서 거래가가 내려가니까요."

"분명히 그렇지만……. 하아."

행향은 마물을 유인한다. 그때 마물을 흥분시키는 효과가 있기 때문에 통상보다 위험도가 커진다. 그런 위험한 마물을 마을로 불러들이려고 하다니 진짜 바보다. 아이비가 행향을 알아차렸기에 정말로 다행이군.

"그 바보들의 가게는 어떻게 되지?"

후계자가 있나?

"6대 당주가 건재하니까, 상황이 좀 정리되면 당주로 복귀한다는 모양입니다."

"그런가. 하지만 8대 당주가 유망하다는 소문은 들었는데, 헛소리였나?"

“그건 거짓말이 아닙니다. 다만 유망해질 가능성이 있었다는 표현이 정확합니다만.”

가능성?

“장사 관련 스킬이 두 개고, 양쪽 다 별이 셋입니다.”

“별이 셋인가. 그거 기대를 모을 만했군.”

뭐, 별이 하나든 셋이든 경험이 쌓이기 전에는 똑같다. 아무것도 안 해도 일이 잘 풀릴 만큼 간단한 이야기가 아니다.

“최근 별에 너무 의존했다 실패하는 녀석이 늘어나는군.”

별이 많으면 아무것도 안 해도 괜찮다고 생각하는 녀석이 늘어난다고 해야 할까? 웃기는 소리야.

“그렇지요. 다만 저도 별이 많은 편이 유리하다고 생각했습니다만.”

“뭐~?”

“화내지 마세요! 일을 완벽하게 해내는 아르미는 저보다 별이 많으니까요.”

그랬던가? 잊어버렸군.

“하지만 아이비와 만나면서 그게 착각이라는 걸 알았습니다. 아이비는 전생의 기억이 있다고 하지만, 기억이나 지식이 있어도 그걸 잘 써먹을 수 있느냐는 본인에게 달렸으니까요.”

그렇다. 문헌을 읽으면 지식은 늘어난다. 하지만 그걸 어떻게 살리느냐는 것은 경험이나 직감이 필요해진다. 그건 결코 별의 개

수만으로는 메울 수 없다.

"드루이드도 고토스도 나도 좋은 만남을 가졌군."

"그렇습니다."

정말로 신기한 아이다.

"내가 살아있는 동안에 돌아오면 좋겠는데."

"스승님이야 괜찮으시겠죠."

"무슨 의미지?"

"무슨 일이 생기든 돌아가실 것 같지 않으니까요. 하하하."

칭찬인가? 욕하는 건가? 술기운이 돌아서 기분 좋아진 고토스의 마음은 읽기 어렵군.

"스승님도 길드마스터도 왜 이런 꼴인가요!"

아르미의 목소리가 숙취로 지끈거리는 머리에 울렸다. 흥이 돋다 보니 너무 마셨고, 정신이 들어보니 아침이었다.

"대답해보세요!"

""옙, 죄송합니다.""

책상에 주르륵 놓인 빈 술병은 10개를 넘었다. 저렇게나 마신 기억은 없는데…….

213화 아이비의 여행

하타우 마을을 향해 출발한 지 사흘. 시엘을 선두로 숲속을 나아간 지 슬슬 한 시간.

"저기, 아이비."

"네."

길 아닌 길을 걷기 때문에, 나란히가 아니라 내 뒤에 있는 드루이드 씨. 덩굴이 우거진 장소라서 조심하지 않으면 넘어질 것 같다. 발밑을 주의하면서 조금 큰 목소리로 대답을 돌려주었다.

"어디로 가는 거지?"

"모르겠는데요?"

"……그런가. 으음, 항상 이런 느낌이야?"

이런 느낌? 무슨 소리지?

"저기, 무슨 말씀인지."

"어, 그러니까, 혼자 다닐 때도 시엘을 선두로 이런 길을 걸었어?"

"그래요."

오늘 아침에는 그래도 사람들이 오가는 길 근처라서 비교적 걷기 쉬운 장소를 따라 하타우 마을로 향했다. 하지만 도중에 시엘이 방향을 바꾸어서 숲 안쪽으로. 나로서는 항상 그랬으니까 별다른 의문도 없이 따라왔지만, 무슨 문제라도 있었나? ……아, 그런가. 드루이드 씨는 시엘과 여행하는 게 처음이니까, 이 앞에 뭐가 있는지 모르나. 제대로 설명할걸 그랬네. 실수했다.

"저기, 드루이드 씨. 시엘이 숲 안쪽으로 갈 때는 그 앞에 뭔가가 있을 경우에요."

"그래?"

"네. 약열매가 있든가, 귀한 약초가 있든가 해요. 그러니까 시엘을 따라가는 게 좋아요."

"그런가. 하지만 이렇게 소수로 숲속으로 들어가면 위험하잖아?"

위험? 여태까지 문제없었는데.

"으음~, 마물이나 동물의 습격은 한 번도 없었어요. 위험한 절벽 같은 건 시엘이 가르쳐주고요."

"그렇군."

"네."

"냐옹."

우리 말을 들은 건지 시엘이 자신만만하게 울었다.

"뭐, 괜찮겠지."

드루이드 씨도 시엘을 믿어주는 모양이다. 다행이다.

"항상 무슨 일이 있을지 가슴이 두근거려요."

"하하하, 나는 다른 의미로 두근거리는데."

"다른 의미?"

"그래. 시엘이 있다고는 해도, 이렇게 무방비한 상태로 숲속에 들어왔으니까."

두근두근…… 무섭다? 불안?

"괜찮거든요?"

"하하하."

드루이드 씨의 말을 의문스럽게 생각하면서 시엘의 뒤를 따라갔다. 그렇게 한동안 걷자, 커다란 나무가 보였다. 그 나무에 열린 파란 과일.

"아, 이건 길드마스터가 추천했던 숲의 파란 과일이네요."

"그런가 보군. 이름은 모르고?"

"길어서 다 못 외웠어요. '토토라세라 세라…….'"

"기억하잖아."

"아뇨, 그 다음에도 뭐라고 계속 이어져요."

"그래?"

"네. 그래서 동네에 따라서는 '토토'나 '토토세라'로 통한다고 하던데, 그게 또 지역마다 달라서. 숲의 파란 과일이라고 하면 어디든 알아듣는다고 가게 사람이 가르쳐줬어요."

토토라세라 세라토라, 뭐였더라? 몇 번 외워보려고 했는데, 혀가 꼬일 듯한 이름이었지.

"냐웅."

나무 밑동에 얌전히 앉는 시엘. 역시 이 과일로 안내해준 모양이다.

"시엘, 고마워. 열심히 수확해볼게."

가방을 꺼내고 파란 열매를 수확하였다. 드루이드 씨도 거들어주었기에 금방 가방이 가득 찼다.

"양이 제법 되는군."

"길드마스터가 이 과일은 가격 변동이 없으니까 괜찮다고 그랬으니까, 조금 많이 땄어요."

"그래."

가방을 메려고 하는데, 옆에서 가방을 휙 낚아갔다.

"드루이드 씨?"

"이 정도는 맡겨줘."

괜찮나? 으음~, 이거 말고도 더 수확할 거니까 파란 과일은 부탁할까.

"그럼 부탁드릴게요. 다음에 수확하는 건 제가 들게요."

"하하하, 잘 부탁해."

파란 과일을 수확한 뒤에 잠시 휴식. 지금 있는 장소는 나무가 많아 그늘졌기에 조금 쌀쌀하다. 방금 전까지는 시원하다고 생각했는데.

"하지만 이 과일은 이렇게 깊은 숲속에 있군."

"그래요. 이 파란 과일과 노란 과일은 숲 안쪽에 있어요."

“노란 과일이라면 분명히 ‘하쿠토’라는 이름의 그거?”

“네. 저 그거 좋아해요.”

“먹어본 적이 없어.”

“엄청 달고 맛있어요.”

“……그것도 제법 가격이 되겠지?”

“글쎄요, 저번에 딴 건 제가 다 먹어버려서.”

“……그래. 분명히 파란 과일과 비슷한 가격이었을 텐데.”

드루이드 씨가 작은 목소리로 뭐라고 했지만 잘 안 들린다.

“뭐라고 하셨어요?”

“아니.”

뭘까. 왠지 얼굴이 좀 굳어있는데? 피곤한가?

“괜찮으세요?”

“괜찮아. 자, 슬슬 갈까.”

드루이드 씨의 말에 바로 시엘이 선두로 나섰다.

“으음, 따라가는 편이 좋겠지?”

“네. 여기가 어딘지도 모르니까요.”

시엘의 뒤를 따라 갈 때는 방향을 전혀 알 수 없게 된다. 그러니까 완전히 시엘만 믿게 된다. 처음에는 방향만이라도 확인하려고 했지만 무리였다.

“그렇군. 잘 부탁해, 시엘.”

“냐웅.”

나무 사이로 하늘을 올려다보았다. 최근 들어 어두워지는 시간이 조금씩 빨라진다. 이래서는 길로 돌아가기란 무리겠지.

주위를 둘러보았다. 역시 길로 돌아가기 전에 어두워지기 시작했다.

"시엘, 슬슬 잠자리를 찾을까."

"냐웅."

"뿟뿌뿌~."

"떼류~."

오, 프렘이 일어났나? 가방을 열자 프렘이 기지개를 켜고 있다.

"안녕. 벌써 저녁이 다 됐어, 프렘."

……어라? 지금 프렘이 하품을 했지? 전부터 그랬던가? 응? 뭐, 됐어.

"잠자리라니……. 저기, 아이비. 이 근처에 대해 알……리는 없나."

"네."

드루이드 씨가 뭔가 난처한 표정이다. 오늘 드루이드 씨는 좀 이상하네. 역시 지친 걸까? 그럼 얼른 쉴 수 있도록 해야겠네.

"소라, 부탁해도 돼?"

"뿟뿌뿌~, 뿟뿌뿌~."

소라에게 부탁하자, 기쁜 듯이 울면서 주위를 둘러보았다. 그리고 뭔가 찾은 것처럼 어느 방향으로 뛰어갔다.

"가죠."

"어어, 그래."

드루이드 씨의 목소리가 어째 좀 이상하다. 역시 꽤 지친 모양이다.

"뿟뿌뿌~."

기운차게 뛰어가는 소라. 그 뒤를 드루이드 씨와 함께 따라간다. 조금 걷자, 커다란 나무 구멍 앞에서 소라가 몸을 흔들고 있다. 아무래도 여기가 괜찮은 잠자리인 모양이다.

"소라, 고마워."

슬쩍 안을 살펴보니, 시엘이 들어가도 문제없을 정도의 넓이. 마물이나 다른 동물이 최근 쓴 흔적도 없고 문제없겠다.

"드루이드 씨, 오늘은 여기서 쉬지요."

"하하하, 이것도 참. 음."

"네? 왜 그러세요?"

"아냐, 하하하."

이상하네, 드루이드 씨와 대화가 잘 통하지 않는다. 그렇게 지쳤나? 아직 여행을 시작하고 겨우 사흘인데.

"냐웅."

"왜 그래, 시엘? 뭐 있어?"

"냐웅."

"드루이드 씨, 시엘이 뭔가 찾은 모양이니까 다녀올게요. 힘드신 모양이니까 여기서 쉬고 계세요."

"아니, 난 괜찮아."

"괜찮지 않아요. 아까부터 좀 이상해요."

"아니, 그건 내 생각 이상으로 대단한 여행이었으니까……."

대단한 여행? 딱히 이상한 것은 없었을 텐데. 내가 고개를 갸웃거리자, 드루이드 씨가 쓴웃음을 지었다.

"으음, 일단 쉬고 계세요."

"……알았어. 잠자리 준비만이라도 해둘게."

"어, 그러면 휴식이 안 되지 않나요?"

"괜찮아."

"그런가요? 무리는 하지 마세요. 그럼 프렘을 부탁드릴게요."

걱정되지만, 밖은 어두워지기 시작했다. 서둘러 시엘이 찾아낸 것을 수확하고 돌아오자.

"다녀올게요."

"그래, 조심해."

"프렘, 아이비의 여행은 대단하군."

"떼류~."

"설마 장비도 없이 이런 숲속을 오다니. 아무리 나라도 좀 무서웠어."

"떼류~."

"게다가 숲속에서 간단히 잠자리를 찾아내고. 소라는 역시 대단하네."

"떼류~."

"아이비한테는 이게 보통이로군."

"떼류~."

"혹시 난 엄청난 팀에 참가한 거 아냐?"

"떼류~."

"그러고 보면 숲속에 있는데 마물이고 동물이고 본 적이 없군……. 시엘의 존재는 대단해."

"떼류~."

"……프렘, 내 이야기 듣고 있어?"

프렘을 보니 똑바로 이쪽을 바라보았다. 그 눈동자를 보고 있으면 마음이 진정된다.

"고마워. 익숙해지도록 노력할게."

"류~."

214화 아이비와 동굴

시엘을 선두로 숲을 걸었다. 지금 있는 장소는 조금 트인 장소라서 드루이드 씨는 옆에 있다. 그의 모습을 가만히 엿보았다. 숲에 들어온 뒤로 좀 이상한 느낌이다. 왠인지 혼잣말을 중얼거리고, 프렘과 이야기하는 모습이 곧잘 보였다. 무슨 일이 있으면 이야기해주면 좋을 텐데…….

"냐웅."

시엘의 울음소리에 다시 앞을 보니, 조금 앞에 커다란 동굴이 보였다. 입구도 꽤나 크다. 아무래도 시엘은 그 동굴에 들어가고 싶은 모양이다.

"시엘이 들어가도 괜찮다고 생각하면 따라갈게."

"엑!"

드루이드 씨가 놀란 소리를 내었다. 의아한 마음에 옆을 보니 미간에 깊은 주름이.

"왜 그래?"

좋아! 잘 말할 수 있었다. 같이 여행을 하게 되었으니까 조금 더 격식 없는 말이 좋다는 의견이 있었다. 최근에는 경어 없이 말하는 일도 있지만, 아직 딱딱한 느낌이 있는 모양이다. 연상에게 그래도 되는 건가 싶었지만, '가족이니까 경어는 이상하잖아?' 라고 해서 드루이드 씨에게는 아빠에게 말하는 느낌으로 대하고 있다. 솔직히 창피했다. 다만 말씨를 바꾸는 것만으로도 진짜 가족에 가까워진 느낌이라 기뻤다.

내 말에 쓴웃음을 짓고 고개를 흔드는 드루이드 씨. 며칠 동안 이 태도도 자주 보았다. 한 번 제대로 이야기하는 편이 좋을까?

"냐옹."

"아, 미안해, 시엘. 드루이드 씨, 가죠."

"하하하, 그래."

웃을 요소가 있었나? 혹시 지친 걸까? 아직 걷기 시작한 지 네 시간 정도인데. 의아하게 생각하면서도 시엘의 뒤를 따라서 동굴에 들어갔다.

"아이비, 동굴을 찾으면 항상 들어가 봐?"

"아뇨? 시엘이 들어가고 싶다고 했을 때뿐이에요. 위험하니까요."

"아, 그런 건 이해하고 있구나."

이해한다?

"뭘 말인가요?"

"동굴에 태연하게 들어가길래, 위험성을 모르는 건가 싶었어."

"아무리 그래도 그런 건 알아요. 그러니까 시엘이 들어간 동굴에밖에 안 들어가요."

"그런가. 시엘이 괜찮다며 들어간 동물에는 마물 같은 게 없다는 뜻이로군?"

"있어요. 이것저것."

"있어?"

꽤나 놀란 표정이 돌아왔는데, 내가 뭐 이상한 소리라도 했나?

"네. 저기, 그게 왜?"

"무서운 마물은 아니었고?"

"무서운 마물? 어두워서 무슨 마물인지 잘 모르는 경우가 많지만요."

'그런가."

"다만 갑자기 위협해오거나 하면 아무래도 무서워요. 하지만 바로 시엘이 조용하게 만들어주니까 정말 잠깐이지만요."

"그, 그렇군."

동굴 안에 있는 동물이나 마물이 어둠 속에서 위협해오면 아무래도 무섭다. 하지만 바로 시엘이 대처해주니까 무섭다고 생각하는 건 잠깐이다.

"아, 마침 저기 있네요. 저 마물은 자주 보여요."

내가 가리킨 방향을 보더니 왜인지 드루이드 씨의 움직임이 멎었다. 시선 앞에는 동굴 안이면 비교적 자주 볼 수 있는 커다란 발톱과 송곳니의 마물 다섯 마리. 입구 부근에 있는 경우가 많아서 모습을 볼 수 있는 마물 중 하나다. 책에서 마물의 종류를 찾아보았지만, 실려 있지 않았기에 이름은 아직 불명. 그 마물이 우리를 보더니 온몸으로 위협해왔다.

"캬아아!"

시엘이 그걸 알아차리자 우리 앞에 나서서 한 번 소리 질렀다. 그러자 여태까지 온몸으로 위협하던 마물들이 입을 다물었다. 그리고 시엘의 모습을 보더니 전원이 그 자리에 엎드렸다. 이렇게 되면 얌전해진다. 처음에는 솔직히 무서웠지만, 몇 번이나 경험하면서 배웠다. 마물이 엎드렸을 경우는 습격해오지 않는다고.

"마물이 엎드렸어?"

"저러면 등을 보여도 공격해오지 않아요."

"……몰랐어. 그렇구나."

어라? 동굴 안이라서 그런가? 드루이드 씨의 안색이 안 좋아 보이는데.

"안색이 안 좋은 것 같은데 좀 쉬실래요?"

내 말에 천천히 고개를 흔드는 드루이드 씨.

"괜찮아, 익숙해지면 문제없으니까."

뭐에 익숙해지면 된다는 걸까. 나한테도 필요한 일이려나?

"저도 익숙해지는 편이 좋을까요?"

"……괜찮아. 아이비는 분명 괜찮아."

괜찮다고 힘주어 역설하는 드루이드 씨. 고개를 갸웃거리면서 마물의 옆을 지나쳤다. 역시 몇 번을 봐도 날카로운 발톱과 커다란 송곳니다. 저기에 공격받으면 잠깐도 못 버티겠지.

"꽤 안쪽까지 들어가네."

"그러네요. 어디까지 가는 걸까요."

앞서가는 시엘의 모습을 보았다. 아직 꼬리를 내리고 흔드는 모습이니까, 목적지까지는 조금 더 가야 하는 모양이다. 이번에는 무슨 일이 생길지 두근거리네.

"아이비, 말투가 돌아왔어."

……그랬나? 조심한다고 하는데.

"조심할게요, 가 아니라 조심할게."

"풋, 이야기가 계속되면 되돌아가는군."

"그래?"

그럴지도 모르겠다. 이야기에 열중해서 다른 것에 신경이 가지 않는다.

"냐옹."

오, 시엘의 꼬리가 더 세게 흔들리기 시작했다. 그리고 울음소리가 조금 더 높아졌다.

"여기인 모양이네요."

주위를 둘러보았지만, 딱히 눈에 띄는 뭔가가 있는 것도 아니다. 다만 시커먼 돌이 바위 사이로 몇 개 보이는 정도다. 그거 말고는…… 없네.

"드루이드 씨, 시엘이 여기에 온 이유 아시겠어요? 저는 잘 모르겠는데."

드루이드 씨를 보니 바위 틈새로 보이는 시커먼 돌을 응시하고 있다. 시엘이 가르쳐준 것은 이 검은 돌일까?

"시엘, 이걸 가르쳐주려던 거였어?"

바위 사이에서 보이는 검은 돌을 만져보았다. 걸어서 몸이 달아올랐기 때문일까, 차갑고 기분 좋다.

"냐웅."

"왠지 무서워지기 시작하는데."

드루이드 씨의 말에 고개를 갸웃거렸다. 주위를 봐도 마물은 없다. 뭐가 무섭다는 거지?

"드루이드 씨, 그 검은 돌은 뭔가요?"

"저건 진검을 만들 때 필요한 흑석이야."

"흑석, 말 그대로네요."

말 그대로 검은 돌이네.

"아니, 제대로 된 이름은 따로 있는데, 내가 기억을 못 해서. 미안."

드루이드 씨가 어쩐 일이람?

"이걸 가지고 가게?"

"물론이에요!"

"그런가. 그렇군."

바위 사이의 검은 돌을 잡아당겨보았다. 조금 움직이나? 힘을 더 주면 빠질 것도 같은데. 붙잡고 있던 흑석을 영차 하고 힘을 넣어서 잡아당겼다.

쑤욱.

“하하하, 캐냈군.”

설마 이 정도로 바위에서 빠지다니 놀랍네. 뽑아낸 흑석을 보았다. 드루이드 씨의 손바닥 정도 크기. 생각보다 크네. 다음 흑석으로 손을 뻗으려는데.

“지금 뽑아낸 돌만 해도 금화 세 닢 정도 가치가 있어.”

“예? 이것만으로요?”

“음, 그래. 검을 만들 때에 소량을 섞을 뿐이니까.”

“그런가요.”

뻗으려던 팔을 거두었다. 그리고 손에 들린 흑석을 보았다. 이걸로 금화 세 닢.

“냐옹?”

내가 돌을 더 뽑지 않는 걸 보고 시엘이 불안한 듯이 울었다.

“미안해. 하지만 이거 봐. 이것만으로도 금화 세 닢이래. 그러니까 이걸로 충분해.”

드루이드 씨가 없었으면 더 대량으로 캐서 한꺼번에 팔았을지도 모른다. 그가 있어서 다행이다.

“냐옹.”

이해한 걸까, 꼬리를 다시 좌우로 흔드는 시엘. 벽에 꼬리가 부딪쳤는지, 흑석이 바위에서 데구르르 굴러 떨어졌다.

"……줍는 게 좋을까요?"

"으음~, 시엘이 주우라고 하는 모양이네."

"그러네요. 저 눈을 보면 무심코……."

아무튼 떨어진 흑석을 주워서 가방에 담았다. 대략 12개. 크기가 좀 되는 흑석까지 있었다.

"조금씩만 팔아야겠죠?"

"그래, 특히나 마지막 흑석에는 주의해야겠어."

지금 가방에 있는 흑석, 대체 다해서 얼마나 될까? 방금 전에 드루이드 씨도 말했지만, 조금 무서워지기 시작하네.

215화 여행의 상식

흑석을 캐낸 뒤에 시엘은 다른 광석들이 있는 곳도 가르쳐주었기에 그때마다 가방에 넣었다. 아니, 이 동굴 대단하잖아. 그리고 가방 안이 무섭다. 캐낸 물건들을 앞으로 가는 마을에서 죄다 팔았다간 틀림없이 눈이 띈다고 드루이드 씨가 말하였다.

"시엘은 대단하군."

드루이드 씨가 막 캐낸 투명한 돌을 보면서 절절한 느낌으로 감상을 말했다. 분명히 맞는 말이라는 마음에 시엘을 칭찬했더니, 다음 장소로 또 우리를 데려가려고 하기에 다급히 막았다. 아무리 그래도 이 이상 가방 내용물에 공포를 느끼긴 싫다.

"이미 충분하고 남을 정도니까. 고마워."

"니이."

왜인지 불만인 듯한 울음소리. 하지만 아무리 그래도 이 이상은 마음의 평온을 위해서라도 무리입니다. 게다가 슬슬 잠자리를 찾을 필요가 있다.

"드루이드 씨, 오늘 잠자리를 찾아야겠어요."

"그래. 슬슬 여기에서 나갈까. 그리고 아이비, 말투가 돌아왔어."

머리를 가볍게 쓰다듬는 손길과 함께 그런 말이 있었다.

"어?"

또 돌아왔어? 버릇을 고치기는 어렵네.

"소라, 오늘은 어디가 좋겠어?"

"뿟뿌뿌~."

소라가 뿅 하고 뛰어서 동굴 안을 이동했다. 소라를 쫓아가니, 동굴에서 제일 큰 통로에서 벗어난 장소에 있는 굴로 들어갔다.

"오늘 잠자리는 여기가 좋은가 봐요."

소라에 이어서 가만히 안을 살펴보았다. 입구는 조금 좁지만, 안은 제법 넓다.

"드루이드 씨, 여기면 될까요? 아, 여기면 돼?"

"……."

"드루이드 씨?"

"아, 그래, 동굴 안인가."

"네?"

"아니, 괜찮아. 소라가 괜찮다고 했고."

드루이드 씨의 목소리가 너무 작아서 안 들린다. 괜찮나?

소라가 들어간 구멍에 들어가서 마물의 흔적 등을 조사했다. 흔적이 좀 있긴 한데 문제는 없겠다. 잠자리 준비를 하려고 가방을 내려놓고 드루이드 씨에게 시선을 주니, 프렘과 뭔가 이야기를 하고 있었다. 그는 프렘과 의사소통을 할 수 있게 되었나?

"드루이드 씨, 준비 안 해?"

"아, 미안. 도울게. 동굴 안이니까 불은 안 피우는 편이 좋겠지."

"응."

동굴 안에서 불을 쓰면 위험하다고 모험가들이 이야기하는 걸 들은 적 있기 때문에, 나도 불을 안 쓰도록 하고 있다. 다만 왜 위험한 건지 이유를 모르겠다.

"왜 동굴 안에서 불을 쓰면 위험한가요?"

아, 이런, 말투가. 내 표정을 보고 드루이드 씨가 웃었다. 아무래도 표정으로 드러난 모양이다.

"마물을 흥분시킨다든가 끌어들일 수가 있으니까. 여기면 도망칠 곳이 없잖아? 또 산소결핍이 될 가능성도 있어."

그렇구나. 전에 '불이 마물을 흥분시키는 바람에 공격받았다'라는 이야기를 들은 적이 있다. 동물은 불을 보고 도망치지만, 마물은 꼭 그런 것도 아니니까 조심하라는 거였을까. 주위를 보니 입구는 딱 하나. 저기를 마물이 점거하면 도망칠 수도 없나.

"그렇긴 해도 이런 동굴 안에서 둘이서만 있는 건 처음이군."

"무슨 소리?"

"그게 말이지, 보통은 입구에 마물이 있을 만한 동굴 안에서는 잘 생각을 안 하니까."

"그 마물들은 이제 괜찮은데요?"

엎드리는 자세로 시엘이 위라고 완전히 인정하였다. 그러니까 공격해올 일은 없다.

"그 마물을 굴복시키는 마물이 함께 있는 모험가 팀을 나는 본 적이 없어."

"……찾으면 있을지도."

"그런 모험가들이 있으면 소문이 나지."

혹시나 나는 다른 모험가들과 꽤 다른 짓을 하는 걸까?

"드루이드 씨, 제 여행은……."

"여행에 정답이고 오답이고 없으니까 마음 가는 대로 하면 돼."

……역시나 다른 사람들과 다른가? 드루이드 씨를 보니 쓴웃음.

"혹시 그렇게나 다른가요?"

으음, 조금 불안해진다. 라트루아 씨 일행과 여행을 했지만, 마을로 돌아오기 위해 길을 걸었을 뿐이었고. 보통 여행을 모르겠다.

"조금…… 꽤 다른가."

중간에 말을 정정했어!

"그런가요."

"그래, 그보다 늦어지기 전에 잠자리와 저녁식사 준비를 할까."

둘이서 잠자리를 만들었다. 시엘용 매트도 준비 완료. 그걸 보고 시엘이 기쁜 듯이 꼬리를 흔들었다.

저녁식사는 오랜만에 말린 고기와 과일. 그러고 보면 며칠 동안은 간단한 것이라고 해도 만들어서 먹었으니까, 말린 고기는 오랜만이다. 여행 초기와 비교하면 꽤 성대해졌구나.

"그런데 드루이드 씨. 제 여행과 다른 모험가의 여행은 어떻게 다른가요?"

"으음, 그렇군. 다른 여행가와 함께 다닐 경우도 있을 테니까 머릿속에 넣어두는 편이 좋을까."

"부탁드릴게요."

계속 둘만의 여행이라고만 할 순 없다. 다른 모험가가 있을 때에 잘못된 행동을 하지 않도록 주의해야지.

"일단 아까도 말했듯이 마물이 있는 동굴 안에서 잘 준비는 하지 않아. 영원한 잠이 될 테니까."

이 점에 대해서는 시엘에게 정말로 감사한다.

"그리고 숲 깊숙한 곳까지 들어오기에 장비가 너무 간단해. 이렇게 소규모 인원으로는 안 들어가. 그리고 이 장소가 지도상의 어디인지 모르는 시점에서 문제야. 무엇보다 슬라임이 잠자리를 찾는다는 소린 들어본 적이 없어."

그렇게나? ……하나하나 생각해보았다. 으음, 숲속으로 들어오기에 장비가 간단하다? 주위를 보니, 여행에 필요한 물품이 든 매직백, 소라 일행의 식사가 든 매직백. 숲속에서 입수한 것이 든 매직백. 소라와 프렘이 들어가는 가방. 정규품 매직백은 유능하다. 저게 아니라면 꽤 힘든 여행이었겠지. 아니, 지금 그건 관계없어. 장비가 너무 간단하다?

"장비라는 건 싸우기 위한 장비를 말하는 거니까."

그렇구나, 지금 생각한 거랑은 완전히 다른 문제다. 싸우기 위한 장비? 시선을 드루이드 씨의 옆에 있는 검으로 향하였다. 마석이 예쁘게 빛나고 있다. 이것뿐이다.

"분명히 장비가 간단할지도 모르겠네요."

"숲에 들어가려면 장비가 나름 필요하니까. 아무리 그래도 검 한 자루만으로는 안 돼."

아하, 혹시 드루이드 씨한테는 불안한 마음이 있었을지도 모르겠네. 미안한 짓을 했구나. 다음은 소규모 인원이라는 거였든가?

"숲에 들어가려면 인원이 어느 정도인 게 보통인가요?"

"여기는 아마도 숲속 깊숙한 곳. 그중에서도 특히나 깊은 장소겠지."

분명히 드루이드 씨의 말이 맞다. 우거진 나무나 풀로 판단해도 상당히 숲속 깊은 곳까지 들어왔다.

"정확하게 어느 정도인지는 모르지만, 최소 여덟 명이야."

"여덟 명!"

어, 그렇게나 필요해?

"숲속 깊은 곳으로 들어갈수록 마물의 숫자도 종류도 늘어나."

분명히 많아지지. 지금도 기척을 찾아보면, 다가오지 않을 뿐이지 상당한 마물이 있음을 알 수 있다.

"그런 장소에 불침번을 서는 사람을 포함해서 최소 여덟 명이야."

"혹시 이런 장소에 둘만 있으면 다른 모험가들이 이상하게 보나요?"

"틀림없이 그러겠지."

다행이다. 여태까지 숲속에서 마주칠 것 같으면 피해왔는데, 그게 옳은 판단이었던 모양이다. ……어라? 그러고 보면 내가 피하는 것보다도 모험가들이 피하는 기척이 더 빨랐던 적도 왕왕 있었다. 그건 혹시나…… 이상하다고 여겨서 도망친 건가?

"아하하하."

"아이비?"

"'숲속에는 괴물이 있다'는 소문이 났을지도 모르겠네요."

"아하하하, 숲속에 혼자만 있는 인기척이 있으면 틀림없이 도망치지. 절대로 접근하지 않아."

역시 그런가! 때때로 이상하게 생각은 했어. 마치 뛰어가는 듯한 기척이었으니까.

"숲속에 인기척을 흉내내는 마물이 서서히 왕도로 다가오고 있다는 소문이 있기도 했지."

드루이드 씨가 대수롭잖게 꺼낸 말에 갑자기 둘이서 침묵했다.

"""하하하."""

나랑은 관계없어. 그냥 소문이고, 그 소문이 진짜로 있는지 모르고. 나는 아무것도 몰라!

216화 시엘의 분노

소문에 대해서는 무시하기로 했다. 있는지 없는지도 불확실한 소문을 신경 써봤자 소용없다.

"길드에서 파는 지도가 꼭 정확하다고는 할 수 없지만, 그래도 지도상으로 위치를 확인하는 게 상식이야. 지금 우리처럼 어디에 있는지 전혀 모르는 상태는 매우 위험해."

분명히 듣고 보니 그렇다. 혹시 지금 시엘이 없어지면 틀림없이 길을 잃는다. 뿐만 아니라 동굴 안에 있는 마물들에게도 공격을 받겠지.

"이 상태에서 시엘이 없어지면 우리는 끝장이야."

"응."

"냐아!"

드루이드 씨의 말에 시엘이 불만스러운 듯이 울었다. 그쪽을 보니 무시무시한 표정으로 드루이드 씨를 노려보고 있었다. 드루이드 씨도 시엘의 표정을 보고 바르르 몸을 떨었다.

"아니, 시엘이 정말로 없어진다는 게 아니야. 혹시나의 이야기니까, 혹시나!"

드루이드 씨의 목소리가 조금 떨렸다. 아무리 드루이드 씨라도 지금 시엘은 무서운 모양이다. 그도 그렇겠지. 지금 시엘에게서는 표정만이 아니라 왠지 무서운 기운까지 흘러나오고 있다.

"시엘, 드루이드 씨를 노려보면 안 돼. 여행 방법을 배우는 중이니까."

"니이?"

"시엘이 없어진다는 생각은 안 해. 같이 있어줄 거지?"

"냐웅."

계속 같이 있어달라고 말하고 싶었지만, 그건 그만두었다. 여행 도중에 시엘에게 좋은 만남이 있을지도 모른다. 그렇게 되면 여행보다 그쪽을 우선했으면 싶다. 좀 쓸쓸하겠지만!

"고마워."

내 말에 시엘의 분위기가 누그러졌다. 그걸 보고 드루이드 씨도 긴장이 풀린 모양이지만, 그 얼굴은 다소 창백했다.

"괜찮아요?"

"아하하, 괜찮아. 설마 그렇게 화낼 줄은 몰랐어."

"그러네요."

시엘이 슬쩍 내게 얼굴을 기댔다. 눈이 다소 처져 있다. 귀엽다.

"괜찮아. 시엘을 무서워하지 않아. 시엘이 착한 건 다 아니까."

머리를 천천히 쓰다듬었다. 가볍게 흔들리는 꼬리가 귀엽다.

"뿌뿌~뿌뿌~."

그 꼬리에 소라가 장난치고 있다. 여전히 소라는 변함없다. 전혀 분위기를 못 읽는다.

"미안, 시엘."

"냐옹."

드루이드 씨에게도 머리를 기대는 시엘. 다행이다. 원래 분위기로 돌아왔다. 그렇기는 해도 그렇게 화내다니 놀랐다. 휴우, 조금 지쳤네.

"드루이드 씨, 오늘은 이만 잘까요? 으음, 제 여행이 다른 모험가들과 다르다는 이야기는 이해했으니까요."

그건 잘 기억해둬야지. 제3자가 있을 경우에 눈에 띄는 행동을 하면, 이상하게 여겨져서 시엘이나 소라 등을 들킬지도 모른다. 응, 잘 기억해두자.

"그래주면 고맙겠어. 아까 그거 때문에 확 지쳤어."

시엘의 눈총이 드루이드 씨에게는 꽤나 힘든 모양이다. 창백해졌던 안색은 되돌아왔지만, 피로가 느껴졌다.

저녁식사를 하고 뒷정리를 한 뒤에 잠자리에 들었다. 무슨 일이 있을 경우 바로 움직일 수 있도록 이런 장소에서는 신발을 벗지 않는다. 그리고 불도 어느 정도 켜둔 채로 놔둔다. 조금 답답하고 밝지만 어쩔 수 없다. 혹시나의 경우를 위한 대책은 필요하다.

"안녕히 주무세요."

"냐옹."

"응, 잘 자."

"뿌~."

"……류우……".

프렘의 저건 잠꼬대겠지.

동굴 밖으로 나왔다. 오늘도 날씨가 좋다. 나무들 사이로 햇살이 비쳐든다. 다만 나날이 바람이 차가워지는 게 느껴진다. 길로 나가는 편이 좋을지도 모르겠어.

"나도 아이비식 여행에 익숙해졌군. 응."

동굴 입구에서 기지개를 켜는 드루이드 씨. 피로도 가셔서 개운

한 얼굴이다. 그렇기는 해도 아이비식?

"무슨 의미인가요?"

아, 또 실수.

"숙면했어."

"뭐, 잤으니까요."

"그렇긴 한데, 이전까지는 그렇게 푹 잠들지 않았어."

아, 그렇구나. 분명히 나도 시엘과 만나기 전이었으면 숲속에서 숙면은 힘들었지. 나무들이 스치는 소리만 나도 벌떡 일어났다. 바람이 센 날에 잠을 청하면 오히려 더 지치는 날도 있었다.

"시엘과 있다는 안심감은 위험할 정도인데. 경계심이 둔해져."

"그건 그래요. 무심코 거기에 몸을 맡기게 되어서."

분명히 숙면하여 피로가 가시는 것은, 시엘이라는 커다란 존재에게 보호받기 때문이다. 시엘이 없어지면 정말로 큰일이다.

"냐웅."

우리 대화를 들었는지 시엘은 만족스러운 기색이지만.

"너무 거기에 기대지 않게 조심해야만 하겠네요."

"그래."

"니이."

지금 대화는 조금 불만인 모양이지만, 시엘만 믿어선 안 되니까. 조심해야지.

"뿌~."

"떼류~."

두 마리의 소리에 시선을 주자, 뭔가가 떨어져 있었다. 다가가 보니 지면에 굴러다니는 검은 구체.

"이건 뭔가요?"

드루이드 씨에게 보여주었지만, 그도 고개를 갸웃거렸다. 다시금 그 검은 구체를 보았다. 돌처럼 생겼지만, 잘 보니 숨 쉬듯이 살짝 움직이고 있다. 손가락 끝으로 조금 찔러보았다. 거기에 몸을 꿈틀거리더니 좀 작아졌다. 아무래도 겁먹은 것 같은데.

"뿌~."

"떼류~."

소라와 프렘이 뭔가를 요구하고 있다. 어어, 이 경우는…… 주워달라는 건가?

"주우라고?"

"어?"

"뿟뿌뿌~."

"떼류류~."

드루이드 씨는 놀란 모양이지만, 소라와 프렘의 요구는 이해했다. 그러니까 겁주지 않도록 살며시 검은 구체를 주웠다. 희미한 열기가 손에 전해졌다. 역시 이건 생물인 모양이다.

"아이비, 그거 줍게?"

"네. 소라와 프렘이 부탁했고요."

"그런가. 동굴 안에서 자는 것에 놀랐지만, 정체불명의 물건을 그렇게 간단히 줍는 아이비에게도 놀랐어."

아무래도 내 행동에는 조금 문제가 있는 모양이다. 하지만 소라와 프렘이 내게 해를 끼칠 만한 것을 줍게 할 리가 없다고 믿는다. 그러니 다음에 같은 부탁이 있어도 태연하게 줍겠지.

"그건 생물이로군."

"아마도요. 살짝 온기가 전해져왔고, 희미하게 움직이고 있어요."

딱 내 두 손에 들어갈 만한 크기의 검은 구체. 가만히 보고 있어도 전혀 움직이지 않는다. 정말로 뭘까?

"뭐, 여기에 계속 있을 수도 없으니까 이동할까."

"응. 프렘, 이리 와."

검은 구체는 소라와 프렘의 가방에 넣고 프렘을 안아들었다. 소라는 뿅뿅 뛰어서 드루이드 씨의 머리 위로. 그리고 선두는 시엘.

"시엘, 길 근처로 돌아갈까."

"냐웅."

"가방 안은 이미 무서울 정도니까, 수확이나 채취는 안 해도 돼."

"……."

"시엘, 이미 충분하고 남을 정도니까. 아무것도 찾지 말고 길로 가자!"

"냐웅."

엄청나게 불만인 대답이 돌아왔다. 하지만 여기서 물러날 수 없다. 오늘 아침에 정리를 겸해서 가방 안을 확인했다. 드루이드 씨 말로는 '하타우 마을에서 제일 좋은 숙소에서 묵을 수 있겠군'이라고 했다. 하루 이틀도 아니라 2년이나. 소라와 프렘은 포션에 마석. 시엘은 광석에 나무열매. 세 마리가 도와주면 역시 이렇게 된다고 쓴웃음이 새어나왔다.

217화 신기한 생물

걸으면서 어깨에 멘 가방을 보았다. 방금 전에 주운? 검은 생물이 가방 안에서 굼실굼실 움직이길래 들여다보았더니, 갑자기 굳어버린 것처럼 움직이지 않게 되었다. 가엾으니까 움직여도 신경 쓰지 않기로 했는데…….

"왜 그래?"

"방금 전까지 움직였는데 전혀 안 움직이길래 걱정되어서."

가방 위로 가볍게 쓰다듬었지만, 꿈쩍도 하지 않는다. 무슨 일 있었나? 아까처럼 놀라게 하면 미안하니까, 가방을 열기도 그렇다.

"소라."

드루이드 씨의 목소리에 소라가 그의 머리 위에서 쭈욱~ 하고 몸을 위로 뻗었다.

"어이, 소라. 갑자기 움직이면 떨어져."

"뿟뿌~."

정말로 소라는 장난을 좋아하는구나. ……아니, 이 경우는 드루이드 씨를 놀리는 걸 좋아한다고 해야 할까?

"소라."

"뿌~."

"아까 그 검은 생물, 움직이지 않는데 괜찮은 거야?"

드루이드 씨의 질문에 부르르 몸을 흔드는 소라. 흔드는 것은 문제없다는 소리.

"괜찮은가 보네."

"다행이군."

"그렇긴 해도 이 생물, 대체 뭘까요? 마물일까요?"

"강하진 않지만 마력이 느껴지니까 틀림없이 마물이겠지만. 검은 구체의 마물?"

"소문으로 들어본 적도 없나요?"

드루이드 씨는 모험가인 만큼 여러 마물이나 동물에 대해 알고 있다. 이번 여행을 위해서 많은 모험가들과 교류하고 새로운 정보가 없는지 조사하였다.

"이만큼 특징이 있으니까 들었으면 기억하는데, 떠오르질 않는 걸 보면 아직 소문이 나지 않은 걸지도 모르겠군."

소문이 나려면 목격한 모험가가 필요하다. 숲속 깊은 곳에 계속 있었던 마물이면 혹시나 아직 아무도 보지 못했을지도 모른다.

"발견자 제1호?"

내 말에 드루이드 씨가 웃었다.

"그럴지도. 바로 길드에 보고할까?"

드루이드 씨의 말에 고개를 갸웃거렸다. 보고는 해야만 하겠지만……

"떼류?"

"아, 프렘, 안녕. 나중에 검은 구체의 마물을 소개할게."

"류……. 류~."

흥미가 없었던 건지 바로 도로 잠들었다. 품속에서 다시 잠든 프렘의 몸을 잠깐 쓰다듬었다.

"일어나는 건 느리면서, 잠드는 건 금방이군."

"뿟뿌, 뿟뿌."

"니야."

소라와 시엘이 웃는 듯한 기척. 분명히 드루이드 씨의 말처럼 잠드는 건 빠르다. 게다가 장소도 시간도 가리지 않고.

"어떤 의미로 성격이 좋네요."

검은 구체의 마물은 공격성이 보이지 않기도 하고 아직 잘 모르는 것이기에 지켜보기로 했다. 모험가 길드나 상업 길드에 등록한 이들은 새로운 마물을 발견했을 경우, 조금이라도 공격성이 보이면 보고할 의무가 있다는 모양이다. 하지만 공격성이 없는 경우는 생태계 등을 조사한 뒤에 보고해도 된다고 한다. 그건 몰랐다.

"이 근처는 걷기 쉽군."

드루이드 씨의 말에 고개를 끄덕였다. 동굴까지 가는 길은 험해서 걷기 힘들었다. 바위는 굴러다니고, 나무뿌리가 여기저기서 튀어나와있었다. 거기에 비교하면 지금은 꽤나 평탄한 길이다.

"이러면 길도 금방 나오겠네."

"그래. 길 근처까지 오면 일단 지도로 장소를 확인할까."

"후후후, 응."

드루이드 씨는 어디에 있는지 모르는 상태가 꽤나 불안한 모양이다. 시엘과 여행을 해온 나로서는 항상 있는 일이지만. 여기에 익숙해지면 안 되는 걸까?

선두를 가는 시엘을 보았다. 든든한 뒷모습이야. 가만히 보고 있으니, 시엘이 뒤를 돌아봐서 시선이 마주쳤다. 그러더니 기쁜 듯이 꼬리가 좌우로 흔들거렸다.

"시엘, 고마워."

"냐옹."

응, 귀여워.

슬슬 잠자리를 찾을까. 드루이드 씨의 그 말에 멈춰 서서 팔다리를 쭉 뻗었다. 오늘 하루 동안만 해도 꽤 걸었다. 아무래도 좀 지쳤어.

"뿟뿌뿌~."

드루이드 씨가 멈춰 서는 동시에 소라가 뿅 하고 지면에 착지했다. 그리고 이리저리 시선을 움직였다. 잠시 뒤에 뿅 하고 크게 뛰어서 어느 방향으로 향했다.

"뿟뿌~, 뿟뿌뿌~."

여전하다. 드루이드 씨와 함께 쓴웃음을 짓고, 놓치지 않도록 서둘러 뒤를 쫓았다. 오늘 잠자리는 조금 먼 모양이다.

"소라, 너무 빨라!"

모습이 보이지 않게 되었기에 말을 걸었는데, 풀을 밟는 소리는 멈추지 않았다. 내 옆에 있는 시엘이 다급한 기색이 없는 걸 보면 괜찮겠지만, 모습이 보이지 않게 되는 건 불안하다. 나무들 사이에서 멈춰 선 소라의 모습이 보인 순간, 몸에 잔뜩 들어갔던 힘이 빠졌다.

"소라, 조금 더 천천히 가."

소라에게 달려가서 주위를 둘러보다가 굳었다. 소라에게서 조금 떨어진 장소에 커다란 뱀. 그것이 똑바로 이쪽을 바라보고 있었다. 드루이드 씨가 다급히 내 앞에 서서 검을 뽑아들었다.

"뿟뿌뿌~."

소라의 목소리가 들렸기에 조금 긴장이 풀어졌지만, 그래도 무섭다. 슬쩍 소라를 바라보니, 소라는 뱀이 아니라 나를 바라보고 있다. 의아한 마음에 소라를 보고 있자, 그 시선이 내가 어깨에 메고 있는 가방을 향하는 것을 깨달았다.

"소라, 저 마물은 적이 아냐?"

내 말에 부르르 몸을 흔드는 소라. 어어, 몸을 흔든단 소리는…… 뭐였더라? 공포로 머리가 잘 돌지 않는다. 흔들었으니까…… 적이 아닐 때다.

"드루이드 씨, 그 마물은 괜찮은 모양이에요."

내 말에 숨을 내쉬는 드루이드 씨. 그래도 검은 아직 그대로 든 상태다.

"뿌우~."

소라의 시선은 아직도 가방을 향하고 있다. 혹시 아까 주운 검은 생물 말인가? 가만히 가방을 열고, 안에 있는 검은 구체의 상태를 살폈다.

"우왓."

드루이드 씨의 목소리에 몸이 흠칫 떨렸다. 다급히 검은 구체에서 뱀으로 시선을 옮겼다.

"우왓."

무심코 드루이드 씨와 같은 반응을 하였다. 하지만 그것도 어쩔 수 없겠지. 시선 앞에는 뱀의 커다란 몸 여기저기에서 검은 구체가 튀어나왔다. 아니, 튀어나온 게 아니라 검은 구체가 우리에게 보이는 위치로 이동한 모양이다.

왠지 좀 으스스하다. 그렇게 생각하면서 가방에서 동굴 앞에서 주운 검은 구체를 꺼냈다. 그걸 알았는지, 뱀의 몸이 좌우로 천천히 흔들렸다.

"뱀도 몸을 흔드는구나."

"아이비의 반응은 조금 이상해."

"예?"

드루이드 씨를 보니 어깨를 으쓱이는 모습. 대체 무슨 소릴까. 이야기를 하고 있는데, 갑자기 내 손 안의 검은 구체가 움직인 바람에 떨어뜨리고 말았다.

"미안, 괜찮아?"

사과한 뒤에 떨어진 장소를 보니, 검은 구체가 뱀 쪽으로 이동하고 있었다. 동료가 있는 모양이니까, 이동하는 것 자체는 딱히 문제없지만…….

"나로서는 구체가 이렇게 열리고…… 뭐라고 할까, 반구형이 되고 다리가 나오는 걸 상상했는데."

드루이드 씨의 손 움직임을 보니, 내가 상상했던 것과 비슷할지도 모르겠다. 나는 전생의 내 기억에 있는 공벌레 같은 인상을 갖고 있었다. 하지만 설마 구체 그대로 다리만 쏙 튀어나오다니……. 그렇긴 해도 다리가 짧아서 애쓰고 있더라도 느리다.

간신히 뱀에게 도달한 검은 구체. 그 모습에 왠지 안도하였다.

도중에 떨어진 돌에 넘어지기도 했고, 둥글게 튀어나온 나무뿌리에 몸이 끼기도 했고. 그때마다 손을 빌려주었기 때문에 시간이 걸렸다.

"어차피 이렇게 뱀한테 접근할 거였으면 처음부터 뱀에게 데려다 주면 좋았을걸."

드루이드 씨의 말에 그렇구나 싶어서 쓴웃음이 나왔다. 검은 구체를 도우면서 응원하고 있다 보니, 어느 틈에 눈앞에 거대한 뱀이. 조금만 손을 뻗으면 뱀의 몸을 만질 수 있는 거리까지 접근했다. 그걸 알아차렸을 때에는 다급히 뒤로 물러나려고 했지만, 아래를 보니 파인 곳이 끼어서 버둥거리는 검은 구체. 검은 구체를 꺼내주고 동료와 합류하는 걸 보고 있다가 뒤로 물러날 기회를 놓쳤다. 뭐, 공격해오는 기색도 없으니까 괜찮겠지. 아니, 검은 구체가 달리는 모습을 흐뭇하게 지켜보는 것 같다. ……엄마인 걸까.

218화 서펀트 씨

"드루이드 씨, 이 거대한 뱀은 무슨 종류인지 알아요?"

"으음, 시꺼먼 몸에 하얀 무늬지?"

"네, 머리 위에도 무슨 무늬가 있는데요?"

아쉽게도 내 키로는 거기까지 안 보이지만, 방금 전에 거대한 뱀이 머리를 움직일 때에 슬쩍 보였다.

"으음……. 검은 구체들 때문에 거의 안 보이지만, 무늬 같은 게 있긴 하네."

거대한 뱀의 머리에도 구체가 올라가 있기 때문에, 무늬가 안 보이는 모양이다.

"생각이 안 나, 전혀 모르겠군. 애초에 하타우 마을 주변에 검은 뱀이 있다는 소린 들어본 적 없지만."

드루이드 씨가 두 손 드는 시늉을 하면서 고개를 내저었다. 거대한 뱀의 온몸이 보이도록 조금 이동하여 몸에 있는 무늬를 보았다. 앗!

"……저기, 드루이드 씨, 거대한 뱀의 등에서 소라가 뛰놀고 있어요."

"뭐?"

검은 구체에 섞여서 소라가 즐겁게 뛰고 있다. ……어라? 눈을 비비고 다시금 보았다. 그리고 아까 시엘이 있던 장소를 보았다. ……없다.

"드루이드 씨, 시엘이 슬라임이 되어 참가했어요."

"뭐? 어, 진짜다."

우리의 시선 앞에는 검은 구체에 섞인 두 마리 슬라임. 재미있나 보다. 거대 뱀을 바라보았다. 고개를 뒤로 돌려서 그 둘을 보는 모양이다. 조금 식은땀이 흘렀지만, 딱히 반응을 보이는 일도 없이 시선을 우리에게로 되돌렸다. 몸 위에서 놀고 있는데 그냥 눈감아주나?

"저기, 소라와 시엘이 몸 위에 실례하고 있네요. 용서해주실래요?"

내 말이 통한 건지 고개를 위아래로 움직였다. 내 바람에서 나온 착각은 아니겠지.

"뱀이 무슨 종류인지는 모르겠지만, 이건 꽤나 오래 살았군."

"오래 살았다고요?"

"그래, 뱀은 오래 살수록 거대해지는 마물이니까. 이 사이즈라면 아마도 서펀트야."

"서펀트?"

"뱀 중에서 제일 커다란 사이즈가 되지."

제일 큰 사이즈. 분명히 눈앞의 거대한 뱀은 내가 보아온 것들 중에서도 제일 크다. 그만큼 많이 본 것도 아니지만.

"그렇긴 해도 이렇게 큰 뱀은 정말 오랜만에 보는데. 옛날에 서펀트를 토벌한 적 있는데, 그거보다 클지도 모르겠어."

"……토벌이요?"

"그래, 동굴에서 나와서 근처의 마을사람들을 잡아먹었으니까 토벌 의뢰가 나왔어."

그렇구나, 그러면 토벌도 어쩔 수 없나. 눈앞의 거대한 뱀을 보았다. 그리고 잔뜩 있는 검은 구체를 보았다. 닮은 아이들이 많이 있으니까 내가 주운 아이가 어느 아이인지는 이미 알 수 없었다. 조금 아쉽네. 더 놀고 싶었는데.

그보다 방금 전에 드루이드 씨가 한 말이 마음에 걸렸다. '마을 사람들을 잡아먹었다.' 시선을 위로 들자, 아직도 나와 드루이드 씨를 바라보는 거대한 뱀=서펀트. 가만히 바라보고 있는데, 설마 우리를 노리는 건 아니겠지?

"서펀트 씨, 우리를 잡아먹을 건가요?"

아무튼 의사를 물어보았다.

"뱀한테 물어서 어쩌자고?"

드루이드 씨가 조금 황당한 기색으로 말했다. 하지만 뱀은 나와 시선을 맞추더니 고개를 좌우로 흔들었다. 방금 전처럼 미세한 움직임이 아니라 또렷하게.

"안 잡아먹으려나 봐요."

"……음, 설마 의사소통이 되다니……. 그걸 자연스럽게 받아들이는 아이비도 역시 보통이 아냐."

드루이드 씨가 뭐라고 하지만, 의사소통이 되었다는 기쁨에 제대로 귀담아듣지 않았다. 뭐, 문제없는 걸로 치자.

"저 검은 구체는 아이들인가요?"

질문에 꾸벅 하고 한 차례 고개를 숙였다.

"그렇군요. 혹시 찾고 있었나요? 우리가 데리고 온 게 잘못은 아니지요?"

뱀이 고개를 좌우로 흔들었다. 다행이다. 폐를 끼친 건 아닌 모양이다.

"아주 크네요. 오래 살았나요?"

의사소통이 제대로 되고 있다는 기쁨에 계속 묻게 된다. 뱀도 내 질문에 계속 답해주고 있어서 기쁘다.

"드루이드 씨, 백 년 이상 살았대요! 소라랑 시엘도 계속 놀아도 된대요!"

"그런가 보군."

드루이드 씨를 보니 왜인지 크게 감탄한 표정으로 나를 보고 있다. 무슨 일 있었나? 고개를 갸웃거리며 그를 보니, 쓴웃음이 돌아왔다.

"역시나 소라의 주인이다 싶어서."

"음?"

"아, 소라! 아무리 그래도 거기서 그러면 안 되지!"

드루이드 씨의 시선 앞에는 서펀트 씨의 머리 위에서 뛰는 소라. 저기에는 화내겠지 싶어서 서펀트 씨를 보았는데, 나와 시선이 마주치자 고개를 갸웃거렸다. 다행이다. 이 서펀트 씨는 정말 마음이 넓다.

"미안해요, 서펀트 씨. 소라가 머리 위에서 마구 뛰어다녀서."

시간으로는 대략 5분, 소라와 시엘은 만족했는지 우리에게로 돌아왔다.

"뿟뿌~."

"냐옹."

"어서 와, 서펀트 씨에게 고맙다고 해야지."

내 말에 두 마리가 서펀트의 앞에서 한 차례 뛰었다. 두 마리 나름대로의 인사일까? 서펀트를 보니 크게 한 번 고개를 끄덕였다. 대단하다, 서로 통하는 모양이다.

"자, 우리는 잠자리를 찾을까."

아, 잠자리를 찾는 도중이었지. 드루이드 씨가 말할 때까지 까맣게 잊고 있었어.

"그러네요. 이 주변에서 찾아볼까요?"

"음, 그럴까."

"뿌~."

찾기 위해 움직이려는데 소라가 불만의 소리를 내었다.

"왜 그래, 소라?"

이름을 불렀지만 뭔가에 화내고 있다. 뭐지? 아! 혹시.

"소라, 잠자리를 찾아주세요."

"뿟뿌뿌~."

내 말에 순식간에 기분이 좋아진 모양이다.

"소라는 참 기분이 잘도 변해."

소라의 모습을 지켜보던 드루이드 씨는 기막히다는 눈치다. 소라가 펄쩍 뛰자, 서펀트 씨의 몸이 스윽 움직였다.

"아, 가려는 모양이네요."

"그래."

몸 위에 검은 구체를 잔뜩 올린 상태인데, 전혀 그런 느낌이 없게 자연스러운 움직임으로 숲속으로 들어갔다.

"잘 가요. 고마워요."

소라와 시엘이 신세졌습니다. 그런 마음을 담아서 손을 흔들었다. 그 목소리에 반응했는지, 서펀트 씨의 움직임이 멎었다. 그리고 한동안 그대로 움직이지 않았다.

"뭐 있나?"

왜 그러나 싶었는데, 서펀트 씨가 고개를 뒤로 돌렸다. 그리고 또 시선이 마주쳤다.

""……??""

어째야 좋을지 모르는데, 서펀트 씨의 얼굴이 스윽 다가왔다. 갑작스러운 일이었기에 상체를 살짝 뒤로 젖혔다.

"깜짝 놀랐네. 응?"

살짝 숨을 내뱉자, 눈앞에 검은 구체. 서펀트의 혀 위에 올라있다. 어째야 좋을지 생각하는데, 혀가 길게 뻗어서 구체가 더욱 다가왔다. 손을 대보니 아까까지와는 달리 손에는 차가운 느낌이 전해졌다. 아무래도 아이가 아닌 모양이다.

"주는 건가요?"

혀가 입 안으로 돌아가더니 또 가만히 나를 바라보다가, 잠시 뒤에 숲으로 돌아갔다.

"받아버렸네요."

"그래. 그건 대체 뭐지?"

"차가우니까 생물은 아닌 모양이에요."

드루이드 씨가 손에 들고 눈높이까지 들었다. 그리고 찬찬히 살펴보았다.

"뭔지 전혀 모르겠는데."

"어쩔 수 없네요."

그렇긴 해도 멋있었지. 검은 몸에 하얀 무늬에, 마음이 넓고 착하다. 드루이드 씨와 함께 서펀트 씨가 사라진 방향을 보았다. 짧았지만 신기한 만남이었지.

잠시 뒤에 조금 떨어진 장소에서 소라의 목소리가 숲에 울렸다. 이런, 잠자리를 찾아달라고 해놓고선 방치해버렸네, 다급히 소라를 찾아보니 아까보다 눈이 곤두선 소라.

"미안."

"부~."

화가 나서 '뿌'가 아니라 '부'가 되었다.

"미안해."

드루이드 씨도 사과했지만, 소라는 뚱하니 고개를 돌렸다.

"부~!"

어떻게 해야 마음을 풀어줄까?

219화 중간지점

"오오, 길이 보인다."

숲 안쪽에 있던 동굴을 나오고 7일째. 간신히 길이 보이는 지점까지 올 수 있었다. 드루이드 씨는 꽤나 기쁜 모양이다. 그렇게 숲 속이 불안했던 걸까?

"아무튼 지금 있는 장소가 어디인지 확인할 필요가 있겠어."

드루이드 씨가 매직백에서 지도를 꺼냈다.

"무슨 표적이 될 만한 게 있는지 찾아볼게."

"그래, 부탁해."

지도에서 장소를 확정하려면 표식이 될 만한 것을 찾을 필요가 있다. 특징적인 커다란 바위나 강, 호수 등이 이상적. 그것 외에도 진기한 꽃이나 열매가 맺히는 커다란 나무 등도 표식으로 이용된다.

전망 좋은 장소를 찾아 주위를 확인했다. 몇 차례 장소를 이동하며 도전해보았지만, 그럴 만한 것을 찾을 수 없었다. 혹시 아무것도 없나?

"드루이드 씨, 아무것도 없는데요."

"그런가."

드루이드 씨의 대답에 고개를 갸웃거렸다. 지금 정보로는 장소를 특정할 수 없다고 생각하는데, 딱히 초조한 기색이나 당황하는 분위기가 느껴지지 않는다. 어떻게 된 거지?

"여기일까, 여기인가? 아니, 여기는 너무 머니까 아닌가?"

대단하네. 내 정보로 장소를 몇 군데로 좁혔다. 지도를 보니, 드루이드 씨의 손가락은 순서대로 세 곳을 가리켰다. 그리고 뭐라고 중얼거리고 있다. 으음, 너무 작아서 안 들려.

가리키는 장소를 보니, 하나 같이 지도상에는 아무것도 없는 장소인 모양이다. 표식이 되는 바위의 정보나 강의 정보 등이 전혀 없다. 그렇구나, 표식이 없는 장소를 찾은 건가.

"두 군데까지 좁혔는데, 어느 쪽인지는 불확실해."

어떻게 이 두 군데로 좁힌 걸까?

"아마도 오르 마을에 가까운 길일 거라 생각해. 먼 곳은 거리를 생각해보면 아무래도 아닐 것 같거든."

지도에서 오르 마을을 확인하고, 드루이드 씨가 가리키는 두 곳을 확인했다. 오르 마을에 가까운 길이면 아마도 여유롭게 올 수 있는 위치다. 또 다른 곳은 마을을 떠난 이후로 걸릴 날짜를 생각하면 다소 무리가 있는 위치다.

"어느 길이든 조금만 걸으면 표식이 나오는 모양이네요."

가까운 쪽의 길에는 강이, 먼 쪽의 길에는 신기한 꽃이 1년 내내 피는 커다란 나무가 있는 모양이다.

"일단 길을 따라 걸으면서 표식을 찾을까요?"

"그래, 장소만큼은 확실히 알아두고 싶으니까 그렇게 할까?"

드루이드 씨가 지도를 가방에 넣었다.

"그럼 갈까."

드루이드 씨의 말에 시엘이 아단다라의 모습에서 슬라임으로 변했다. 길을 갈 때는 누구 눈에 띌 경우를 생각해서 그렇게 해달라고 했다.

"고마워."

"냐옹."

슬라임에게서 아단다라의 귀여운 목소리. 아직 조금 위화감이 느껴지네.

주위에 사람이 없는지 기척을 찾아보았다. 마물의 기척은 좀 있지만 인기척은 전혀 없다. 이러면 소라와 프렘을 가방에 넣어둘 필요는 없을까. 소라와 시엘에게 말한 뒤에 드루이드 씨와 함께 길을 향해 걸어갔다. 길에 도착해서 다시금 주위를 확인. 역시 표식이 될 만한 것은 없었다.

하타우 마을을 향해 걸었다. 역시 정비된 길은 걷기 쉽네. 소라와 시엘도 뛰기 쉬운지 둘이서 계속 놀고 있다. 프렘을 깨워보았지만, 크게 하품을 몇 번 할 뿐이지 도로 잠들었다. 프렘은 운동 부족 때문에 병에 걸리지 않을까? 조금 불안하다.

길을 따라 걷기 시작한 지 세 시간 정도, 조금씩 어두워지기 시작할 시간. 눈앞에 커다란 나무가 나타났다. 게다가 처음 보는 꽃이 피어 있었다.

"……강이 아니라 꽃이네요."

"그래, 어느 틈에 그 거리를 이동한 거지?"

오르 마을에서 이 꽃이 피는 나무까지 거쳐 가는 것을 포함해서 총 25일 정도 걸릴 거라 생각하였다. 오늘은 마을을 떠난 지 18일째.

"으음, 일단 장소는 확인했군."

"그래."

이 장소는 딱 오르 마을과 하타우 마을의 중간지점. 여행도 절반 남았다.

"자, 슬슬 잠자리를 찾아볼까."

드루이드 씨의 말에 그의 머리 위에 있던 소라가 기쁜 듯이 몸을 흔들었다.

"소라, 그렇게 움직이지 마. 위험해."

드루이드 씨의 말에 몸 흔들기를 멈추고 뿅 하고 뛰어 내리는 소라. 그대로 우리 주위를 뿅뿅 뛰어다녔다. 꽤나 기분 좋은 눈치다.

"소라, 잠자리를 찾아줄 수 있겠어?"

"뿟뿌뿌~."

기분 좋게 잠자리를 찾기 시작하는 소라. 여전히 망설임 없다.

"자, 놓치기 전에 가자."

"네."

기분 좋아서인지 평소보다 더 큼직큼직하게 뛰는 소라의 뒤를 쫓아갔다. 때때로 너무 크게 뛰어서 나무에 격돌하는데, 저거 괜찮나?

"응? 소라, 잠깐만! 쓰레기장이 있어."

드루이드 씨의 말에 시선을 소라에서 드루이드 씨가 보는 방향으로 옮겼다. 분명히 상당한 크기의 쓰레기장이 있다.

"모험가들의 쓰레기장이군. 이런 장소에 만드는 바보가 있다니."

드루이드 씨가 크게 한숨을 내쉬었다.

"숲속에서 쓰레기장을 꽤 보았는데, 그러면 안 되는 건가요?"

뭐, 무단으로 버렸으니까 안 되겠지만…….

"안 돼. 쓰레기장은 최대한 마을 근처에 만드는 거야. 중요한 거라고."

그러고 보면 모험가들이 만드는 쓰레기장도 마을 근처에 많았다. 뚱딴지 같은 장소에 쓰레기장이 있는 경우도 있었지만.

"쓰레기장에는 이것저것 버려져 있겠지?"

"네."

쓰레기장 근처까지 와서 버려진 물건들을 살펴보았다. 분명히 다양다종의 물건들이 버려져 있다. 뭐, 마을에서 머니까 모험가들이 버리는 물건인 경우가 압도적으로 많지만.

"저거, 뭔지 알겠어?"

드루이드 씨가 가리키는 방향을 보았다. 찢어진 매직백이 버려져 있었다.

"매직백 아닌가요?"

"그래. 저거에는 소량이긴 하지만 실에 마력이 담겨 있어."

매직아이템을 움직이는 힘은 마력. 그것은 여행을 하다보면 반드시 귀에 들어오는 정보 중 하나다.

"네. 알고 있어요."

"찢어졌다고 해도 마력은 아직 저기에 존재하고 있어."

실에 포함되어 있다면 그렇겠지.

"그 마력을 흡수하는 마물이 있어."

마력을 흡수하는 마물이라니 무슨 소릴까.

"어느 마물이든 마력을 흡수하는 거 아닌가요?"

"응? 아, 글루발처럼?"

"네."

"그건 흘러나온 마력이 많았으니까, 어느 마믈이든 흡수할 수 있었던 거야. 남은 마력이 적을 경우라면 일반적인 마물은 흡수

못 해.”

그렇구나. 아직도 내가 모르는 게 많네.

“마력을 흡수할 뿐이라면 문제없는데, 흉포해지거나 돌연변이를 일으킬 때도 있어.”

“흉포해진다면 글루발처럼? 그리고 돌연변이라고요?”

그건 무섭다.

“그래, 특히나 무서운 건 돌연변이야. 모습은 잘 아는 마물인데, 힘이 급증하거나 사용하는 마법이 변하거나 해서 대처에 시간이 걸리는 일이 있어.”

“쓰레기로 버려진 매직백에 그런 힘이…….”

“그렇다고 해도 그런 가방 하나에 들어있는 마력으로는 변이하지 않겠지만. 쓰레기는 계속 모이니까.”

흉포화도 돌연변이도 상당한 마력이 필요한가.

“그러니까 여기처럼 관리되지 않는 쓰레기장은 위험해.”

분명히 이 쓰레기장에는 쓰레기가 꽤 많이 있다. 혹시 여기 있는 모든 물건에 마력이 조금씩 남아있고, 그걸 죄다 흡수한다면 상당한 마력량이 되겠지.

“어느 정도의 마력이 모이면 돌연변이가 일어나나요?”

“많은 이들이 연구하는 모양이지만, 아직 확실하게는 몰라. 그러니까 길드에서도 쓰레기장에는 경계하고 있어. 몇 년 전에 돌연변이가 일어난 마물에 마을이 하루 만에 괴멸된 사례도 있고.”

그런 일이 있었나.

"모험가 길드에 등록할 때에 제대로 설명을 들었을 텐데. 하아."

사람은 아무도 보고 있지 않다고 생각하면 편한 길을 택하려는 경향이 있다. 그러니까 여기에 쓰레기장이 있다. 몰랐다고 해도 나도 모험가가 만든 쓰레기장에 쓰레기를 버린 적이 있다. 앞으로는 조심해야지.

"아이비, 표식이 될 만한 건 있어? 하타우 마을의 길드에 보고하고 싶어."

주위를 둘러보다가 조금 떨어진 장소에 강을 발견. 드루이드 씨는 지도에 쓰레기장의 정보를 써넣었다.

"조금 떨어진 곳에 강이 있는 거 같아."

"고마워. 응? 소라가 쓰레기장 문제에 도전 중인가 보군."

드루이드 씨의 시선을 따라가니, 기쁜 듯이 검을 먹어치우는 소라의 모습. 여전히 이마에 검이 꽂힌 걸로 보이는 식사 풍경이다.

"좋아, 다 썼다. 일단 저 애들 식량을 확보할까."

"네."

220화 자랑스러운 동료

"예쁘네요."

"그래."

""……""

눈앞에 나란히 놓인, 빛나는 파란 포션과 빨간 포션. 이것들은 쓰레기장에서 소라와 프렘의 식량을 확보하는 가운데 두 마리가 만들어낸 포션이고, 각각 다섯 개씩 있다. 그리고 프렘의 주위에는 붉은 마석이 굴러다닌다.

"뿟뿌~."

"떼류~."

두 마리는 조금 자랑스러운 기색?

"니이."

반대로 왜인지 시엘은 조금 불만스러운 걸로 보인다. 뭐지? 세 마리의 모습을 비교하면서 고개를 갸웃거렸다. 평소에는 사이좋은데, 싸우기라도 했나?

"혹시 분한 걸까?"

"분하다?"

대체 뭐가?

"여행을 시작한 뒤로 시엘이 계속 선두에 서서 이것저것 해줬잖아? 동굴에서는 수입원까지 찾아주었고."

분명히 그렇다. 그 덕분에 가방 안이 아주 무시무시해졌다.

"소라와 프렘은 자기들도 도움이 된다고 보여주고 싶었을지도. 그래서 저렇게 된 거지."

드루이드 씨가 가리키는 곳에는 빛나는 포션이. 그리고 자신만만한 기색의 소라와 프렘.

"도움이 된다고……."

소라는 잠자리를 찾아주고, 프렘은 마석을 부활시켜준다. 충분한데.

"뭐, 내 억측이지만. 하지만 세 마리의 모습을 보면, 왠지 모르게 그런 기분이 들어. 이번에는 시엘이 분한 눈치니까, 다음에는 시엘 차례일까?"

다시금 세 마리를 보았다. 정말 그럴지도 모르겠다.

"드루이드 씨, 지금 소라와 프렘을 칭찬하면 어떻게 될 것 같나요?"

"틀림없이 숲속 깊은 곳으로 우리를 데려가겠지. 어쩌면 시엘 자신이 숲속에서 레어한 물품을 가져올지도."

그건 안 된다. 이 이상 머리가 아파오는 요소를 늘리고 싶지 않다. 지금 어깨에 멘 가방에 든 것만 해도 충분하다. 뭐, 빛나는 포션이 더해질 게 확정이지만. 이 이상은 정말로 참아줬으면 싶다.

"설득해야겠네요."

"그래."

드루이드 씨와 시선이 맞자, 둘 다 쓴웃음을 지었다. 소라도 시엘도 조금 완고한 기색이 있다. 프렘은 두 마리만큼 완고하지 않다……고 생각한다. 아직 성격을 다 파악하지 못했다. 하지만 괜찮겠지. 아마도. 그렇게 믿고 싶다.

뭐라고 말해야 할까? 나쁜 짓을 한 것은 아니고, 솔직하게 '이제 충분하니까 필요 없어'라고 말하는 게 좋을까? 그러면 저 상태인 세 마리를 좀 진정시킬 수 있을까?

큰일이네. 좋은 생각이 떠오르질 않는다. 어쩌지?

그렇다고 해도 사치스러운 고민이네. 수입원이 될 물건을 필요 없다고 하는 거니까. 어깨에 멘 가방을 보았다. 드루이드 씨 말로는, 이 가방에 든 것만으로도 금화를 잔뜩 받을 수 있다고 하였다. ……몇 번 생각해도 무섭다. 그런 걸 어깨에 메고 있다니 진짜로 무섭다. 이 이상은 정신건강에 좋지 않다. 최근에는 아침에 일어나면 제일 먼저 가방을 확인할 정도로 마음이 불안한데! 열심히 설득하자.

"으음, 포션 고마워."

이것저것 생각해보았지만, 역시 감사의 말은 필요하다고 생각했다. 이 두 마리는 나쁜 짓을 한 게 아니고 여행에 도움이 필요한 것을 만들어낸 거니까. 다만 그게 최상급을 넘는 물건이라는 것뿐이지. 바로 그 점이 문제지만.

"소라, 프렘, 시엘. 여러 모로 도와줘서 고마워. 여행에 도움이 되는 물건을 많이 찾아주고 만들어줘서 정말 감사하고 있어."

내 말에 세 마리는 각자 기쁜 듯한 반응을 보였다. 다행이다. 제대로 전해지고 있어.

"하지만 이제 충분해."

뭐라고 말해야 좋을까! 아, 시엘이 의아한 기색으로 고개를 갸웃거렸다.

"어어, 가방 안에는 충분하게 있어서 이젠 필요 없어. 그러니까 찾거나 만들 필요 없어."

아, 프렘이 불만인가 보다. 역시 너도 완고한 거야?

"저기……. 드루이드 씨."

설득은 어떻게 하면 좋을지 전혀 모르겠다.

"뭐라고 말해야 할까. 그래, 여비로 쓰고 남을 만큼 모였어. 이 이상은 현재로선 필요 없는 상태. 그러니까 광물을 찾는 것도, 포션을 만드는 것도 좀 자제해줘."

"뿌~."

소라가 불만스럽게 울었다. 다른 두 마리도 마찬가지다. 프렘의 시선이 나와 포션 사이를 오갔다. 혹시 더 만들고 싶은가? 그건 정말로 참아줬으면 싶다.

그렇긴 해도 지금 안 사실인데, 나도 드루이드 씨도 설득 실력이 별로다. 여기선 솔직하게 마음을 말하는 편이 더 잘 전해질지도 모르겠다.

"있잖아, 나는 모두와 함께 느긋하게 여행을 하고 싶어. 그걸 위해선 너무 눈에 띄는 행동을 하면 안 돼. 소라도 프렘도 레어 아이템이고, 꽤나 드문 힘을 가지고 있어. 누구 눈에 띄기라도 하면 소동이 날 가능성이 있어. 그건 시엘도 마찬가지. 아단다라는 그 존재만으로도 꽤나 레어. 거기에 테이밍까지 되었으면 꽤 화제가 돼."

"혹시 누구 눈에 띄면 모험가들이 밀려들겠지. 왕도에서 사람이 찾아올 가능성도 있어. 그렇게 되면 다 같이 느긋하게 여행을 계속하기란 무리야."

드루이드 씨가 설득을 계속해주었는데, 왕도에서 사람이? 어? 그게 무슨 소리야? 드루이드 씨에게서 튀어나온 말에 놀라서 그를 응시하였다.

"뿌~."

"떼류~."

"냐옹."

세 마리의 힘없는 목소리에 다급히 시선을 되돌리자, 난처한 표정이라고 할까 힘없는 분위기가 전해져 왔다. 혹시나 전해졌나?

"찾는 것도, 만들어내는 것도 자중해주는 거지?"

"뿟뿌뿌~."

"떼류류~."

"냐웅."

다행이다. 정말로 다행이다.

"고마워. 여태까지 모두가 나한테 준 건 조금씩 팔아서 여비로 쓸게."

그 말에 기쁜 듯이 몸을 흔드는 소라와 프렘. 꼬리가 폭주하는 시엘.

"간신히 이해해주었군."

"네. 그런데 왕도에서 사람이 찾아온다는 게 무슨 소린가요?"

"소라의 힘을 들키면 틀림없이 왕도에서 사람이 올 거야."

"그런가요?"

"그래, 왕이 직접 쓴 편지를 들고서."

"기쁘지 않네요."

"뿌뿌~."

소라를 보니 다소 불안한 기색이다.

"괜찮아. 소라는 내가 테이밍했으니까. 계속 같이 있을 거야."

"뿌뿌뿌~."

주위를 보니 어두워지고 있었다.

"자, 어서 잠자리를 찾아줄래, 소라?"

"뿌뿌뿌~."

"오오, 소라 든든하네. 오늘도 잘 부탁해."

소라가 기세 좋게 주위를 뛰어다녔다. 아무래도 드루이드 씨의 말이 기뻤던 모양이다.

“뗴류~.”

프렘을 보니 소라를 지그시 보며 작은 소리로 울고 있다.

“프렘?”

“류~.”

왠지 힘없는 울음소리가 돌아왔다. 으음, 왜 저러지? 소라와 프렘을 교대로 보았다. 아, 혹시.

“갈까?”

드루이드 씨의 목소리에 프렘을 안아들고 소라의 뒤를 따라갔다.

“프렘, 소라는 잠자리를 찾을 수 있지만, 프렘은 포션을 만들 수도 있고 마석을 부활시킬 수도 있어. 그러니까 자기랑 소라를 비교하며 풀죽지 마. 프렘에게는 프렘의 장점이 있으니까.”

“류~?”

프렘이 품안에서 나를 올려다보았다. 그래서 천천히 쓰다듬어 주었다.

“소라도 시엘도 프렘도 다들 내 자랑스러운 동료야. 세상 사람들에게 자랑하고 싶을 정도로.”

“뗴류.”

아, 목소리에 기운이 생겼다.

“자랑하고 싶지만, 다 같이 느긋하게 여행을 계속하고 싶으니까 비밀이야.”

드루이드 씨가 아쉽다면서 내 품 안의 프렘을 살짝 쓰다듬었다.

“그렇지요. 사실은 목소리 크게 내 자랑스러운 동료들이라고 소리치고 싶은데.”

드루이드 씨는 하하하 소리 내어 웃었다. 하지만 자랑하고 싶다는 건 사실. 아무나 붙들고서 내 자랑스러운 동료라고 소개하고 싶다는 마음이다. 뭐, 무리지만.

그렇긴 해도 도움이 된다고 보여주고 싶다니……. 내 방식에 문제가 있었나? 나중에 드루이드 씨와 이야기를 나눠보자.

221화 경쟁하고 있습니다

“안녕하세요.”

“좋은 아침.”

나무 밑에 생긴 커다란 구멍에서 나와서 팔을 쭉 뻗었다. 등이 펴지고 기분 좋다. 옆에서 드루이드 씨도 기지개를 켜고 있다.

“뿟뿌~.”

그 옆에서 소라가 쭉쭉이 운동을 한다. 슬라임도 기지개? 는 기분 좋은 걸까?

"소라, 몸이 늘어나면 기분 좋아?"

"……."

침묵이 돌아왔다. 아무래도 기분 좋다는 감각은 없는 모양이다. 그럼 왜 그러는 걸까? 신기하다.

"냐훙."

시엘의 졸린 듯한 울음소리가 귀엽다. 오늘 잠자리는 아단다라의 크기에는 너무 좁았기에 슬라임으로 변화한 상태다. 슬라임인 시엘은 소라와 마찬가지로 쭉쭉이 운동 중이다.

"니이~."

왠지 기분 좋은 듯한 울음소리가 들리는데, 시엘은 기분 좋은가?

"시엘, 쭉쭉이를 하면 기분 좋아?"

"냐옹."

기분 좋은 모양이다. 슬라임으로 변한 시엘은 소라랑 다른가? 나중에 프렘이 쭉쭉이를 할 때에 감상을 물어보자. 다시금 팔을 위로 쳐들고 뻗었다. 왠지 모르지만 오늘은 몸이 좀 무겁네. 피로가 잘 안 풀린 걸지도 모르겠다. 조심해야지.

잠자리의 뒷정리를 드루이드 씨에게 맡기고 아침식사 준비를 시작했다. 뭐, 그렇다곤 해도 어젯밤에 만들어둔 수프를 데울 뿐이라서 간단. 그 밖에는 과일을 자르는 정도다. 아침저녁으로 싸늘해지는 지금 계절에는 따뜻한 식사가 고파진다. 이것만으로도 하루를 열심히 살아갈 기운이 생긴다.

어젯밤에 드루이드 씨에게 내 태도 때문에 세 마리가 서로 경쟁하는 게 아니냐는 이야기를 들었다. 원인이 나라면, 주의하지 않으면 또 세 마리를 부추기게 된다. 드루이드 씨는 내 대응에 '문제는 없다'고 말해주었다. 세 마리를 부추기는 짓은 하지 않았고, 한 마리만 특별히 귀여워한 적도 없다고. 그럼 소라와 프렘은 왜 갑자기 시엘에게 대항하게 된 걸까. 둘이서 생각해도 답이 나오지 않아서 일단 좀 지켜보기로 했다.

아침식사를 하면서 세 마리의 모습을 지켜보았다. 왜인지 시엘은 슬라임인 채로 몸을 흔들고 있다. 영문을 모르겠다. 소라와 프렘은 식욕이 여전해서 왕성한 기세로 포션이 사라진다. 소라에 한정하자면 검도 순식간에 소화시켰다. 슬라임에게는 맛을 본다는 감각이 있을까?

"소라, 프렘, 맛있어?"

"뿟뿌뿌~."

"떼류류~."

맛있구나. 포션을 마셔본 적은 있지만, 그렇게 맛있지 않았는데. 미각이 다르단 소리겠지. 아침을 다 먹은 뒤에 잠시 휴식. 슬슬 뒷정리를 해야겠다 싶어서 소라와 프렘에게 시선을 주자.

"아~, 프렘 또……. 우와~, 침이."

여전히 프렘은 어느 정도 배가 부르면, 음식을 입에 넣은 채로 잠든다. 입에서 흘러나오는 침에서 프렘을 구출하고 더러워진 몸을 닦았다. 그동안 입에 물고 있던 열화판 포션이 천천히 소화된다. 자면서 먹는다니 재주도 좋다고 감탄하게 된다.

사용한 냄비를 씻어 가방에 넣은 뒤 놓고 가는 것이 없나 주위를 확인. 문제없는 모양이라서 가방에 프렘을 가만히 넣고 어깨에 멨다.

“자, 이제 가자.”

“응. 소라, 시엘, 가자.”

“뿟뿌~.”

“냐옹.”

어제 찾아낸 길을 따라 하타우 마을을 향해 걸었다. 나는 길에서 살짝 벗어난 숲속을 걸으려고 했지만, 시엘이 슬라임이 된 상태라서 문제없겠다고 마음을 고쳐먹었다. 누가 보더라도 아단다라 소문이 날 일은 없으니까. 뭐, 지금 시엘을 보고 아단다라라고 알 수 있으면 이미 대단한 걸 넘어서 무섭다.

“걷기 쉽네.”

“그러네요.”

길을 따라 걸으니 편한 나머지 둘 사이에서 푸근한 대화가 오갔다. 나무뿌리나 넝쿨 같은 것을 신경 쓰지 않고 걸을 수 있다니 편하다.

“뿟뿌~.”

"냐아~."

두 마리의 소리에 조금 앞에서 뛰는 소라와 시엘에게 시선을 주었다. 왜인지 두 마리가 힘껏 뛰어오르고 있었다. 뭘 하는 거지?

살피면서 다가가보니, 아무래도 누가 더 높이 뛰어오를 수 있나 경쟁하는 모양이다. 소라가 높이 뛰어서 의기양양한 분위기로 가슴을 펴고 시엘을 보고 있었다. 그걸 보고 시엘이 소라보다 높게 뛰려고 애를 쓰고…… 어떻게든 더 높게 뛴 모양이다. 이번에는 시엘이 소라에게 의기양양한 모습.

"노는 것도 좋지만 다치지 않도록 해."

"뿟뿌뿌~."

"냐웅."

듣고 있는 것 같긴 한데, 정말로 조심하긴 하려나? 그렇긴 해도 잘도 뛰네. 보고 있는 이쪽이 조마조마해서 힘들다.

뿅…… 빠악!

"아, 시엘! 괜찮아?"

역시나 부딪쳤다. 힘차게 뛰어올랐다가 위에 있던 굵은 나뭇가지에 제대로 들이받은 것이다. 꽤나 아플 듯한 소리가 들렸다. 가지를 보니 부러졌다. 대체 얼마나 세게 들이받았으면 저렇게 굵은 가지가 부러지지?

"괜찮아?"

달려가서 시엘의 몸을 쓰다듬었다. 소라도 걱정하듯이 시엘을 바라보았다.

"냐옹."

좀 쓰다듬어주었더니 아픔이 가셨는지, 부르르 몸을 떨고 또 소라와 앞서서 뛰어갔다. 너희들, 질리지도 않는구나.

"정말이지."

"있잖아, 아이비."

"네?"

드루이드 씨를 보니 미간에 잔뜩 주름을 잡으며 뭔가 생각하는 눈치였다. 무슨 일이 있었나? 주위를 보았지만, 딱히 이상한 것은 보이지 않았다. 이쪽으로 다가오는 기척도 없다.

"왜 그래?"

"시엘이 광물이 있는 장소로 유도하거나, 소라가 포션을 만들어냈던 건 저거 아니었을까?"

드루이드 씨가 가리키는 방향을 보니 지금도 뛰어오르는 높이를 겨루는 소라와 시엘. 저거라고? 뛰어오르는 거랑 광물이나 포션이 무슨 관계라는 거지?

"어느 쪽이 도움이 되는지 겨뤘다고 생각할 수 있지 않을까?"

아, 그게 아니구나. 그래, 뛰어오르는 높이와 광물은 관계없지. 조금만 생각해보면 알 수 있는 일이다. ……창피하다. 생각으로만 하길 잘했어.

"아이비? 왜 그래?"

"아뇨, 아무것도 아니에요."

살짝 뺨에 손을 대었다. 살짝 뜨거워졌을지도 모른다.

"아이비?"

내 이상한 행동을 걱정스럽게 바라보는 드루이드 씨.

"하하하, 괜찮아요."

어어, 뭐였더라? 아, 그래, 경쟁한다는 가능성 말이지.

"그럴지도 모르겠네."

앞서 가는 두 마리를 보니, 상당히 흥분했는지 뛰어오르는 모습이 꽤나 격렬해졌다. 또 나무에 부딪치지나 않을까. 조마조마한 심정으로 두 마리를 보았다.

"저 녀석들에게 물어볼까."

"응, 그래요."

그래. 모르는 것은 물어보면 되니까. 그런데 대체 뭘까, 좀 어질어질하네.

"잠깐 기다려봐."

드루이드 씨에게 붙잡혀서 발을 멈추었다. 그리고 마주보듯이 섰다.

"정말로 괜찮아?"

뭐지? 엄청 걱정하는 기색인데. 하지만 그냥 잠깐 어질거리는 정도야 별거 아니니까.

"뿃뿌?"

"냥?"

소라와 시엘이 우리를 걱정스럽게 바라보았다. 어느 틈에 돌아온 걸까.

"괜찮아요."

응? 왠지 말이 좀 이상하게 나오지 않았나? 갑자기 이마에 차가운 게 닿았다. 그게 기분 좋아서 눈을 감았다.

"기분 좋아."

근데 뭐가 내 이마에 닿았지?

"……아이비, 열이 있어."

열? …………열?

"아침에 갑자기 추워졌으니까, 몸이 안 좋아진 거겠지. 괜찮아?"

"열?"

"그래."

"열?"

"괜찮지 않군."

열? 열이 뭔지 떠올리려 하는데 어깨에 멘 가방이 꾸물꾸물 움직였다. 아~, 프렘, 나오고 싶은가 보네. 그 자리에 앉아서 가방에서 프렘을 꺼냈다.

"떼류~?"

눈앞에 프렘이 있네. ……어어, 뭐지? 눈이 돌아.

222화 몸 관리

의식이 떠올랐다. 눈을 뜨자, 어둑어둑해서 내가 어디 있는지 모르겠다. 누워있는 상태로 주위를 보았지만, 너무 어두워서 잘 모르겠다. 어떻게든 눈을 부릅떠서 확인한 것은 울툭불툭한 바위벽.

"동굴?"

천천히 일어나자, 조금 떨어진 곳에 매직아이템으로 만든 불빛이 보였다.

"어디지, 여기? 어? 애초에 왜 내가 자고 있었던 거지?"

어어, 분명히 하타우 마을을 향해 길을 걷고 있었지. 그러다가 소라랑 시엘이 경쟁했으니까…… 뭐였더라? 이상하네? 기억이 흐릿하다.

"떼류~."

음? 프렘의 목소리가 들린 것 같은데. 주위를 둘러보았지만, 아쉽게도 너무 어두워서 잘 보이지 않았다. 잘못 들은 걸까?

"프렘?"

"떼류~."

아, 역시 프렘이다. 목소리가 난 쪽으로 시선을 향하자, 희미하게 그 존재를 확인할 수 있었다. 그렇다고 해도 겨우 윤곽만 알아볼 뿐이지만.

"안녕, 프렘. 여기는 어디야? 알아?"

내가 말을 걸자, 데굴데굴 굴러서 내 쪽으로 왔다. 그래서 간신히 그 모습을 확실히 볼 수 있었다. 프렘을 가만히 안아 들어서, 굴러올 때에 묻은 흙 등을 털어내고 무릎에 올렸다. 무릎 위의 프렘은 부르르 몸을 떨며 기쁜 눈치였다.

어라? 그러고 보면 아침부터 몸이 무겁다 싶던 느낌이 사라진 것 같다. 수면부족이었나? 팔을 뻗으면서 몸의 상태를 확인하고 있는데, 어둡던 공간이 밝아졌다.

"일어났어?"

그 목소리에 시선을 주니 동굴 출입구인 듯한 장소에서 불빛을 든 드루이드 씨가 들어오고 있었다.

"네. 저기, 내가 왜 자고 있어?"

이것저것 생각했지만 역시나 떠오르지 않았다. 이럴 때에는 묻는 게 제일.

"열이 나던 것 기억해?"

열? 그러고 보면 드루이드 씨와 열 이야기를 하고 있었던 것도 같고. 그래, 분명히 나한테 열이 있네 마네……. 아, 혹시.

"이야기하다가 열이 올랐는지, 갑자기 쓰러졌어."

역시나!

"미안해. 귀찮게 해서."

아침부터 몸이 무겁던 것은 열 때문이었나.

“사과하지 마. 누구든 몸이 안 좋을 때는 있으니까.”

“응. 고마워.”

드루이드 씨가 가만히 손을 내 이마에 대었다. 따스한 온기가 전해졌다.

“열은 내렸군. 힘들진 않고?”

나도 이마를 만져서 열을 확인했다. 손바닥에서 전해지는 열은 평소와 다름없다.

“괜찮아. 저기, 내가 얼마나 잤어?”

최근 들어 아침이 싸늘했으니까 서두르는 편이 좋을지도 모르겠다는 이야기를 했는데.

“대충 두 시간 정도일 거야.”

“두 시간……. 다행이다.”

내가 안도하여 가슴을 쓸어내리고 있자, 천천히 머리를 쓰마듬는 손길. 올려다보니 드루이드 씨가 쓴웃음을 짓고 있었다.

“여행 예정은 여유를 가지고 생각했으니까 서두르지 않아도 돼. 그리고 오늘이랑 내일은 여기서 푹 쉴까 해서.”

“하지만.”

“괜찮아. 시엘 덕분에 여기까지 오는 일정이 꽤 단축된 건 기억하지?”

“응.”

숲속을 뚫고 왔기 때문일까, 여행에 나서기 전에 세운 예정보다 일찍 중간지점에 도착한 건 안다. 하지만 나 때문에.

"아이비."

"네."

"조금 마음에 여유를 가지고 여행을 하자."

여유를 가지고?

"아마 혼자서 여행하던 버릇이 남아있는 거겠지. 혼자서 뭐든지 짊어지려 하고 있어."

그런가?

"나나 소라나 시엘을 조금 더 믿어줘도 돼. 그리고 여행 예정은 엉클어지는 게 당연하니까 신경 쓰지 말고."

믿는다고 생각하는데. 그보다 여행 예정은 원래 엉클어지는 거야?

"여행은 자연환경에 영향을 받기 쉬우니까. 뭐, 그것도 예상해서 예정을 세우긴 하지만, 예정대로 흘러가는 경우가 더 적지."

그렇구나. 하지만 이번 일은 나 때문이고.

"미안해요."

"사과할 필요 없어. 으음, 그래도 마음에 걸린다면 몸 상태가 조금이라도 평소보다 안 좋아지거든 가르쳐주겠어?"

"어?"

몸이 안 좋아지거든?

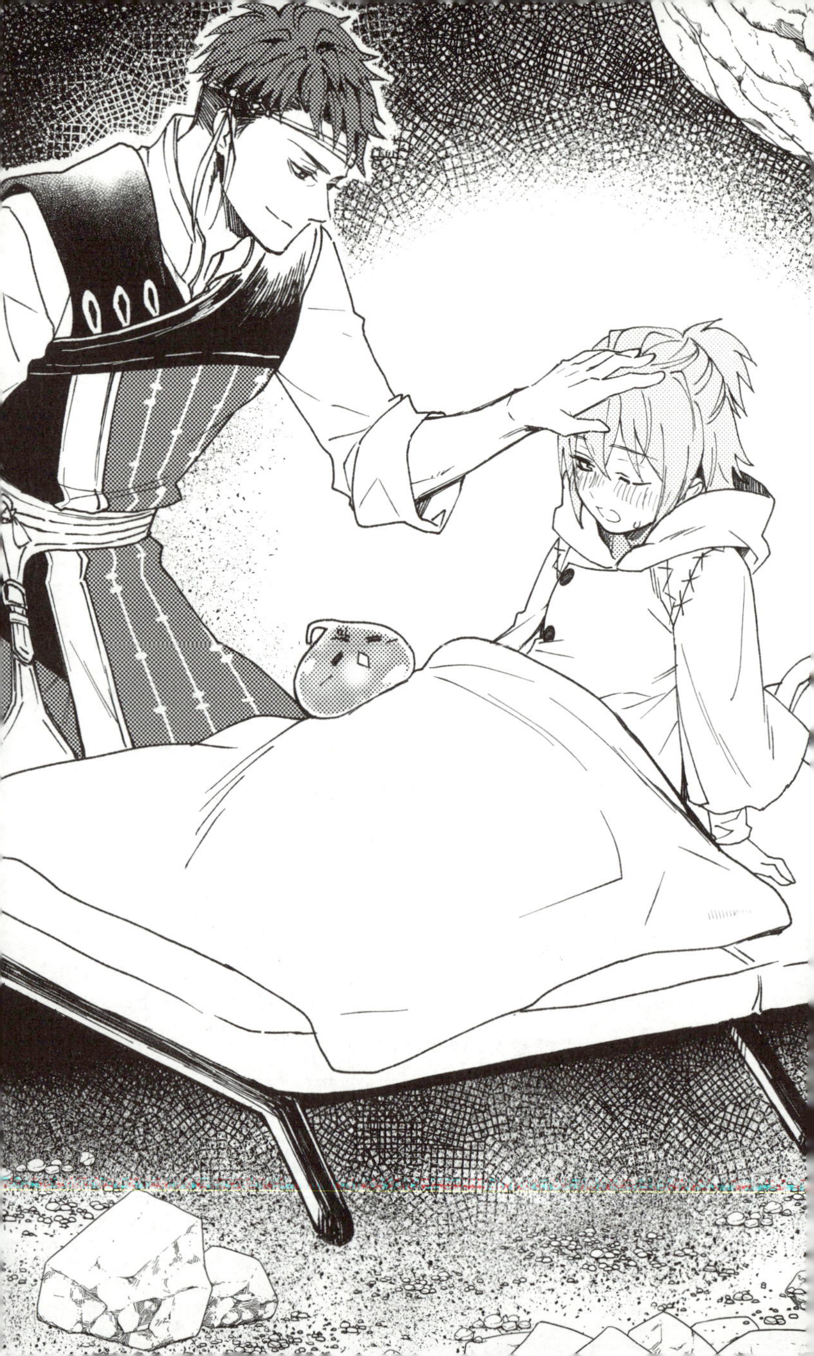

"아침에 일어났더니 목이 좀 아프다든가, 머리가 무겁게 느껴진다든가."

"그런 거면 되나요?"

"그래, 나도 몸이 이상하거든 의논할게."

의논?

"휴식을 늘리든가, 그 날은 그 이상 몸이 악화되지 않도록 휴식일로 삼는다든가 하는 대책 말이야."

"……알았어."

어어, 즉 오늘처럼 몸이 무겁게 느껴지면 의논하란 소리네. 하지만 의논해서 또 쉬게 되면.

"아이비, 몸이 악화되는 쪽이 더 일이 커지니까. 잊지 마."

내 생각을 다 읽는 것 같다.

"네."

그러고 보면 혼자일 때는 몸이 아무리 안 좋아도 계속 이동했지. 숲속에서 느긋하게 쉬는 짓은 위험해서 할 수도 없고, 그럴 거면 계속 이동해서 조금이라도 마을 광장에 서둘러 도착하는 게 낫다. 그게 더 느긋하게 쉴 수 있으니까.

"그래, 오늘 열은 프렘이 만든 포션을 한 모금 먹였더니 순식간에 나았어. 역시 그 빛나는 포션의 효과는 대단해."

프렘의 포션. 그 붉은 포션 말인가.

"프렘, 고마워."

"뗴류~."

프렘을 가만히 쓰다듬자, 기쁜 듯이 몸을 부르르 흔든다. 귀여워.

"드루이드 씨, 여기는 어디인가요?"

동굴 안이기 때문에 어딘지 전혀 모르겠다.

"아이비가 쓰러진 장소에서 그리 멀지 않은 곳이야."

이야기를 들어보니, 쓰러진 나를 아단다라로 돌아온 시엘이 데려온 모양이다. 그러고 보면 시엘의 모습도 소라의 모습도 없다. 어디에 있지?

"저기, 시엘이랑 소라는?"

"그게 말이지, 어느 틈에 두 마리 다 없어졌어. 프렘한테 물어봤더니 사냥을 갔을 뿐이라는 모양인데."

그러고 보면 시엘이 사냥을 마지막으로 간 지 사흘 되었나. 슬슬 시엘이 배고플 때네.

"프렘."

"뗴류~."

"시엘의 사냥에 소라도 같이 갔어?"

"뗴류류~."

정말인가. 여태까지 한 번도 같이 사냥 간 적 없었는데. 괜찮을까?

"그 두 마리라면 괜찮겠지. 그보다 조금 더 자는 편이 낫겠군."

"괜찮아. 몸도 가볍고."

"그래? 무리는 말고."

"응."

저번에 열로 쓰러졌을 때도 생각했지만, 남이 걱정해준다는 건 왠지 쑥스럽다. 두 사람과 한 마리가 느긋하게 이야기하고 있자, 동굴 밖에서 뭔가 물건이 떨어지는 소리가 났다.

"뭘까요?"

아, 급한 마음에 다시 말투가 원래대로 돌아왔어.

"말투도 무리할 필요 없어. 그보다 내가 좀 보고 오지."

"저도 갈게요……. 갈래!"

무릎 위에 있던 프렘을 모포 위에 놓고 일어섰다.

"괜찮겠어? 비틀거리는 거 아냐?"

일어선 내 등을 받쳐주면서 드루이드 씨가 물었다. 그러고 보면 그는 걱정이 많은 성격이었다. ……당분간 여행 도중 휴식 회수를 늘릴지도.

"괜찮아요!"

"정말로?"

"응. 정말로."

눈을 똑바로 쳐다보며 전하지만, 걱정하는 분위기가 전혀 가시지 않는다. 이거 확실히 휴식 회수를 늘리겠네. 너무 늘리지 말자고 설득해야지. 부축을 받으면서 동굴을 나섰다.

"냐옹."

"뾰뿌뿌~."

동굴에서 나오자 소라와 시엘이 기쁜 듯이 맞아주었다.

"다행……."

두 마리의 모습에 안도하여 말을 걸려고 했지만, 시야에 들어온 물체에 몸이 굳었다. 소라와 시엘의 뒤에 커다란 뭔가가. 털이 있는 걸 보면 동물이나 마물 같은데. 어어, 사냥 성과를 가지고 온 거야?

223화 선물

"이거 또 어마어마한 걸 잡아왔군."

"어마어마?"

"진기한 마물이라서 이걸 목표로 여행하는 모험가 팀도 있어."

여행의 목표가 되는 마물. 어, 그런 걸 시엘과 소라가 사냥해왔어? 정말 대단한 일이잖아.

"이거, 아마도 아이비에게 주는 선물일 거야."

"무슨 말인가요?"

"이 마물은 이름이 구스라고 하는데, 몸에 좋은 마력을 만들어 내는 걸로 유명해."

"몸에 좋은 마력?"

"구스 안에 있는 마력이 변하는 거야. 우리가 먹으면 몸에 좋은 작용을 하는 마력으로."

"어? 그런 마력이 있나요?"

"그래, 변화를 일으키는 요인은 불명이지만."

헤에~, 그런 마물이 있구나. 구스를 관찰하면서 천천히 이동했다. 다리는 굵고 짧지만, 덩치가 아주 좋았다. 빠르게 달리기란 힘든 체형이다. 쓰러져 있기 때문에 정확한 크기는 모르겠지만, 높이가 내 키 정도는 되겠지. 얼굴이 보이는 위치로 이동했다.

"무섭게 생겼네."

나도 모르게 중얼거릴 정도로, 참 표현하기 어렵게 무서운 얼굴이 있었다. 제일 먼저 눈에 들어오는 것은 커다란 입에 어울리지 않게 자라난 송곳니. 보고 있기만 해도 무섭게 느껴진다.

"병이나 부상을 치유하는 데에는 포션이 좋지만, 체력을 되돌리거나 일상의 자잘한 피로를 씻어내려면 구스 마력이 좋지."

병에 걸리면 포션, 일상의 체력 유지에는 구스란 소린가. 하지만 구스라는 이름은 들어본 적이 없는데. 혹시 지역에 따라 이름이 다른가?

"구스는 어느 마을이나 도시에서도 이름이 똑같은가요?"

"아마 같을 거야. 그렇긴 해도 언제 봐도 얼굴 참 무섭군."

드루이드 씨의 그런 감상에 무심코 고개를 끄덕였다. 그 정도로 구스라는 다소 귀여운 이름과는 동떨어진 얼굴이었다. 밤에는 절대로 보고 싶지 않은 얼굴이다.

"전 구스라는 이름의 마물이 있다는 소리를 들어본 적이 없어서."

"그 효능 때문에 연배 있는 사람들에게 유명한 마물이야. 젊은 모험가들이 모르는 건 목격자가 적기 때문일지도."

"그런가요?"

"그래, 숲속 깊은 곳에서 나오질 않으니까."

숲속 깊은 곳이라. 그러면 상급 모험가 정도는 되어야 만날 수 있겠네. 목격자가 적은 마물의 정보는 극도로 적어지니까, 내가 못 들어본 것도 어쩔 수 없나.

"이걸 사냥하는 것도 고생이야. 무리로 행동하니까."

무리, 이 얼굴의 마물이 잔뜩? 그건 무섭네.

"뿌~?"

소라의 소리에 시선을 주자, 조금 불안하게 나를 보고 있다. 왜 그러는 거지? ……아, 구스는 나한테 주는 선물이라고 드루이드 씨가 그랬는데 대답을 하지 않았네. 모처럼 잡아다준 마물인데.

"이 구스라는 마물을 받아도 돼?"

"뿟뿌뿌~."

"냐웅."

"고마워, 기뻐."

두 마리의 기분이 확 좋아지는 게 느껴진다. 꽤나 기쁜 듯이 소라가 몸을 흔들고, 시엘의 꼬리 움직임 때문에 흙먼지가 장난 아니다.

"고마워. 시엘, 조금만 진정하자."

"……냐아~."

시엘은 슬쩍 뒤를 보더니 고개를 수그렸다. 알고는 있어도 기분이 좋아지면 꼬리에 무심코 힘이 들어간다는 사실을 직면하고 기죽은 모양이다. 분명히 흙먼지가 좀 심해서 고생이지만, 나로서는 그 마음을 알기에 기쁘다.

"그러지 마. 나는 그 꼬리도 좋아하니까."

여기는 숲이니까 피해가 조금 나도 괜찮겠지. 가는 나뭇가지 하나 정도야 꼬리의 위력에 부러져도 문제없을 테고.

"그렇긴 해도 이 애들은 이걸 사냥하러 어디까지 다녀온 거지?"

"무슨 소리야?"

"오르 마을이나 하타우 마을 주변에는 구스가 없다고 하거든."

혹시 내가 생각하는 이상으로 고생한 걸지도.

"고마워."

시엘과 소라를 몇 번이고 계속해서 쓰다듬었다. 두 마리 다 눈을 감고 기분 좋은 눈치다. 두 마리의 반대편을 보니, 프렘이 가만히 이쪽을 보고 있었다.

"프렘, 포션 만들어줘서 고마워. 덕분에 많이 좋아졌어."

그렇게 말하며 프렘을 쓰다듬었다. 부르르 몸을 떨던 프렘은 잠시 뒤에 기분 좋은 듯한 숨소리를 내기 시작했다.

"프렘은 참 여전하네."

세 마리를 순서대로 쓰다듬었다. 팔이 두 개밖에 없으니 조금 바쁘다.

"아이비, 강에서 구스를 해체하고 올게."

황급히 주위를 보니, 조금 떨어진 곳에 보이는 강 주변에서 이미 해체 준비가 끝나있었다. 이런, 너무 느긋하게 있었다.

"도울게요!"

"아니, 넌 쓰러졌던 몸이니까 푹 쉬고 있어."

"이제 괜찮아요! 그러니까 도울게요."

"괜찮아?"

"네."

"정말로?"

드루이드 씨는 여전히 걱정이 많다.

"정말로, 정말로 괜찮아요. 조금이라도 이변을 느끼면 쉴게요."

"이변을 느끼거든 나한테 말해줘."

"알겠습니다."

"…………그럼 도와줘."

허가를 하긴 했지만, 엄청나게 걱정하는 표정이다. 괜찮다고 확실히 전해야지.

해체를 위해 강가까지 마물을 옮기려 하자, 시엘이 거들어주어서 순식간에 이동 완료.

"시엘은 엄청 힘이 세네."

분명히 시엘보다 커다란 마물을 간단히 이동시켰으니까 엄청 힘이 세다.

"시엘, 고마워."

저렇게 큰 마물을 해체해본 적이 없으니까 두근두근하다. 드루이드 씨에게 방해가 되지 않도록 열심히 해야지.

"이걸로 끝이야."

드루이드 씨가 마지막에 적당한 크기로 고기를 잘라서 끝. 휴우, 역시 힘들었다. 이렇게까지 큰 마물을 해체해본 적이 없었기에, 드루이드 씨에게 지시를 받아가며 도왔다. 그렇긴 해도 고기가 엄청 나오네. 바나 잎으로 싸면서 고기 개수를 확인하였다. 고기 꾸리미는 총 85개. 이것도 도중에 시엘이 처리를 도와주고 남은 것이다. 정말로 컸다.

"으음, 잘라낸 고기로 저녁식사를 만들게요. 고기가 크니까 국물 요리를 하지요."

"힘들지 않아?"

"네. 괜찮아요."

"그래. 뒤처리는 내가 할 테니까 저녁식사를 부탁해도 될까?"

다행이다. 이제 괜찮다고 납득해준 모양이다.

"네, 맡겨주세요."

"이변을 느끼거든 쉬어도 되니까."

하하하, 아직 무리였나.

해체하는 동안에 해가 꽤 기울었다. 다급히 저녁을 만들어야지.

잠시 뒤에 주위에 고기와 야채의 좋은 향기가 퍼졌다. 고기 맛을 확인했는데, 다소 거친 맛이 있긴 하지만 부드럽고 맛있다. 푹 고아내길 잘했어.

"나 왔어."

해체의 뒤처리를 마친 드루이드 씨가 동굴로 돌아왔다.

"어서 오세요. 조금만 있으면 다 돼요."

"냄새 좋네."

"오늘은 구스 고기와 과일로 만든 국물 요리입니다."

"과일?"

"네. 맛보실래요?"

"아니, 기대하면서 기다릴게."

그렇게 말하더니 드루이드 씨는 동굴 안으로 들어갔다. 몸을 닦기 위한 물을 끓여두었으니까, 그 사실을 전하고 동굴 앞에 물을 놓았다. 커다란 마물이나 동물을 해체하면, 아무래도 몸에 피 냄새가 밴다. 그 냄새에 마물이 꼬이지 않도록 해체 후에는 몸을 깨끗하게 닦고 옷을 갈아입을 필요가 있다.

"고마워."

"아뇨."

뜨거운 물을 가지고 동굴로 돌아가는 드루이드 씨를 확인하고 요리의 마무리에 들어갔다. 좋아, 끝. 매직아이템인 테이블과 의자를 꺼냈다. 소라와 프렘의 포션을 차려주자, 프렘이 꾸물꾸물 일어나더니 소라와 함께 먹기 시작했다. 프렘은 식사할 때만 금방 일어난다니까. ……뻔뻔하다 싶을 때도 있어.

고기를 접시에 덜고, 이다음에는…… 흑빵이 아직 남았지. 그리고 차.

"진수성찬이네."

"네. 시엘 덕분이에요. 미안, 시엘. 식사할 때에는 꼬리 좀 가만히 있어줘."

"……냐옹."

"고마워."

미안해. 아무리 그래도 식사할 때에 흙먼지가 이는 건 피하고 싶어.

224화 고급 고기

"맛있군."

"응, 맛있어."

푹 고아내지 못해서 다소 불안했지만, 아무래도 문제없었던 모양이다. 과일도 너무 존재를 주장하지 않으면서 단맛과 깊은 맛을 더해주었다. 다만 조금 더 오래 끓였으면 고기가 더 부드러워졌을 것 같다. 다음에는 그런 방향으로 해보자. 그렇기는 해도 시간을 안 들이고 만든 것치고 만족스러운 완성도다. 다만 흑빵을 고른 게 실패였지만.

"오랜만에 흑빵을 먹었는데, 좀 그렇군."

"남아 있길래 꺼냈는데, 다음에는 수프 만들 때에 꺼낼게요."

드루이드 씨가 말하는 '그렇다'는 소리는, 입안의 수분을 죄다 흡수해서 먹기 힘들다는 소리겠지. 나도 오랜만에 먹고 놀랐다. 이렇게나 수분을 먹나 하고. 소스에 흑빵을 담갔다 먹으면 맛있지만, 수분이 부족하다. 텁텁한 흑빵을 차로 겨우 넘겼다.

"잘 먹었습니다."

"먹어주셔서 고맙습니다."

"구스를 먹는 건 처음인데, 독특한 맛이 괜찮네."

"어, 처음이에요?"

"그래, 애초에 구스는 비싸니까."

비싸다……. 아까 대량의 구스 고기를 넣었던 매직백을 보았다.

"그렇게 비싸?"

"아무래도 귀한 고기니까. 주먹 정도 크기가 1라다르에 팔리는 걸 본 적이 있어."

1라다르라면 금화 한 닢! 주먹 크기 고기가 금화 한 닢! 다시금 구스 고기가 든 매직백을 보았다. ……신경 끄자. 저건 그냥 고기야. 가방을 바라보며 불끈 주먹을 움켜쥐자, 드루이드 씨가 걱정하듯이 바라보았다. 엄청나게 창피하다.

"그러고 보면 최근에 어디 마을에서 구스 고기를 놓고 싸움이 일어났지."

"싸움?"

"그래, 사냥에 성공한 모험가들을 부자에게 고용된 모험가들이 습격한 거야."

"하아, 뭔가 이야기가 커지네요."

"뭐, 구스를 잡을 정도로 강한 모험가들이 돈에 고용된 2류 모험가들에게 질 리 없으니까. 당연히 쫓아내었고, 고용한 녀석도 나란히 노예가 되었지."

"뭐라고 할까……."

"돈을 낸 녀석도, 돈을 받고 습격한 녀석들도 바보지?"

"하하하, 그런 것 같아요."

그렇긴 해도 고기를 둘러싸고 그런 싸움까지 일어났다니, 무섭네.

"바보들이 폭주한 원인은 구스 고기를 먹으면 젊어진다는 소문이 퍼졌기 때문인데."

"젊어진다고요? 그게 가능해요?"

"아니, 무리지. 구스 고기에 들어있는 마력으로 가능한 건 몸에 쌓인 피로를 풀거나 체력을 부활시키는 정도야. 젊어지는 건 절대로 무리."

"그런가요."

뭐, 그럴 수 있었으면 구스는 오래 전에 멸종되었겠지.

"그러고 보면 왜 그런 소문이 돌았을까?"

"그런 쪽의 정보는 들어오지 않았으니까 모르겠지만. 뭐, 먹은 녀석이 '젊었을 적으로 돌아간 것 같다'라고 한 감상을 '젊어졌다'고 잘못 들은 거겠지."

그렇구나. 잘못 듣는 일은 나도 자주 있으니까 뭐라 할 수 없어.

"자, 그럼 뒷정리를 하고 잘까."

"응."

남은 요리를 냄비까지 한꺼번에 가방에 넣었다. 내일 아침식사용으로 건더기가 듬뿍 들어간 수프도 적당히 맛이 우러났다. 이것도 가방에 넣었고. 좋아, 이제 뒷정리 끝.

"몸은 닦았어?"

“아뇨, 아직이에요.”

“그럼 먼저 돌아가서 닦아둬. 조금 있다가 나도 자러 갈 테니까.”

“네. 소라, 프렘, 시엘, 가자.”

“뿃뿌뿌~.”

“떼류류~.”

“냐옹.”

프렘을 안아들고 동굴로 돌아갔다. 오늘 시엘은 아단다라 모습이다. 동굴은 꽤나 넓으니까, 오늘은 원래 모습으로 쉴 수 있겠다.

그렇긴 해도 구스라는 마물의 고기는 정말로 대단할지 모르겠어. 프렘의 포션 덕분에 열은 내렸다지만 여행의 피로는 그리 쉽게 풀리지 않는다. 조금씩 쌓인 피로 때문에, 하루 정도 푹 잔 걸로는 체력이 완전히 회복되지 않는 것이다. 그런데 계속 느껴왔던 피로가 지금은 전혀 느껴지지 않는다. 식사가 끝났을 즈음부터 조금씩 몸이 가벼워지는 감각이 들었다. 처음에는 기분 탓인가 했는데, 뒷정리를 하던 도중에 깨달았다. 몸에 쌓였던 피로가 사라졌다고.

동굴에 돌아가서 몸을 닦고 운동을 조금 하였다. 오늘은 평소보다 오래 잤으니까 몸이 조금 굳어있다. 운동을 해보니까, 평소보다 몸이 빨리 풀렸다. 이것도 구스 고기의 효과일까? 혹시 그렇다면 '젊어졌다'고 착각하는 것도 어쩔 수 없을지 모르겠네.

“왜 그래?”

드루이드 씨가 동굴로 돌아왔다.

“구스 고기 덕분일까요? 여행의 피로가 사라졌어요.”

“……역시 피로를 느끼고 있었군.”

아차.

“지금은 하나도 안 느껴져요!”

“아이비.”

“정말이에요. 게다가 여행 도중에 쌓인 피로는 어느 정도 어쩔 수 없는 거고요.”

“뭐, 그렇지만.”

“그렇다고요!”

우와~, 드루이드 씨가 한숨을 푹 내쉬었어. 웃으며 넘겨야지.

“휴우. 그렇긴 해도 아이비의 말처럼 구스는 대단해.”

“역시 그런가요?”

“그래, 피로가 사라져서 몸이 가벼워.”

“이거면 젊어졌다고 착각하는 것도 어쩔 수 없겠네요.”

“그렇겠지. 그럼 이제 잘까. 피로가 사라졌어도 수면 부족이면 의미가 없으니까.”

“응. 다들 잘 자.”

모두의 대답을 들으면서 몸을 뉘였다. 정말 뭘까? 어떻게 표현하면 좋을지 모르겠지만, 몸이 가뿐하다. 남은 구스 고기를 하타우 마을까지 남길 수 있도록 잘 계산하면서 써야지.

아침부터 눈이 번쩍 떠졌다. 아니, 몸이 엄청 가볍게 느껴진다. 어제 식후 이상이다.

아침식사를 하면서, 휴식하는 게 아니라 하타우 마을로 이동하는 쪽으로 예정을 변경하였다. 드루이드 씨도 자기 몸으로 느끼고 있었는지, 딱히 설득할 것도 없이 찬성해주었다.

"그렇긴 해도 진짜로 몸이 가벼워."

"네. 구스 고기 대단해요. 시엘, 소라, 가져와줘서 고마워."

둘에게 말을 걸자, 소라와 슬라임으로 변한 시엘이 부르르 몸을 떨었다. 프렘은 옆에서 크게 하품. 아직 졸린 모양이다. 그런 프렘을 가방에 넣고 길로 돌아간다.

"또 겨루고 있군."

"정말이네요."

조금 앞에서는 소라와 시엘이 뭔가 하고 있다. 같은 행동을 한다는 소리는 또 겨루는 거겠지.

"……무슨 승부를 하는 걸까요."

"그건 잘 모르겠어."

뚜욱.

조금 앞에서 나무 부러지는 소리가 났다. 그쪽을 보니 소라가 부딪친 나뭇가지가 부러져 있다. 그걸 보던 시엘이 소라가 부러뜨린 나뭇가지보다 더 굵은 가지에 몸을 부딪쳤다.

""……""

몇 차례 시엘이 부딪친 가지는 뚝 소리를 내며 부러졌다.

""…………하아~.""

둘이 동시에 한숨을 내쉬었다. 오늘은 누가 더 굵은 가지를 부러뜨리냐는 경쟁을 하는 모양이다. 왜 또 그런 걸로 겨루는 걸까.

"막는 게 좋으려나?"

"막으면 다른 뭔가를 벌일 것 같지 않아?"

분명히 다른 뭔가로 겨룰 것 같다. 나뭇가지를 부러뜨리는 정도라면 그래도 피해가 적을까?

빠직.

아, 소라가 부러뜨렸다.

"뿟뿌~."

"니이!"

빠직.

다음에는 시엘이, 게다가 두 마리 다 꽤 굵은 나뭇가지를 간단히 부러뜨리네.

"냐~우."

"뿌!"

길가에 떨어진 나뭇가지를 방해되지 않는 장소로 옮기면서 두 마리의 뒤를 따라갔다. 이 경쟁은 언제까지 계속될까. 언젠가 질려서 그만두겠지?

번외편 스승은 제자를 위해 생각한다

The Weakest Tamer
Began a Journey to
Pick Up Trash.

—— 스승 시점

“고토스, 드루이드는 어디 있지?”

고토스네 집 문을 거침없이 열자, 내 시선 앞에는 자다가 벌떡 일어난 듯한 고토스의 한심한 모습이 있었다.

“우오옷. 사람 놀라게 좀 하지 마십쇼!”

여전히 자기 집에서는 마음이 풀어지는군. 뭐, 집이니까 어쩔 수 없나. 일로 바빴으니까 살짝 짜증이 난다. 고토스도 데려가면 좋았을걸. 그러면 일이 더 간단히 끝났을 텐데.

“딱히 겁준 것도 아니잖냐. 그래서 드루이드는 어딨지?”

“집에 있을 겁니다.”

그렇긴 해도 고토스의 집은 더럽다. 청소 좀 해라. 아니, 잡다한 물건이 너무 많아. 드루이드의 집도 다른 방향으로 문제다. 최소한의 물건밖에 두지 않는다. 아니, 필요한 것조차 두지 않았지.

“거기 있으면 이렇게 물으러 오지도 않아.”

집은 확인해봤고, 지인들에게도 물어봤는데 오늘은 못 봤다는 대답뿐이었다. 고토스가 모른다면…….

“어이. 최근 의뢰 중에서 위험한 것 있었냐?”

“예? 아! 분명히 근처에서 새롭게 동굴이 발견되었다는 보고와 함께 그 동굴의 조사 의뢰가 들어왔던 것도 같은데…….”

조사 의뢰? 최소한 네 명짜리 팀이 필요한 일인가.

“그 멍청이, 혼자서 받았군.”

"드루이드에게 무슨 일 있었습니까?"

"녀석의 작은형이 드루이드를 따르는 녀석에게 시비를 걸었다나 봐. 그래서 둘 다 다쳤다고 하는군."

"또입니까?"

그 멍청이 형들은 그만 좀 정신 차리고 성장해도 될 텐데. 지금도 철부지 애처럼 떼를 쓰며 드루이드에게 시비를 건다. 말로 해서 이해한다면 그렇게 하겠는데, 보나마나 괜히 비뚤어지기만 할 테니까 괜히 나설 수도 없고. 드루이드의 부모도 그 둘을 슬슬 체념해도 좋을 텐데, 동정인지 왠지는 몰라도 이상하게 받아주고 있고.

"하아."

"힘드신가 보군요."

"좀 그래."

"또 뭔가 있습니까?"

"길드마스터에게 주의가 들어왔다. 드루이드는 실력이 있지만 불안정하다고."

어떻게든 하고 싶어도, 드루이드가 원하지 않는다. 이걸 어떻게 해야 한다.

"얼마 전에 같이 일을 했습니다만. 분명히 좀 위험천만한 느낌이 있었습니다."

"무슨 일이 있었지?"

꽤나 위험한 일을 맡지만, 여태까지 죽을지도 모른다고 불안하게 여긴 적은 없었다. 짜증을 발산하는 듯한 모습을 보면 가슴 아프기도 하지만.

"뭐랄까……. 뭐라고 표현하면 좋으려나. 아주 잠깐 엿보였습니다. 어딘가로 가버릴 듯한, 그런 분위기가. 마물을 앞에 두고 싸움을 체념하는 게 아닐까 싶어서. 게다가 저한테 투덜댈 때도 있었는데, 요즘에는 그러지도 않고……."

고토스가 같이 있을 때면 그래도 좀 솔직해졌던 건가…….

"녀석은 자기 스킬 때문에 괴로워하니까요. 마음을 이해하고 싶어도…… 드루이드가 거부하고. 그래도 여태까지 어떻게든 옆에 있었습니다만……."

"괜찮다, 고토스. 드루이드에게 고토스는 둘도 없는 존재다. 이건 드루이드에게 흔들림 없는 사실이야."

스킬의 별을 빼앗는다는 미지의 스킬. 그런 것을 가지고 있으면 남들이 다가오지 않는 것도 당연하다. 피해자가 된 것이 문제 있는 친형들이라는 것도 안 좋았다. 그 둘은 별의 개수로 사람의 가치가 정해진다고 믿었으니까. 조금은 인간으로서 성장하나 싶었더니, 모든 것을 드루이드 탓으로 몰고 화풀이만 해댔다. 주위에 사람이 없는 것도, 별이 사라졌다고 놀림 받는 것도, 드루이드 탓이 아니다. 모두 그 두 사람이 불러온 결과다. 하지만 정말로 모든 것을 어린 드루이드 탓으로 몰아댔고 그게 지금도 계속되고 있다. 별이 사라진 게 몇 년도 더 전의 일인데도 불구하고.

"드루이드의 양친이 잘못한 건 아닙니다. 그 사람들도 장남과 차남의 스킬이 사라진 것에 놀라서 분명 어째야 좋을지 몰랐을 테니까요. 하지만 조금이라도 좋으니까 불안에 짓눌릴 것만 같던 드루이드의 마음을 받아들여줬으면 싶은데요."

고토스의 말이 맞다. 조금이라도 좋았다. 별이 사라졌다고 소리 질러대는 두 사람이 아니라 조용히 참던 드루이드에게 시선을 주었으면 싶었다. 뭐, 이미 늦었지만. 드루이드는 가족에게 아무런 기대도 하지 않게 되었다.

"어느 동굴이지?"

"마을에서 이틀 정도 떨어진 장소에 있는 동굴입니다. 가실 겁니까?"

"그래."

부상을 입어도 무시할 때가 있으니. 아무래도 감시를 해야겠지.

"마르알 씨와 탠버스 씨도 같이?"

"녀석들도 드루이드를 걱정하고 있으니까. 따라오겠지."

"그럼 저도 ――"

"고토스는 오지 마라."

"예? 어째서입니까?"

하하, 엄청 불만인가 보군.

"찔리는 게 있지?"

눈을 돌리는 고토스. 내가 모를 거라 생각했나, 이 녀석은.

"심한가?"

"그냥 긁힌 상처입니다. 독이 좀 있는 마물이었으니까 지켜보고 있을 뿐입니다."

뭐, 안색도 나쁘지 않으니 괜찮겠지. 하지만 긁힌 상처란 말이지. 최근에는 그런 실수를 하지 않았는데. 무슨 걱정거리라도……. 아하.

"길드마스터에게 들었나?"

이번 일에 나서기 전에 길드마스터가 '슬슬 고토스에게 말하지'라고 했으니까.

"예. 다음 길드마스터로 지명하고 싶다는 이야기라면 들었습니다. 하지만 그것 때문은 아닙니다."

"꽤나 침착하군. 보통은 지명하고 싶다는 말을 들으면 더 놀라지 않나?"

"얼마 전부터 다음 길드마스터는 저라는 소문이 돌았으니까 그렇지 않을까 하고 각오했으니까요. 그보다도 스승님이 저를 추천했다고 들었습니다만, 사실입니까?"

"추천이랄 정도는 아냐. 누가 좋겠냐고 길드마스터가 그러기에 '고토스면 된다'고 말했을 뿐이지. 내가 알기로는 너 이상의 적임자도 없고."

내 말에 고토스가 나를 똑바로 바라보았다. 그리고 살짝 한숨을 내뱉었다.

"길드마스터라면 되겠습니다. 다만 뭔가 좀……."

길드마스터가 되기로는 결심했지만, 마지막 발걸음이 안 떨어진다는 소린가. 뭐, 어중간한 마음으로는 할 수 없을 테니까. 고토스에게 마지막 한 걸음……. 이 녀석을 움직이는 건 항상 드루이드였지. 그럼 조금 기합 좀 넣어줄까. 좀 들어두고 싶은 것도 있고.

"드루이드의 스킬. 그게 별을 빼앗기만 하는 거라 생각하나?"

"예? 무슨 의미입니까?"

"한 말 그대로다. 별을 빼앗는 스킬. 그것뿐이라고 생각하나?"

드루이드가 적어준 스킬명은 무슨 암호 같은 것. 두 개의 기호 사이에 빗금. 왠지 모르게 두 가지 의미가 있을 듯한 기분이 들었다. 뭐, 기분 탓일지도 모르지만. 하지만 혹시 의미가 두 가지라면? 지금 아는 것은 별을 빼앗는 힘이다. 혹시 빼앗기만 하는 게 아니라 더할 수도 있다면? 내 기분 탓이라면 좋다. 하지만 혹시나 두 가지 의미가 있다면 빼앗는 것과 상극인 더하는 것이 유력하다. 그리고 혹시 내 생각이 정확하다면 어떻게든 숨겨야만 한다.

"아직도 뭔가 더 있다는 말씀입니까? 이 이상 그 녀석이 괴로워하는 모습은 보고 싶지 않습니다만."

"그 기호를 해독하는 것까진 못 하지만, 어쩌면 빼앗기만 하는 게 아니라 더할 수도 있지 않을까 싶단 말이야."

"……그건……."

고토스가 내 얼굴을 똑바로 쳐다보았다. 이 녀석은 정말로 사람을 똑바로 보는 녀석이군. 그러니까 길드마스터도 이 녀석을 후임으로 삼으려는 거겠지. 빈말이 아니라 좋은 녀석이다. 그리고 길드마스터가 되어도 이 녀석이라면 꿋꿋하게 스스로를 지켜내겠지. 하지만 거기는 혼자서는 무리인 가혹한 장소니까. 그런 장소에 보내려는 나는 정말 못되어먹은 녀석이다. 하지만 고토스라면, 이 녀석이라면 분명 좋은 길드마스터가 되리라고 믿는다. 조금 어설픈 구석이 있지만, 그건 주위가 도와주면 된다.

"혹시 스승님의 말씀이 맞다면 위험하지 않습니까?"

"그래. 틀림없이 표적이 되겠지."

"드루이드를 지키기 위해서 길드마스터가 되라는 소립니까?"

"아니. 드루이드가 그런 걸 허용할 리가 없잖아. 고토스라면 이 마을을 좋게 만들 거라고 확신하니까 길드마스터에게 네 이름을 말했다."

"……우와, 뭡니까. 지금 그거 칭찬입니까?"

왜 의문형인데?

"길드마스터라는 입장이 어떤 자리인지는 알겠지?"

"당연하지요. 길드마스터가 뭘 해왔는지 똑똑히 지켜봤으니."

길드마스터는 마을을 존속시키기 위해서 때로는 비인간적인 판단을 내려야만 한다. 그 바람에 동료가 죽는다는 것을 알더라도. 지금 길드마스터는 몇 번이나 그런 판단을 내려왔다. 그만큼 이 마을의 주변이 불안정했다는 소리지만. 그걸 모르는 마을의 일부

주민들이나 젊은 모험가들이 길드마스터는 무도하다고, 잔학하다고 비난한다. 이해하는 이도 많지만, 옹호하는 목소리보다 비난하는 목소리가 더 잘 들리는 법이다. 하지만 그 목소리를 들으면서도 길드마스터는 전혀 흔들림 없었다.

"저는 그 사람을 존경하고 있습니다."

"그래, 나도 존경한다. 하지만 길드마스터도 나이가 있으니까."

"……그렇지요. 저번에 뒷모습을 보고 조금 놀랐습니다."

뒷모습?

"저보다 작았습니다. 그렇게나 커다란 존재라고 생각했는데."

"그런가."

"길드마스터처럼 될 수 있을지 솔직히 불안합니다."

그야 지금 당장은 무리겠지. 그게 될 리가 없다. 뭐, 고토스의 얼굴을 보니 그건 이해하는 모양이니까 굳이 내가 말할 필요도 없나. 이 이상은 고토스를 격려하는 게 아니라 이 녀석이 스스로 전진하는 것을 지켜봐야겠지만. 교회의 움직임이 마음에 걸린단 말이야. 순찰의 이야기로는 낯선 이들이 몇 명 목격되었다고 하고.

"아직 확실하지 않은 정보다만, 교회가 드루이드를 노리고 있을 가능성이 있다."

"예? 정말로?"

깜짝 놀랐군. 소리가 어디서 튀어나온 거야. 박력 넘치잖아.

"그래, 약해진 드루이드를 처리해버릴 생각이겠지. 놈들도 스킬의 별을 빼앗기면 안 되니까, 일단 지켜만 보는 모양이다. 하지만 조만간 움직일 가능성이 있어."

교회가 평화를 비는 장소라면 개의치 않는다. 하지만 거기에 있는 놈들을 보면 분명히 뭔가 있다고 느껴진다. 딱히 증거가 있는 것도, 뭔가 본 것도 아니다. 하지만 죽을 고비를 넘나들어온 모험가라면 알아차릴 거다. 거기에 있는 놈들은 이상하다고.

"그러고 보면 고토스도 교회 놈들을 싫어했지. 이유가 있나?"

"녀석들은 거부했습니다."

거부?

"별을 빼앗는 스킬이라고 안 드루이드가 도움을 청했는데, 녀석들은 그 손을 뿌리쳤지요."

그러고 보면 드루이드의 스킬이 별을 빼앗는다고 알았을 때, 고토스도 근처에 있었지.

"그런가."

"그렇습니다. ……제가 길드마스터가 되면 교회를 막을 수 있을까요?"

"무리지. 교회는 그렇게 쉽사리 손을 뻗을 수 있는 곳이 아냐."

교회를 막는 건 무리다. 그러니까 다른 형태로 드루이드를 지킨다. 그리고 동시에 드루이드에게도 역할을 준다.

"그럼 어떻게 드루이드를 지킵니까?"

지킨단 말이지. 후우, 내가 생각하는 방법은 지키는 게 아닐지도 모르지. 하지만 고토스에게도 드루이드에게도 아마도 최적인 방법이다.

"길드와 길드마스터에게 필요한 사람으로 만들면 된다."

"네?"

내 말에 의심 어린 표정을 하는 고토스.

"고토스가 등을 맡겨도 좋다고 생각하는 녀석은?"

"드루이드지요. 가장 신뢰하고 있으니."

"그렇지?"

"예? 어어……. 그게 무슨 소립니까? 아, 보좌로 삼으란 말씀입니까?"

분명히 보좌도 괜찮지만, 그거라면 길드의 룰에 얽매인다.

"아냐. 드루이드는 일반 모험가로 있게 하는 거야. 스킬 문제가 있으니까 중위 모함가로군. 그 랭크에서 길드마스터가 가장 신뢰하는 모험가라고 주위에게 보여주는 거야."

"호오, 그래서?"

"드루이드에게는 조금 무리를 시키게 되겠지만, 당분간 힘든 일을 하게 해야지."

고토스가 멍하니 나를 바라보았다. 그렇겠지. 지킨다고 하면서 힘든 일을 시킨다고 했으니까.

"저기, 이해가 잘 안 됩니다만……."

"지금의 드루이드를 막는 건 포기하는 게 좋을 거다."

고토스의 말을 듣자하니 꽤나 절박한 심정이 된 모양이니까, 화풀이할 장소가 필요하다.

"분명히 막았다간 어딘가로 가버릴 것 같군요."

"막는 게 무리라면, 신나게 날뛸 장소를 주는 게 좋겠지."

내 말에 놀란 표정을 보이는 고토스.

"제가 길드마스터가 되면 그런 걸 할 수 있게 되겠죠. 그리고 드루이드에게 팀을 붙여줄 수도 있고."

"그래."

"그런 소리군요."

"고토스는 드루이드의 공적을 이용해서 발판을 다져라. 그리고 드루이드의 중요성을 주위에게 알려줘라. 뭐, 위험한 임무를 처리하는 모험가니까, 몇 번 해내고 나면 알아서 소문이 나지. 그걸 이용해서 이 마을의 길드에게 중요한 인물이라고 인식시키는 거다."

교회는 상위 모험가에게 간섭하지 않는다. 상위 모험가에게 간섭하면 많은 모험가를 적으로 돌리기 때문이다. 드루이드를 상위 모험가로 만들 수 있다면 좋겠지만, 스킬 문제가 있으니까 무리다. 드루이드 자신이 거부하고 있고. 그렇다면 어떻게 해야 할까? 간단하다. 중위 모험가라도 상위 모험가와 동등한 가치가 있다고 모험가들에게 인식시키면 된다. 조금 시간이 걸리는 방법이지만, 내가 눈을 번뜩이고 있으면 교회도 함부로 나설 수 없겠지.

그리고 드루이드가 활약해주면 고토스에게는 순풍이 된다. 드루이드가 힘든 임무를 성공시키면, 그것은 명령을 내린 고토스의 평가로 이어지기 때문이지. 그리고 고토스와 드루이드가 내 제자라는 사실은 알려져 있다. 고토스를 위해서라도 드루이드가 솔선해서 움직이면 알아서 소문이 퍼지겠지. 길드마스터가 교대될 때에는 여러 문제가 불거지지만, 제일 문제시되는 건 길드마스터로 지명된 사람의 자질이다. 목숨을 걸고 고토스의 명령을 수행하는 이가 곁에 있다고 알면 그런 불안은 사라지겠지. 목숨을 걸 정도의 가치가 있는 길드마스터라고 말이야. 모험가는 강한 이에게 끌리니까.

"스승님."

"뭐냐?"

"드루이드에게 이 사실은?"

녀석은 날카로운 구석이 있으니까.

"일부러 말해줄 생각은 없지만, 알아서 깨닫겠지. 꽤나 이른 단계에서."

"역시나."

"그래, 하지만 그만두지는 않을 거다. 고토스, 진심으로 길드마스터가 되고 싶지?"

"네."

"진심으로 하고 싶다고 생각하거든, 드루이드는 결코 방해하지 않을 거다."

고토스가 진심이라는 것을 알면 틀림없이 고토스의 발판을 다지기 위해 움직인다. 뭐, 무리한 짓도 하겠지만. 당분간은 마르알과 탠버스더러 지켜보게 할까. 녀석들이라면 드루이드가 어떻게 움직이면 고토스에게 도움이 될지 넌지시 유도해주겠지.

"스승님, 제 기반이 다져질 때까지 이 마을에 계셔주십시오."

눈매가 변했구만.

"알량한 소리나 하고 있군. 뭐, 하지만 스승으로서 지켜봐주마."

교회가 끝까지 드루이드에게 눈을 번득일지는 모르겠지만, 내가 옆에 있다고 알면 손을 뗄 가능성이 있지. 무슨 수작을 부린다면 임무로 이 마을과 멀리 떨어진 곳으로 끌고 나오려나. 그걸 막으려면…… 모험가를 은퇴해야 하나. 상위 모험가니까 모험가를 그만두었다고 해도, 이 마을에 커다란 문제가 일어나면 출농 명령이 나오지만, 그 이외에는 내게 명령할 수 없어진다. 꽤나 힘든 일을 해왔으니까 돈은 있고. 모험가 생활을 접어서 문제는…… 전혀 없군. 좋아, 그만두자.

"자, 드루이드를 데리러 가보실까."

동굴 조사였던가. 다름 아닌 드루이드니까 다칠지는 몰라도 무사하겠지. 만나면 조금 설교를 하고 맛있는 거라도 먹으러 갈까.

"어? 네가 올 필요는 없다고 했잖아."

왜 고토스까지 일어서는 거지?

"당연히 같이 가야 할 거 아닙니까."

"다친 놈이 무슨 소릴."

"포션을 마시면 괜찮습니다."

역시나. 이 녀석도 드루이드의 아픔을 조금이라도 이해하고 싶다고 일부러 상처를 치료하지 않을 때가 있다. 그 방법으로는 모른다고 말했을 텐데.

"얼른 마셔."

포션을 마시는 고토스를 확인했다.

"가자."

자, 오랜만에 만나는 드루이드는 어떤 표정을 할까? 예전처럼 표정이 없으면 내가 화를 낼 것 같은데.

"아."

"왜 그러십니까?"

"드루이드에게 별명을 붙여줄까 싶어서."

길드에서 중요한 이라고 인식시키려면 별명이 있는 편이 좋겠지. 별명이 더 침투하기 쉽겠고.

"그건 그만 ──"

"뭐가 좋을 거 같냐?"

"스승님, 그만두는 게 좋을 것 같습니다만."

"길드마스터의 그림자?"

"듣고 계십니까? 스승님?"

"아니, 더 친숙한 쪽이 좋을까?"

"……미안, 드루이드. 나로서는 어떻게 안 되겠다……."

작가 후기

여러분, 오랜만입니다. 호노보노루500입니다. 이번에는 『최약 테이머는 폐지 줍는 여행을 시작했습니다. 4권』을 구입해주셔서 감사합니다. 일러스트 담당인 나마 님, 이번에도 멋진 그림 감사합니다. 아니, 이 인사도 이번으로 네 번째! 여러분 덕분입니다. 그리고 2021년 4월 15일에는 코미컬라이즈 2권이 발매되었습니다. 정말로 감사합니다. 그리고 1~3권까지 중판되었습니다! 정말로 감사감사입니다.

4권에서는 새로운 관계와 새로운 출발을 그렸습니다. 제일 고민한 것은 드루이드와 가족의 관계입니다. 사실 아이비가 쌀을 구입한 가게의 주인과 드루이드의 아버지는 처음에는 다른 사람이었습니다. 하지만 드루이드가 한 발 나아가려면 역시 가족과의 관계성이 중요하다고 느끼고, 급거 가게 주인을 드루이드의 아버지로 변경. 이 변경으로 크게 이야기의 축을 틀게 되었습니다만, 드루이드가 가족과 접하면서 변하는 모습을 그릴 수 있었으니 잘된 일이라고 생각합니다. 가족의 개성도 그릴 수 있었고.

그리고 다음으로 고민한 것은 화해입니다. 드루이드의 형들이 사과하면 바로 용서해야 할까 용서하지 말아야 할까. 꽤나 고민했습니다. 새로운 한 걸음을 내딛을 거면 역시 해결해야 할까. 하지만 나라면 어떻게 할까 고민한 끝에 절대 무리라고 생각했습니다. 그러니까 4권에서는 사죄만 그리고, 용서는 하지 않았습니다. 앞으로의 관계에 기대를 해봅니다.

아이비의 동료는 이번에도 대활약합니다. 소라와 프렘의 새로운 능력이 각성하는 장면은 너무 과장스럽지 않게 조심했습니다. 일상 중에서 또 대단한 일을 저지르는 두 마리를 그리고 싶었습니다. 어떻게든 성공했나? 라고 생각합니다.

TO북스의 여러분, 이번에도 정말로 감사합니다. 담당자 K님에게는 이번에도 많은 폐를 끼쳤습니다. 여러분 덕분에 무사히 4권을 출판할 수 있었습니다. 진심으로 감사의 말씀을 드립니다. 앞으로도 계속해서 잘 부탁드립니다. 관계가 오랫동안 계속되도록 노력하겠습니다!

마지막으로 이 책을 구입하고 읽어주신 분에게 진심으로 감사를. 그리고 기쁜 보고가 있습니다. 많은 분들이 구입해주신 덕분에 5권에서 만날 수 있게 되었습니다! 코미컬라이즈와 함께 잘 부탁드립니다. 또 『이세계에 떨어졌다…… 정화는 기본!』의 라이트 노벨과 코미컬라이즈도 잘 부탁드립니다.

2021년 4월 호노보노루500

최약 테이머는 폐지 줍는 여행을 시작했습니다. 4

초판 1쇄 인쇄 2025년 9월 10일
초판 1쇄 발행 2025년 9월 15일

저자 : 호노보노루500
번역 : 한신남

펴낸이 : 이동섭
편집 : 이민규
디자인 : 조세연
영업 · 마케팅 : 조정훈, 곽혜연
기획편집 : 송정환, 박소진
e-BOOK : 홍인표, 김은혜, 정희철, 김미연, 황진영
라이츠 : 서찬웅
관리 : 이윤미

㈜에이케이커뮤니케이션즈
등록 1996년 7월 9일(제302-1996-00026호)
주소 : 08513 서울특별시 금천구 디지털로 178, B동 1805호
TEL : 02-702-7963~5 FAX : 0303-3440-2024
http://www.amusementkorea.co.kr

ISBN 979-11-274-9393-6 04830
ISBN 979-11-274-8466-8 04830 (세트)